2020년 제21회
젊은평론가상 수상작품집

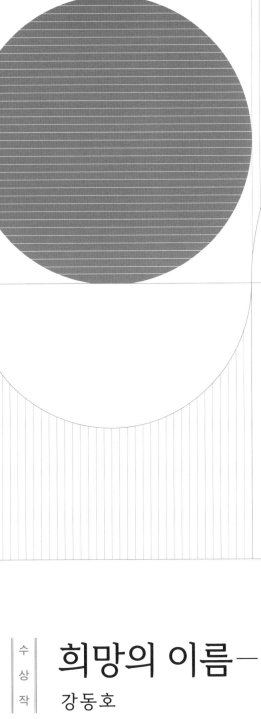

2020년 제21회

젊은평론가상
수상작품집

수
상
작

희망의 이름―김애란론

강동호

역락

2020년 제21회 젊은평론가상 취지서

한국문학평론가협회는 2000년에 '젊은평론가상'을 제정한 이후 우리 비평의 현장성을 보여주는 동시에 개성적인 목소리를 유지하고 있는 평론들에 주목해 왔습니다. 더불어 2011년부터는 기왕에 출판된 평론집을 대상으로 선정하던 방식을 직전 년도 동안 문예지에 발표된 평론들을 선정하는 방식으로 변경하여 젊은평론가상 자체의 현장성과 동시대성을 높이고자 노력했습니다. 올해로 21회를 맞은 이 상은 그간 우리 문단의 대표적인 젊은 평론가들의 활동에 작지만 강렬한 응원을 보냄으로써 문단에 새로운 활력을 불어넣는 중요한 통로입니다.

2019년 한 해 동안 각 문예지에 발표된 평론들 중에서 젊음의 열정과 새로운 시선으로 우리 평단에 새로운 목소리를 전하고 있는 우수한 작품들을 선정해 이렇게 『2020년 제21회 젊은평론가상 수상작품집』을 내놓게 되었습니다. 이 책에 수록된 평론들에는 동시대 우리 문학의 다양한 모습들과, 그에 반응하면서 우리 문학을 조명해가는 평론가들의 치열한 고민과 문제의식이 뚜렷이 담겨 있습니다. 2019년도 한국문학의 새롭고 다기한 특성들을 음미해보고 역동적인 현장성을 느껴볼 수 있는 좋은 기회가 되리라고 생각합니다. 여기에 실린 평론들은 섬세한 시선과 다양한 목소리로 우리 문학이 발표되고 소통되는 현장을 점검해 보고 있기 때문입니다.

이번 작품집을 발간하는 일은 그동안 한국문학평론가협회와 손을 잡고 비평전문 계간지 『현대비평』을 출간해온 역락출판사의 전폭적인 후원이 있었기에 가능했습니다. 점점 어려워지고 있는 출판 환경에도 불구하고 한국문학평론가협회와 역락출판사는 우리 문학의 근간을 튼튼히 만들 수 있는 여러 가지 생산적인 활동을 펼쳐나가고 있습니다.

한국문학평론가협회는 앞으로도 깊이 있고 활달한 논의를 통해 한국문학비평과 문학 전반의 활력을 높이는 데 기여하도록 노력하겠습니다. 많은 관심과 격려를 부탁드립니다.

차례

수상작

자전연보

후보작

희망의 이름

― 김애란론

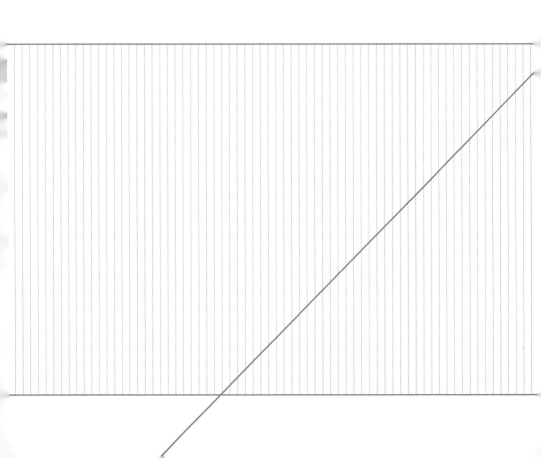

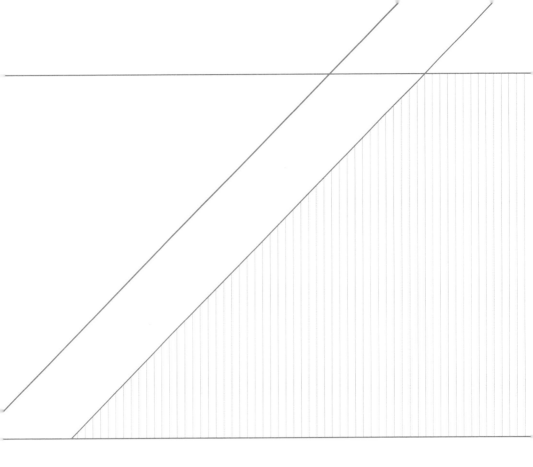

강동호

연세대학교 경제학과 졸업. 동대학원 국어국문학과에서 박사 학위를
받음.
〈조선일보〉 신춘문예 평론 부문으로 등단.(2009)
현재 인하대학교 한국어문학과 교수.
〈문학과사회〉 편집 동인으로 활동하고 있음.
grimae@gmail.com

희망의 이름

─ 김애란론

"아빠."

"응?"

"저 그거 간직해도 돼요?"

"뭐?"

"미래라는 말"

- 「눈물의 과학」 중에서

1.

"김애란이라는 이름의 '특선'이 예기치 않은 선물처럼 2000년대 문학에 당도했을 때의 매혹을" 우리는 기억한다.[1] 당시 평단은 이 발랄한 신예 작가의 등장이 예사로운 일이 아니라는 사실을 일찌감치 직감하고 있었는데,

---

1   이광호, 「나만의 방, 그 우주 지리학」, 『침이 고인다』, 문학과지성사, 2007, p.283.

갓 등단한 작가로서는 이례적으로 빠르게 묶은 첫 소설집 『달려라, 아비』(창비, 2005)는 그녀를 향한 문단의 예감이 섣부른 기대가 아니었음을 확인시켜주는 매력적인 말들로 가득했었다. 인간에 대한 날카로운 이해와 유머러스한 상상력으로 무장한 그녀의 소설들은 확실히 어딘가 달라 보였다. 가령 표제작 「달려라, 아비」는 기존의 한국소설들이 DNA처럼 체화하고 있던 비극적 엄숙함을 산뜻하게 청산하는 소설사적 이정표로 읽힐 수 있었다. 소설적 어법과 상상력의 새로움을 목말라 하는 쪽이나, 현실에 대한 문학의 비판적 소구력을 중시하는 쪽 모두가 김애란을 향한 상찬을 아끼지 않았고, 급기야 "김애란을 사랑하지 않는 것은 도대체 가능한가?"[2]라는 경탄이 회자되기도 했었다. 그리고 불과 2년 만에 출간된 두 번째 작품집 『침이 고인다』(문학과지성사, 2007)는 유쾌한 소설적 상상력이 사회학적 성찰성까지 겸비할 수 있다는 것을 보여주면서, 그녀를 향한 문단의 이례적인 신뢰가 정당한 것이었음을 증명해내는 데까지 성공한다. 단 두 권의 소설집으로 김애란은 2000년대라는 문학사적 시간대의 상징적 이름으로 거듭났고, 한국문학을 이끌어갈 전도유망한 '미래'로 일컬어지기에 이르렀다.

그런데 지금 이 자리에서 새삼 되돌아보고 싶은 것은 한 사람의 평범한 독자로서 김애란의 소설과 함께 웃고 울며 보냈던 우리들의 지나간 시간들이다.[3] 2000년대에 이르러 동시대 한국소설을 본격적으로 접하기 시작한 젊은 세대 독자들에게 김애란이 각별하게 받아들여졌던 이유는 무엇일까? 어쩌면 그것은 평단에서 강조하듯 그녀의 작품들이 기존의 한국소설과 달

---

2 신형철, 「소녀는 스피노자를 읽는다」, 『몰락의 에티카』, 문학동네, 2008, p.693.

3 이 글에서 다루는 김애란의 작품들은 다음과 같다. 『달려라, 아비』(창비, 2005), 『침이 고인다』(문학과지성사, 2007), 『두근두근 내 인생』(창비, 2011), 『비행운』(문학과지성사, 2012), 『바깥은 여름』(문학동네, 2017). 이하 인용하는 작품들의 출처는 본문 내 괄호로 표기한다.

라서도, 혹은 그녀가 한국문학의 '미래'를 짊어진 기대주여서도 아니었는지 모른다. 김애란을 잊을 수 없는 이름으로 기억하는 독자들에게 그녀의 이야기들은 오히려 동세대의 삶을 더없이 정확하게 비춰주는 '현재'의 거울에 가까웠다. 우리는 기억한다. 김애란 덕분에 평범하고 초라한 내 삶도 소설이라는 형식으로 이야기될 수 있다는 사실에 신기해하던 지난 시간들을. 우리는 알고 있었다. 편의점에서 생필품을 구입하며 삶을 이어가고, 방음조차 되지 않는 좁은 방에서 최소한의 자존감을 지키기 위해 애썼던 일상의 고단함을. 그리고 우리는 함께 느낄 수 있었다. 부모가 마련해준 안전한 가정의 울타리에서 벗어나 정체를 알 수 없는 타자들로 가득한 사회에 내던져졌을 때 가졌던 20대 초년의 막연한 불안과 공포를. 분명한 이념이 창공의 별처럼 우리가 가야할 길을 알려주지 못하던 시절, 그녀의 소설은 전망을 제시해주지는 않았지만 우리들이 어디쯤 도착했는지 친절하게 알려주는 공감과 연대의 신호 같은 것이었다. 그래서 그녀의 소설을 읽다보면 마치 이런 소리가 들려오는 것 같았다. "우주 먼 곳 아직 이름을 가져본 적 없는 항성 하나가 반짝하고 빛났다. 그리고 어디선가 아득히 '아영아, 내 손 잡아' 하는 소리가 들려왔다."(「자오선을 지나갈 때」, 『침이 고인다』, p.148)

물론 그녀의 소설이 동세대의 청년들이 겪고 있는 실존적 불안과 미래에 대한 두려움을 전시하거나 반영하는 지점에서 멈춰 있는 것은 아니었다. "나는 지금 이곳을 벗어나기 위해 이곳에 있는 것이다."(「노크하지 않는 집」, 『달려라, 아비』, p.236) 그녀가 스스로의 삶을 서술하는 이유는 삶이 야기하는 불안과 두려움으로부터 벗어나기 위한 자기만의 길과 방법을 모색하기 위해서였을 것이다. 관련해서 우리가 매료되었던 것은 '말'에 대한 김애란의 다음과 같은 각별한 자의식이었다.

내가 씨앗보다 작은 자궁을 가진 태아였을 때, 나는 내 안의 그 작은 어둠이 무서워 자주 울었다. 그러니까 내가 아주 작았던 시절-조글조글한 주름과, 작고 빨리 뛰는 심장을 가지고 있었던 때 말이다. 그때 나의 몸은 말(言)을 몰라서 어제도 내일도 갖고 있지 않았다.

말을 모르는 몸뚱이가, 세상에 편지처럼 도착한다는 것을 알려준 것은 나의 어머니였다.(「달려라, 아비」, p.8)

엄마의 자궁 속에 잉태되어 있는 스스로를 가리켜 "말(言)을 몰라서 어제도 내일도 갖고 있지 않"은 존재로 묘사하는 독특한 인식과 상상력은 말에 대한 작가의 자의식과 그녀의 소설 전반에 포진되어 있는 '탄생' 모티프가 긴밀하게 연동되어 있음을 보여준다. 그녀의 화자들은 마치 말을 갖고 싶어 태어난 존재들 같았는데, 그녀의 소설에서 말에 대한 욕망을 가진 사람이 "나는 내가 어떤 인간인가에 대해 자주 생각하는 사람"(「영원한 화자」, p.114)의 동의어로 여겨질 수 있었던 이유도 거기에 있었다. "나는 말을 줍고 다니는 사람, 나는 나의 수집가, 나는 나를 찌푸린 눈으로 보는 나에게 가장 버르장머리없는 사람이다."(「영원한 화자」, pp.114-115) 말을 수집하고 다니는 김애란의 화자들은, 말의 세계 속에서 구성되는 자기 자신의 모습을 골똘히 응시하는 사람, 말을 탐구함으로써 자기를 분석하는 사람이었다. 말에 대한 탐구를 경유한 자기 분석의 실천. 이것이 전제되었을 때 우리는 비로소 세상의 어둠과 맞서기 위한 무기를 갖출 수 있을 것이다. 잘 알려져 있다시피 그 무기를 물려준 사람은 그녀의 어머니이다.

어머니가 내게 물려준 가장 큰 유산은 자신을 연민하지 않는 법이었다.

어머니는 내게 미안해하지도, 나를 가여워하지도 않았다. 그래서 나는 어머니가 고마웠다. 나는 알고 있었다. 내게 '괜찮냐'고 물어보는 사람들이 정말로 물어오는 것은 자신의 안부라는 것을. 어머니와 나는 구원도 이해도 아니나 입석표처럼 당당한 관계였다. (「달려라, 아비」, p.16)

어머니는 좋은 칼이다. 어머니는 좋은 말이다.(「칼자국」, 『침이 고인다』, p.170)

말은 어떻게 칼의 동의어일 수 있을까? 말의 구조를 해명함으로써 사람들의 욕망을 해부할 수 있기 때문이다. "그녀는 사람들이 A를 그냥 A라고 말하지 왜 C라고 말한 뒤 상대방이 A라고 들어주길 바라는지 이해할 수 없었다."(「그녀가 잠 못 드는 이유가 있다」, 『달려라, 아비』, p.104) 요컨대 저 이해할 수 없는 말들을 해석하는 일은 말 속에 감춰진 타인의 욕망을 엿보고 그것을 나의 말로 다시 이해시키는 작업을 의미한다. 말에 대한 김애란의 분석이 앎에 대한 특별한 결론으로 귀결되는 것은 그래서 필연적이었다. "그때부터 나는 무언가를 '안다'라고 말하는 것은 음란한 일이라고 생각하게 되었다."(달려라, 아비」, p.16) 앎은 왜 음란한가? 그것은 말에 대한 이해와 더불어 타인의 결핍을 눈치 채는 일, 다시 말해 어른들의 비밀스러운 수치를 조망하는 일이기 때문이다. 그렇게 우리는 김애란의 말을 통해 비로소 알 수 있었다. 그 누구의 말도 진정으로 우리를 위로하지 못한다는 것을. 사정이 그러하다면 저 위선적이고 무례한 말들을 정확히 응시하고 개관하는 또 다른 '말'의 힘, 즉 우리만의 '언어'가 요청되어야 한다.

김애란의 좋은 말이 좋은 칼이자, 유머러스한 말이라는 사실이 중요한 것은 그 때문이었다. 그녀의 화자들은 독자들을 웃길 만반의 준비가 되어 있는 사람 같았는데, 남을 웃길 줄 아는 사람은 타인이 나에게 무엇을 바

라는지 예측하는 사람, 그래서 그 기대를 슬며시 배반하며 예상치 못한 '말'
의 상황을 전개시킬 줄 아는 사람을 뜻했다. 이른바 김애란의 유머와 농담
은 앎을 실천하는 유력한 형식이자, 자신의 자아를 방어하는 가장 효과적
인 방법이었다. "유머를 보이는 사람은 자신을 어른의 위치에 놓음으로써,
자신을 아버지와 동일시하고 다른 사람들은 아이처럼 취급하면서 우월성
을 획득하는 것"[4]이라는 프로이트의 지적은 여기서도 유효했다. 요컨대, 그
녀의 유머는 자기 연민 없이, 혹은 구원에 대한 헛된 믿음 없이도 자신의 현
재를 당당하게 응시하고, 스스로를 남다른 존재로 상상하고 성장시킬 수
있게 하는 힘의 근간이었다. 그녀의 조숙한 화자들에게서 모종의 긍정적
자기애와 자긍심이 발견되는 것은, 그래서 자연스러운 일이었다.

　　어쩌면 '나는 사려깊은 사람'이라는 식으로도 나를 말할 수 있을지 모른
다. 나는 따뜻한 사람이지만, 당신보다 당신의 절망을 경청하고 있는 나의 예
의바름을 더 사랑하고 있다는 점에서 무례한 사람이다. 나는 오만한 사람을
미워하지만 겸손한 사람은 의심하는 사람이다. 나는 모두가 좋아하는 그림
앞에서 내가 그동안 그것들을 '그다지' 좋아한 것은 아니었다고 생각하는 사
람이다. 나는 자신에 대해서는 '당신들이 모르는 내가 있다'고 생각하면서,
타인에 대해서는 언제나 '다른 사람들은 모르지만 나는 다 알고 있다'라고 생
각하는 사람이다. (「영원한 화자」, p.117)

이를테면 그녀는 "다른 사람들은 모르지만 나는 다 알고 있다"라고 말

4　　지그문트 프로이트, 「유머」, 『예술, 문학, 정신분석』, 정장진 옮김, 열린책들, 2007, pp.512-
513.

할 줄 아는 스스로의 오만함까지도 개관하고 있는 사람이었다. 우리가 그녀를 사랑할 수밖에 없었던 이유는, 그녀의 소설이 자아에 대한 우리들의 욕망을 앞서 실현시켜주는 조숙한 말, 좋은 말이었기 때문인지도 모른다. 비유하자면 그녀는 우리 근처에 있지만, 몇 발짝 앞서 달려가는 사람이었다. 그러면서도 그녀는 독자들이 자기 연민과 비애의 포로가 될 때마다, 힘을 내라는 듯 곁에서 함께 달려줄 줄 아는 러닝메이트 같은 말(言)이었다. 그녀의 말을 우리는 사랑했는데, 그녀의 말을 빌리자면, 당시 우리는 그녀의 말을 사랑할 줄 아는 자신의 모습을 사랑했었는지도 모른다. 경쾌하게 앞서 달려가지만, 그렇다고 너무 빠르게 달리지는 않는 사람. 그녀의 조숙한 뒷모습을 좇아가다보면 우리 역시 세상의 비밀에 조금 더 가까이 접근할 수 있을 것 같았고, 그녀처럼 어른들의 세상 앞에서 당당하게 스스로의 삶을 매혹적인 말들로 이야기할 수 있을 거라 희망했다.

2.

그런데, 우리들 보다 몇 발짝 앞서 달려가던 김애란의 경쾌한 발걸음에 모종의 변화가 감지되기 시작한 것은 세 번째 작품집 『비행운』에 이르러서였다. 『비행운』에 수록된 작품들은 "'지나감'이나 '나아감' 같은 말을 떠올리기조차 무망하게 젊은 세대의 참혹한 현실을 증언"[5]하고 있었는데, 이러한 면모들은 그녀의 소설이 점차 다른 방향으로 전개될 것임을 예고하는 서사적 조짐처럼 느껴졌다. "아무도 내가 죽어가고 있다는 걸 모른다는

5   정홍수, 「세상의 고통과 대면하는 소설의 자리」, 『창작과비평』 2012년 겨울호, p.36.

고립감. 그리고 그걸 누구에게도 전하지 못하는 갑갑함"(「너의 여름은 어떠니」, p.41)을 토로하는 『비행운』의 부정적 현실 인식을 대면해야 했던 독자들은 그녀가 이 시기에 이르러 직면하게 된 새로운 고민이 무엇인지 묻지 않을 수 없었다.

물론 그녀의 세 번째 작품집에서 나타나는 비애의 정서와 절망적 현실 인식이 갑작스러운 것은 아니었다. 비애와 절망은 일찍부터 그녀의 소설 아래에 흐르던 기본 정서라고 할 수 있거니와 다만 농담과 유머를 통한 앎의 실천이 원활하게 수행될 수 없는 환경에 그녀가 처하게 되었다고 보는 편이 더욱 타당할 것이다. 이러한 변화에 사람들이 주목한 것은 어찌 보면 당연했다. 비평가들은 그녀가 "조숙한 아이들이 바라보았던 세계를 어른의 시야로 확장시"[6]키고 있다고 평가했고, 한편으로는 "김애란의 서사 세계의 확대, 심화 양상"[7]을 짚어 내기도 했다. 김애란은 어른의 세계로 완전히 건너가 버린 걸까? 하지만 우리가 그녀의 소설에서 감지되는 변화를 '성장' '성숙' '발전'이라는 긍정적 내러티브로 쉽게 받아들이지 못했던 까닭은 이 시기 그녀의 소설들에 스며들어 있는 비관주의적 정서의 근원이 바로 성장 자체에 대한 회의와 무관하지 않았기 때문이다. 가령, 다음 대목을 보자.

아이들은 산만하고 유치했지만 그 나이 또래다운 재치와 상상력을 발휘하기도 했어요. 한번은 '사람 손가락이 여덟 개라 팔진법을 쓰면 어떻게 될까?'라는 논술 주제를 준 적이 있는데, '주판알이 네 개로 나뉠 거다' '4에서 반올림을 하게 될 거다' 십중팔구가 아니라 칠중육오가 될 거다'라는 식으로

6   서영인, 「발랄하게 상상하고 우울하게 인식하라」, 『창작과비평』 2012년 겨울호, p.459.
7   우찬제, 「비행운의 꿈, 혹은 행복을 기다리는 비행운」, 『비행운』, pp.344-345.

말해 저를 놀라게 했어요. 그럴 때면 애들한테 오히려 제가 배우는 느낌이 들었고요. 또 한번은 '구름 또는 비와 나누는 정이라는 뜻으로, 남녀의 정교(情交)를 이르는 말을 네 글자로 답하시오'란 문제에 '운우지정(雲雨之情)' 대신 '오르가즘'이란 말을 써놓은 바람에 채점하다 음료수를 뿜은 적도 있어요. 학생 중에는 평소에 저랑 한마디도 안 하다 이따금 딸기우유나 초콜릿을 건네고 가는 여중생도, 말수 적고 속이 깊어 언제나 부모님을 걱정하는 남고생도 있었어요. 공부를 하도 한 탓에 수업 중에 코피를 쏟는 아이도, 갑자기 복도로 튀어나가 토를 하는 아이도 있었고요. 그런데 언니, 요즘 저는 하얗게 된 얼굴로 새벽부터 밤까지 학원가를 오가는 아이들을 보며 그런 생각을 해요.

'너는 자라 내가 되겠지……겨우 내가 되겠지.'(「서른」, p.297)

「서른」은 30대에 접어든 시점에 김애란이 직면하고 해결해야 했던 딜레마가 무엇이었는지를 비교적 선명하게 기술하고 있었다. 물론 「서른」의 화자 수인의 편지를 통해 겨우 생존이나마 이어나가는 청년 세대에 관한 세대론적 비관주의를 읽어낼 수 있을 것이다. "너는 자라 내가 되겠지……겨우 내가 되겠지"라는 인구에 회자되던 구절을 성장 없는 세대의 현실 인식을 집약적으로 표현하는 말로 읽는 것 역시 가능하다. 하지만 우리에게 중요했던 문제는 김애란이 돌연 그와 같은 비관주의에 도달하게 된 계기와 경로가 무엇인지를 구체적으로 해명하는 일이었다.

관련해서 강조할 수 있었던 것은 인용한 장면에 등장하는 아이들, 엉뚱하고 말들을 재치있게 늘어놓으며 '나'의 허를 찌르는 아이들이 기존의 김애란 소설에 등장하는 인물들과 묘하게 닮아 있다는 사실이었다. 그렇다면 아이들을 바라보는 「서른」의 화자 수인은 과거의 김애란을 바라보는 현재의 김애란이 아닐까? 이러한 가설이 가능하다면, 「서른」의 김애란은 『달려라, 아비』와 『침이 고인다』에 등장했던 능청스러운 아이들과 현재의 나 사이의 시공간적 연속성을 반성적으로 검토하는 중이라고 해야 한다.

그 검토가 잠정적으로나마 비관적인 결론으로 귀결되는 원인은 아이들과 나 사이에서 이루어지는 상상적 동일시(identification)가 초래할 두려움과 긴밀한 관련이 있어 보였다. 서른 즈음의 김애란은 이렇게 회고한다. "그래도 돌이켜 봄, 그때 저는 놀라울 정도로 건강했던 것 같아요. 내가 나를 책임지고 있다는 자긍심 같은 것도 있었고, 이 모든 게 경험과 지혜로 남아 저를 성장시켜줄 거라 믿었거든요."(「서른」, p.295) 성장에 대한 믿음의 배반 속에서, 현재의 아이들과 과거의 내가 동일시되는 것은 불가능하다. 현재의 나는 더 이상 과거의 내가 아니기 때문이다.

과거의 나와 현재의 나 사이에 놓인 분열, 그리고 그것을 통해 가시화된 아이들과 나 사이의 간극. 이것이 김애란으로 하여금 성장에 대한 복합적인 문제의식을 떠안도록 만들었던 원인이 아닐까? 이를테면 『비행운』에 이르러 성장이라는 테마는 화자 자신이 어른으로 거듭나는 일에 국한되지 않고, 자라나고 있는 현재의 아이들의 미래까지 포괄하는 과정으로 확장되어야만 했던 것이 아닐까? 이러한 추정이 가능하다면, 이 시기의 김애란은 과거의 나와 현재의 나 사이의 화해를 시도함으로써 아이들의 성장과 나의 성장을 매개할 수 있는 방법과 원리를 모색하는 일에 매진해야 했을 것이다. 그러나 당시 김애란의 소설에서 두 세대의 성장 사이에 놓인 간극을 조화롭게 연결시켜줄 수 있는 방법은 좀처럼 발견되지 않았다. "저는 어떻게 해야 할지 모르겠어요. 제거 어찌하면 좋을지 누구에게라도 물어보고 싶은데, 지금 제 주의에 남아 있는 사람이 아무도 없어요."(「서른」, p.317) 아마도 이 같은 토로는 당시 김애란의 현재적 상황과 심정을 가장 정확하게 대변해주는 말이었을 것이다. 과거의 김애란에게 모른다는 사실이 수치를 안겼다면, 현재의 김애란에게 모른다는 것은 두려움과 절망을 강요한다.

「서른」을 지배하는 강렬한 죄의식을 강조해서 읽어야 하는 것도 같은 이유에서이다. 다시 말해, 아이들에 대한 상상적 동일시가 불러일으키는 두려움이 그들에 대한 죄책감과 이어져 있다는 의미이다. 유머와 농담으로 수치를 극복할 수 있었던 기존의 화자들과 달리 수인에게 죄의식을 안기는 원인인 아이들을 제거하기 위해서는 어린 시절의 나까지도 죽음에 이르게 해야 한다. 의미심장하게도 수인은 자신의 옛 학원 제자를 다단계 회사의 합숙소에 밀어 넣음으로써 그곳으로부터 벗어날 수 있었지만, 그 탈출로 인해 죄의식의 감옥에 갇힌 무지의 수인(囚人)이 되어버린다.

『비행운』에 수록된 「벌레들」 역시 이 무지의 감옥에 처한 주체의 절망과 분노를 직접적으로 피력한 작품으로 읽힐 수 있을 것이다. 재개발 구역으로 지정된 퇴락한 지역으로 입주한 젊은 부부의 이야기가 그려지고 있는 이 소설에서 화자인 '나'는 현재 출산을 앞두고 있다. "내심 기다렸던 임신인데도 실망감이 들었다"(「벌레들」, p.59)는 화자의 고백이 암시하듯, 그녀는 경제적으로나 환경적으로 아이의 탄생을 행복한 마음으로 축복해줄 수 있는 상황이 아니었고, 사방에서 시도 때도 없이 출몰하는 끔찍한 벌레들이 그녀와 아이의 미래에 대한 불안감을 계속해서 증폭시키고 있다. "나는 배위에 손을 얹고 우리의 미래를 생각"(p.71)하면서 긍정적인 미래를 상상하려 애쓰지만, 미래에 대한 희망을 파괴하는 '장미 빌라'의 현실은 결국 정체를 알 수 없는 망상적 복수심과 증오심으로 나를 몰아가기에 이른다.

나는 자리에 선 채 꿈틀대는 벌레를 똑바로 쳐다봤다. 불현듯 내장 깊은 곳에서 복수심과 증오심이 생생하게 살아나는 느낌이 났다. 눈앞의 벌레가 이 집에 출현한 모든 벌레의 근원, 모든 해충의 우두머리처럼 여겨진 탓이었다. 이 녀석을 죽이고 나면 다른 벌레도 더 이상 나타나지 않을 것 같은, 근거 없는 확신이 들었다.(p.73)

벌레를 향해 표출되는 화자의 감정을 정당화 하는 것은 어떤 망상증적인 확신이다. 지금 눈앞에 보이는 벌레가 "모든 벌레의 근원"이라는 생각이 "근거 없는 확신"이라는 것을 내가 모르는 것도 아니다. 문제는 저 망상이 내가 가질 수 있는 유일한 앎의 형식이라는 확신에서 시작될 것이다. 그리고 그 확신은 아이러니하게도 나를 더욱 절망적인 상황에 처하게 만드는 원인으로까지 작용한다. 벌레에 대한 강박적 살의를 실행에 옮기는 과정에서 나는 결혼 반지를 "심연처럼 시커먼 아가리를 벌린"(p.75) 'A구역'에 떨어뜨려야 했고, 반지를 찾으러 혐오스러운 벌레들이 들끓는 그곳으로 내려가야만 했으며, 급기야 그 끔찍한 공간에서 출산이 시작되어야만 했다.

깊숙한 어둠 속에서 끊임없이 벌레가 기어 나오는 모습이 보였다. 그것도 여러 종류의 수천 마리도 더 돼 보이는 벌레들이. 믿기지 않는 광경이었다. 전등을 쥔 손이 바들바들 떨렸다. 충격은 곧 공포로 바뀌었다. 벌레들이 행로를 바꿔 일제히 내게 몰려오지 않을까 하는 두려움 때문이었다.(중략) 아랫도리에서 칼로 에는 듯한 고통이 전해졌다. 나는 힘주어 콘크리트 조각을 쥐었다. 멀리 보이는 장미빌라는, 모텔과 교회는, 아파트는 여전히 평화로워 보였고, 나는 이 출산이 성공적일 수 있을지 확신할 수 없었다.(pp.79-81)

김애란의 독자라면 "이 출산이 성공적일 수 있을지 확신할 수 없었다"라는 말에 내포되어 있는 부정적 뉘앙스의 자기 반영성을 발견하기란 그리 어려운 일이 아닐 것이다. 이렇게 물어보자. 『두근두근 내 인생』에서 부모의 정사를 재현하는 한아름의 소설 「두근두근 그 여름」의 낭만적 싱그러움과 위 장면에 드리워져 있는 출산에 대한 비관적 분위기는 어떻게 양립 가능할까. 윤재민의 날카로운 지적처럼 이러한 간극은 "아랫세대와 윗세대 양자 사이에 끼어 어떤 방식으로든지 이에 연루되어 살아갈 수밖에 없는 '나'들의 실존적 아포리아"[8]를 대변하는 것처럼 보인다. 출산의 성공을 확신할 수 없는 주체는 다음 세대를 위한 새로운 앎을 준비해야 하는 주체, 그러나 그 앎을 기술할 수 있는 말의 내용과 형식을 미처 찾아내지 못한 주체에 다름 아니다. 새롭게 태어날 아이를 생각하면서, 김애란은 돌연 자신이 모르는 것이 너무 많다는 것을 자각하기 시작한다. 이제 그녀가 확신할 수 있는 앎은 아무것도 없다. 아니, 그녀에게 확신이라고 부를 만한 것이 있다면 그것은 나의 미래, 나아가 아이의 미래를 확신할 수 없다는 사실에 대한 확신뿐이다.

이처럼 『비행운』에 등장하는 인물들은 하나같이 스스로의 무지를 대면하고 그것의 무력함을 정직하게 고백하는 존재들이다. 그런 의미에서 "이들의 발길이 어디로 향할지 또 어디에 머물지는 아직 예측할 수 없었다"(「호텔 니약 따」, p.286)는 말은 그 자체로 『비행운』의 인물들에 대한 작가적 자의식과 정확하게 일치하는 말이기도 했다.

그렇다면 '앎의 음란함' 대신 '무지의 뼈아픔'을 정직하게 드러내야 했던 김애란의 화자들에게서 어떤 긍정의 메시지를 찾는 것은 불가능할까? 이런 의문을 품었던 독자들은, 김애란이 『비행운』의 세계에 너무 오래 머물지 않기를 은연중 바라는 독자들이기도 했는데, 그것은 그녀의 이야기들이

---

8   윤재민, 「너무 많이 아는 아이들을 위한 가족 로맨스-김애란론」, 『창작과비평』, 2012년 겨울호, p.422.

무지의 절망 앞에서 패배를 선언하는 길로 나아갈지도 모른다는 모종의 불안을 당시에 느꼈기 때문이었는지도 모른다. 그리고 그녀의 패배는 우리들의 패배, 김애란의 작품을 읽어가며 30대에 접어든 독자들이 자신의 과거와 현재를 향해 던지는 실패 선언과 다를 바 없었다. 『비행운』에서 묘사되는 현실에 공감하는 자신을 부정할 수 없으면서도, 기어이 『비행운』의 전체적인 메시지와 배치되는 말들을 탐색하려고 한 것도 그 때문일 것이다. 물론, 그것을 구체적인 말의 형태로 발견하기란 쉽지 않았는데, 다만 그녀가 「물속 골리앗」에 남겨두었던 희미한 이미지를 기다림의 형식으로 보존하는 것만이 우리들이 할 수 있는 최선의 일이었다.

> 주위는 조금씩 밝아졌다. 놀랍게도 비가 거의 멎은 듯했다. 이러다 다시 내릴지, 완전히 개일지 알 수 없었다. 이 마을 끝에 뭐가 있을지 모르는 것처럼. 앞으로 내가 어떻게 될지 모르는 것처럼 말이다. (중략) 나는 다시 기다려야 했다. 비에 젖어 축축해진 속눈썹을 깜빡이며 달무리 진 하늘을 오랫동안 바라봤다. 그러곤 파랗게 질린 입술을 덜덜 떨며, 조그맣게 중얼댔다.
> "누군가 올 거야." (「물속 골리앗」, p.126)

3.

세 번째 소설집이 출간된 직후 발표된 「침묵의 미래」에서 김애란은 곧 사라져버릴 운명 앞에 서 있는 언어를 화자로 내세우고, '소수언어박물관'에서 천천히 죽음을 기다리는 화자들에 관해 서술한다. "이곳 화자들은 중이염이나 관절염, 치매, 백내장 외에도 마음의 병을 안고 살아간다. 그건 말을 향한, 말에 대한 지독한 향수병이다"(「침묵의 미래」, 『바깥은 여름』, p.142)라는 구절이 집약적으로 표현하고 있듯, 소설을 통해 김애란이 제시하고 있는 종말론적 세계는 곧 말이 병든 세계였다. 언어의 종말과 인간의 종말을 동일시하는 이 작품에서, '미래'라는 단어는 소멸로 결정되어 버린 무의미한 시간을 환기하는, 일종의 죽어버린 말에 불과하다.

말과 이야기에 대한 메타적 자의식을 곳곳에서 피력했던 김애란의 이력을 감안할 때 디스토피아적 세계관을 언어의 종말로 표현하는 「침묵의 미래」의 문제의식이 이례적이라고 말할 수는 없을 것이다. 하지만, 이 작품이 당시 독자들에게 다소 낯설게 읽혔던 것은 「침묵의 미래」가 그녀가 써왔던 그간의 작품들 중에서도 단연 관념적이고 모호한 텍스트였기 때문이다. "단체 사진 속에서 점점 흐릿해져가는 유령처럼 모호하게 존재한다"(p.134)는 구절은 「침묵의 미래」를 구성하는 인물과 서사에도 동일하게 적용될 수 있었는데, 이 같은 사실은 타고난 이야기꾼으로 일컬어졌던 그녀에 관한 여러 물음들을 제기하게 만들었다. 종말을 앞 둔 '소수언어박물관'은 이야기(혹은 문학)의 미래에 대한 은유가 아닐까? 작가는 이 시기에 이르러 이야기의 가능성 자체에 대한 근본적인 회의에 들어서기 시작한 것일까? 김애란은 단순히 병든 말의 고통을 묘사하는 게 아니라, 이야기로써 말의 병을 앓고 있는 중이 아닐까?

「침묵의 미래」가 가진 모호성과 관념성으로 인해, 작품을 썼을 당시 작가가 품었을 의도와 심정을 정확히 추측하는 것은 쉽지 않다. 하지만 「침묵의 미래」로 이상문학상을 수상하면서 그녀가 남긴 소감은 최소한 당시의 그녀가 이야기를 전면적으로 불신하는 것은 아님을, 다만 서른 전후부터 대면하기 시작한 고민들을 천천히 해결해 나가는 과정임을 짐작케 했다. 그녀는 이렇게 적었다.

겨울이다.

눈밭에 난 선배들의 발자국을 따라

걸음을 옮긴다.

발밑으로 전해지는 한기(寒氣)가

복되고 서늘하다.

한 발짝 또 한 발짝

짐작으로 알던 것을 몸으로 익히며

누군가의 보폭을 쉽게 판정하지 않는 법을 배운다.

그 자리에 다른 짐작을 앉힌다.

길 위에 '방향'을 만든 것은

당신의 무게.

혹은 이 걸음과 다음 걸음 사이에 놓인

고민의 시차(時差).[9]

　　그녀가 써온 작품들을 발자국 삼아 우리 역시 짐작을 앉혀 볼 수 있을 것이다. 「침묵의 미래」는 그녀의 다음 발걸음이 도착했어야 할 새로운 말과 이야기 이전의 시간, 어쩌면 『비행운』에서부터 본격적으로 대면해야 했던 고민들을 응시하는 과정에서 발생한 '시차' 같은 작품이 아닐까? 저 걸음의 방법이 구체화 되어 있지는 않지만, 가야 할 '방향'에 대해서는 그녀가 어렴풋하게나마 가늠하고 있는 것은 아닐까? 위에서 언급된 계절 "겨울"은 그

◇◇◇◇◇◇◇◇◇◇◇◇◇

9　　김애란, 「수상소감」, 『침묵의 미래-제37회 이상문학상 작품집』, 문학사상사, 2013, p.63.

런 의미에서 세상의 한기에 대해 쓰겠다는 그녀의 의지를, 자신이 미처 알지 못했던 세계로 나아가겠다는 다짐을 드러내는 시간이 아닐까?

멀리서 짐작하건대, 그녀가 이 '고민의 시차'를 극복하는 과정이 쉽지는 않았던 것 같다. 「침묵의 미래」를 발표한 직후 시작한 「눈물의 과학」 연재가 돌연 중단되고, 잠깐 동안이나마 그녀가 침묵의 시간을 통과해야 했던 것도 같은 이유에서였는지도 모른다. 연재를 시작하며 밝힌 바에 따르면, 아마도 그녀는 인류에게 오랫동안 꿈의 상징으로 여겨졌던 "달이 부서지는 얘길 쓰"[10]면서, 완전한 절망도 섣부른 낙관도 정복할 수 없는 삶을 증명하려 했던 것으로 추정된다. 연재를 지켜보는, 나를 포함한 많은 독자들이 기다렸을 것이다. 서로 다른 가정 환경과 배경에서 자랐지만, 각자의 아픈 기억 속에서 달이 부서지는 장면을 목격해야 했던 '연우'와 '기우'의 성장담을. 달이 부서지고, 칠흑 같은 암흑이 펼쳐진 절멸의 시간 속에서도 삶이 굳건하게 잔존하고 있음을 증언하는 이야기를. 그리고, 생명의 가능성이 전혀 존재하지 않을 것 같은 "그런 곳을 찾아내, 굳이 그 속으로 뛰어드는 인간들"[11]을 조명하고, 마침내 "미래라는 말"[12]을 건져내는 소설을. 하지만 모종의 이유로, 그녀는 중간에 멈춰 설 수밖에 없었고, 독자들에게 양해를 구해야 하는 지면에 이런 말을 적어두어야만 했다.

연재를 중단하긴 했지만 소설을 포기한 건 아니니
더 나은 원고로 인사드릴 수 있도록 노력하겠습니다.

---

10   김애란, 「눈물의 과학」, 『문학동네』, 2013년 봄호, p.365.

11   위의 글, p.367.

12   위의 글, p.379.

그리고 그 사이 계속 '부서진 달' 앞에 혼자 있어보겠습니다.

제 팔에 남은 누군가의 악력과 질문, 우정을 떠올리면서요.[13]

어떤 사람들에게는 이 말이 다소 의미심장하게 들리기도 했는데, 왜냐하면 "소설을 포기한 건 아니"라는 그녀의 말이 역설적이게도 그녀가 소설을 포기할지도 모를 어떤 깊은 비관과 절망 곁에 다가선 적이 있다는 고백처럼 들렸기 때문이다. 이것은 오해일까? 사정을 알 수 없으나, 소설을 포기한 건 아니라는 말이 그녀 자신을 향해 건네는 다짐이라는 믿음과 함께 우리는 기다릴 수밖에 없었다. 그런데 그녀의 이 고백이 구체적 현실이 되는 것을 확인하는 데에는, 그렇게 오랜 시간이 필요하지 않았다.

4.

> 자기 안의 어떤 파괴 불가능한 것에 대한 지속적인
> 신뢰 없이 인간은 살아갈 수 없다. 비록, 파괴 불가
> 능한 것과 그에 대한 신뢰가 인간 자신에게 영원히
> 감춰져 있을지라도.
>
>   - 프란츠 카프카

2014년 4월 16일, 모두가 알고 있는 그 일이, TV의 생생한 화면으로 중계되어 더욱 믿을 수 없었던 그 비극이 진행되고 있을 때 우리들은 각자 어

---

13   김애란, 「눈물의 과학」, 『문학동네』, 2013년 여름호, p.303.

디에서, 무엇을 하고 있었을까? 어느덧 5년이 넘는 시간이 흘렀고, 그 시기를 떠올리게 하는 장면들은 점차 흐릿해지고 있지만, 당시 우리를 지배하고 있던 압도적인 좌절감을 아직 망각하지는 못했다. 바닷속으로 가라앉은 세월호를 지켜보면서, 우리는 숱한 실패에도 끝내 버리지 않았던 인간에 대한 최소한의 믿음마저 무참하게 폐기시키지 않을 수 없었다. 우리는 무능력하고 부도덕한 공권력을 향해 분노했지만, 다른 한편으로는 전염병처럼 확산되던 죄책감이 결국은 우리 자신을 향해 칼날처럼 되돌려지는 것을 막을 수 없었다. "너는 자라 내가 되겠지......겨우 내가 되겠지"라는 비관조차 무색하게 만드는 절대적 배반의 시간 속에서, 존재한다는 말은 살아남았다는 말의 동의어였고, 모든 말들은 허무와 절망의 법정 앞으로 소환되지 않을 수 없었다. 고통과 실패를 말하는 이야기들과 미래를 향한 언어들이 무의미한 말에 불과했던 시간 안에서, 김애란은 당시의 충격을 이렇게 적고 있었다.

> 조문객들이 줄을 선 고잔초등학교 본관에는 '더불어 살아가는 됨됨이가 바른 어린이'란 문구가 크게 적혀 있었다. 평소 같았으면 관대하고 무심하게 지나쳤을 건전한 말들이었다. 한때 크고 좋은 말들을 가져다 아무 때고 헤프게 쓰는 정치인들을 보며 '언어약탈자'라 생각한 적이 있다. 그런데 안산에서 이제는 말 몇 개가 아닌 문법 자체가 파괴됐다는 느낌을 받았다. 어떤 낱말이 가리키는 대상과 그 뜻이 일치하지 못하고 흔들리는 걸, 기의와 기표의 약속이 무참히 깨지는 걸 봤다.[14]

---

14   김애란, 「기우는 봄, 우리가 본 것」, 『잊기 좋은 이름』, 열림원, 2019, p.263.

희생자를 추모하기 위해 안산을 찾았을 때 그녀는 돌연 "문법 자체가 파괴됐다는 느낌"을 받았다고 쓴다. 말에 대한 최소한의 "약속이 무참히 깨지는 걸" 목격했다는 그녀의 심정은 말에 대한 완전한 부정을 가리킬 만큼 전면적인 수준에 이르렀을 것이다. 그녀의 말처럼, 인간이 구사하는 모든 말들은 세월호 참사 이후의 시간을 살 수밖에 없었으며, 그 이후의 시간 속에서 우리는 "망가진 문법 더미 위에 앉아 말의 무력과 말의 무의미와 싸"우는 단계와 절차를 필연적으로 밟아가야만 했다. 그것은 "어떤 말도 바닷속에 가둘 수 없고, 어떤 말도 바로 설 수 없는 상황에서 스스로를 이해시킬 만한 말조차 찾을 수 없"[15]다는 현실을 고통스럽게 재확인하는 것, 그리고 말에 대한 기존의 앎과 믿음을 원점에서부터 재검토하는 과정을 가리켰다. 작가들은 각자의 자리에서 '세월호 이후의 문학은 가능한가?'라는 고민들을 저마다의 방식으로 감당해야만 했는데, 김애란 역시 이 점에서 예외가 아니었다.

김애란의 『바깥은 여름』에 실린 소설들은 세월호 이후의 시간을 살아가고 있었는데, 그것은 소설집에 실린 대부분의 작품들이 세월호 참사 이후에 발표되었다는 물리적 사실에 국한되지 않는다. 그녀의 글쓰기가 참사의 직간접적인 영향 아래에 놓여 있다는 사실을 입증하는 것은 다름 아닌, 소설에 등장하는 인물들이다. 사랑하는 존재를 잃은 슬픔 속에서 사는 사람들(「입동」, 「노찬성과 에반」, 「어디로 가고 싶으신가요」), 대상에 대한 믿음을 빼앗긴 불안과 직면해야만 하는 인물들(「건너편」, 「풍경의 쓸모」, 「가리는 손」) 모두가 세월호 이후에 태어났음을 분명하게 확인시켜준다. 이들은 "없던 일이 될 수 없고, 잊을 수도 없는 일은 나중에 어떻게 되나"(「노찬성과 에반」, p.45)라는 치

<hr>

15   위의 글, p.268.

명적인 물음을 스스로에게 제시하며, 무효화 될 수 없는 파국이 일으킨 일상의 파장 속에 갇혀 있는 자신의 삶을 응시하는 중이다. 소설의 전반적 분위기는 한층 무겁고 우울하며, 비극적이다. 그럼에도 불구하고, 『비행운』과 달리 『바깥은 여름』이 비관주의의 감옥에 갇혀 있지 않다고 말할 수 있었던 것은, 이 시기에 이르러 김애란이 재난 앞에서도 부서지지 않는 삶을 조명하며, 점차 죄의식의 감옥으로부터 바깥을 향해 한걸음씩 나아가는 것처럼 읽혔기 때문이다. 그리고 우리는, 그녀의 느린 발걸음이 타인의 고통 앞에 서 있는 작가가 택할 수 있는 최선의 응답일지도 모른다고 믿기 시작했다.

이를테면 소설집에 실린 첫 작품 「입동」이 가장 직접적인 응답의 사례에 해당할 것이다. 지난봄 사고로 아들 영우를 잃고 "풍경이, 계절이, 세상이 우리만 빼고 자전하는 듯한"(「입동」, p.21) 시공간에 덩그러니 남겨진 부부('미진'과 '나')의 이야기를 읽으며 세월호를 떠올리지 않기란 거의 불가능하다. 불의의 사고로 아이를 잃은 젊은 부부가 등장하고, 이들을 향한 타인들의 폭력적인 말들이 묘사되는 대목들에서 참사의 유가족을 둘러싼 우리 사회의 미개한 단면이 상기되는 것 또한 당연하다. 물론, 「입동」에는 작가가 참사를 염두에 두고 있음을 보여주는 객관적인 근거는 존재하지 않는다. 그럼에도 불구하고 대부분의 독자들이 이 작품을 읽고 세월호를 떠올렸다면 그것은 작가의 말처럼 "우리의 봄이, 봄이라는 단어의 무게와 질감이, 그 계절에 일어난 어떤 사건 때문에, 봄에서 여름으로 영영 건너가지 못한 아이들 때문에 달라졌다는"[16] 것을, 즉 비극 이후의 시간 속에서 '말' 자체가 속한 의미망이 완전히 변화했다는 것을 알고 있기 때문일 것이다.

그렇다고 해서 작가가, 그리고 소설을 읽고 있는 우리가 '이후'의 실제

---

16   김애란, 「점, 선, 면, 겹」, 『잊기 좋은 이름』, p.250.

적 고통 속에서 살아가고 있는 사람들의 마음을 안다고 주장할 수는 없다. 비극 이후 변한 것은 우리들의 말에 대한 감각일 뿐 그 변화된 감각이 비극의 실재를 이해하게 하는 것은 아니다. 오히려 그 변화된 말의 감각이 철저하게 확인시켜주는 사실은 타인의 고통에 대한 우리들의 '무지'이다.

> 많은 이들이 '내가 이만큼 울어줬으니 너는 이제 그만 울라'며 줄기 긴 꽃으로 아내를 채찍질 하는 것처럼 보였다.
> 다른 사람들은 몰라.
> 나는 멍하니 아내 말을 따라 했다.
> 다른 사람들은 몰라.
> 그러곤 내가 아내 말을 완벽하게 이해하고 있다는 걸 알았다.(p.37)

위 장면은 타인의 고통에 대해 감히 안다고 자처하는 사람들, 슬픔을 이해한다고 말하는 사람들을 향한 명백한 항의의 메시지를 담고 있다. 나아가, 참사를 겪은 자들 바깥의 모든 사람들을 고통의 방외인, 슬픔의 타자들로 만들어 버린다. 고통에 관해 우리는 아는 것이 없고, 아는 것이 없기에 그것을 지시할 수 있는 말 역시 존재할 수 없다. 우리들의 말은 타인의 고통 앞에서 무력하고, 무지하다.

하지만 「입동」이 이야기하는 말의 무지는 부부를 향한 타인들의 무심함과 폭력만을 드러내는 지점에서 그치는 것이 아니다. 그녀가 제시하는 무지는 좀더 다층적인데, 무엇보다 이 사실이 중요하다. 말로 표현할 수 없는 것, 우리가 진정으로 모르는 것은 절망의 낭떠러지 밑으로 추락했던 사람들이, 패배하지 않고 다시 삶을 향해 나아가게 만드는 힘의 근원에 대해서도 마찬가지이다. 김애란이 「입동」의 도배 장면을 통해 도달하고자 하는 것 역시 "아내가 일어나는 날"(p.32)이다. 다가올 겨울을 맞아 벽을 새롭게 단장하던 와중에 예상치 못한 영우의 흔적을 발견하면서, 두 사람은 주저앉은 채, 일어선다.

> - 여기...... 영우가 뭐 써놨어......
>
> ...... 뭐라고?
>
> 영우가 자기 이름...... 써놨어.
>
> 아내가 떨리는 손으로 벽 아래를 가리켰다.
>
> - 근데 다...... 못 썼어......
>
> 아직 성하고......
>
> - ......
>
> 이응하고......
>
> - ......
>
> 이응하고, 아니 이응밖에 못 썼어 ......
>
> 아내가 끅끅 이상한 소리를 내다 결국 울음을 터뜨렸다. 나는 영우가 제 이름을 쓰는 걸 한 번도 보지 못했다. 이따금 방바닥이나 스케치북에 그림도 글씨도 아닌 무언가를 구불구불 그려놓는 건 알았다. 그런데 제대로 앉거나 가지도 못했던 아이가 어느 순간 훌쩍 자라 '김' 자랑 '이응'을 썼다니, 대견해 머리통이라도 쓰다듬어주고 싶었다.(pp.34-35)

과거로부터 발송된 미완성의 편지 같은 영우의 글씨는, 미처 다 씌어지지 못한 아이의 이름은, 지금 여기에 없는 아이에 대한 기억을 고통스럽게 떠올리게 함으로써 '미진'을 주저앉히고, 울게 만든다. 그러나 주저앉은 것은 '그녀'와 '나'의 삶이 아니다. 영우의 완성되지 못한 이름을 통해 '미진'

과 '내'가 그간 잊고 있었던 소중한 기억을 떠올리는 데 이를 수 있기 때문이다.

> 그날 내가 두 돌도 안 된 영우한테 장난으로 "영우야. 오늘 엄마 생일인데 뭐해줄 거야?" 하고 물었어. 그랬더니 영우가 어떻게 했는지 알아? 그 말도 못 하던 애가 잠시 고민하더니 갑자기 막 손뼉을 치더라고. 영우가 나한테 박수 쳐줬어. 태어났다고......(p.36)

'미진'이 회고하는 장면에서 아직 말을 구사하지 못하는 영우는, 그 자신이 하는 행위의 의미도 알지 못한 채, 엄마의 탄생을 축하해주고 있다. 그리고 그것은 도배를 끝마친 후 점차 삶의 편으로 나아갈 부부의 행로에 건네진 아이의 응원으로도 읽힌다. 이른바 영우에 대한 기억 속에서 '미진'과 '나'는 아들로부터 무언가를 증여받는 중이다. 이것은 착각일까? 그럴지도 모른다. 그러나 한층 중요한 것은 도배를 하던 중 우연히 발견한 아들의 흔적으로부터, 자신들이 '살아 있다는 사실 그 자체'에 관한 의미를 재발견하게 되는 두 사람의 어떤 의지일 것이다. 영우가 미처 다 쓰지 못한 자신의 이름, 아직 온전히 말의 세계에 입장하지 못한 아이가 간신히 배우기 시작한 저 말은, 남겨진 부부의 씌어지지 않는 미래와 겹쳐질 때, 비로소 온전한 의미를 얻기 시작한다.

이들을 다시 살게 만든 저 이름의 정체는 과연 무엇일까? 이것은 삶에 대한 긍정일까? 단순히 그렇게 말할 수는 없을 것이다. 사태는 좀더 이중적이다. 주저앉아 울고 있는 아내를 바라보며 "그 순간조차 손에서 벽지를 놓을 수 없어, 그렇다고 놓지 않을 수도 없어 두 팔을 든 채 벌서듯 서 있"(p.37)는 '나'의 모습은, 김애란이 힘겹게 제시하고자 하는 '일어섬'의 이중성을 형상화한다. 긍정도 부정도 아닌, 아니 그 어떤 말로도 쉽게 환원될 수 없는 삶에 대한 의지는 아이러니라는 형식으로만 간신히 표현형을 얻을 수 있기 때문이다. "아이러니는 신 없는 시대의 부정적 신비주의, 다시 말해서 의미에 대한 일종의 유식한 무지(eine docta ingnorantia)"[17]라는 고전적인 정의는 여기서도 유효해 보인다. 압도적인 절망 속에서도 삶을 이어나가게 만드는 저 근원을 어떤 말로 표현할 수 있을까? 대답하기 쉽지 않다. 그러나 우리가 이 지점에서 확신할 수 있는 것은, 우리가 모른다는 것이, 말로 표현할 수 없는 것이 곧 존재하지 않음을 의미하지 않는다는 사실이다. 말할 수 없는 어떤 것은 말할 수 없음의 형식으로 상기될 수 있다.

기억 속의 영우가 자신이 윗세대인 부모에게 오히려 무언가를 주는 존재로 거듭나고 있다는 사실은 『비행운』과의 근본적인 차이를 보여준다. 아랫세대에 대한 부채감과 죄의식의 언어화가 주된 모티프였던 『비행운』 때와 달리, 『바깥은 여름』의 김애란은 자신이 아이들에게서 무언가를 선물 받는 사람일 수 있음을 깨닫는다.

> 부모도 자식에게 경외감을 느낄 수 있구나…… 네 안의 어떤 것이 너를 그렇게 만드는 걸까. 그중 내가 준 것도 있을까. 만일 그게 내가 준 것도 네가 처음부터 가진 것도 아니라면 그건 어디에서 온 걸까?(「가리는 손」, pp.195-196)

물론, 이것이 아이들의 성장에 대한 전적인 긍정과 순진한 믿음을 의미하지는 않을 것이며, 같은 맥락에서 『바깥은 여름』이 『비행운』을 완전히 부정하는 것 역시 아닐 것이다. 「가리는 손」은 한때 나에게 경외감을 안겼던

---

17   게오르크 루카치, 『소설의 이론』, 김경식 옮김, 문예출판사, 2007, p.105.

강동호 | 희망의 이름   *35*

자식이, 혐오로 가득한 세계를 살아가면서 점차 천진난만한 '악마성'을 드러낼 수 있다는 사실을 도외시하지 않는다. 「가리는 손」의 '나'는 엄마로서 자신의 아이가 혐오 범죄에 연루되어 있을지도 모른다는 사실을 회피하고 가리고 싶은 마음을, 다시 말해 자식이 어렸을 때 보여주었던 찬란한 '생명력'에 관한 기억을 방어하고 싶은 마음을 보여준다. 혼혈아로 성장해 나가며, 친구들로부터 무수히 많은 혐오와 폭력에 노출되었을 '재이'에 대해 엄마가 느끼는 "죄책감과 부끄러움"(p.203)은 『비행운』에서 피력된 죄의식과 연장선상에 놓여 있다. 아이가 성장하고 마침내 어른의 세계에 진입했을 때 직면하게 되는 또 다른 무지, 알 수 없음 앞에서 우리가 언제든지 패배할 수 있음을 김애란은 간과하지 않는다.

그럼에도 불구하고 그녀가 끝내 말하고 싶은 것이 패배와 절망이 아니라는 사실은 중요하다. 이를테면 「어디로 가고 싶으신가요」가 『바깥은 여름』의 마지막에 배치되어 있는 작품이라는 것은 그래서 강조될 필요가 있다. 요컨대 『바깥은 여름』이 「입동」으로 시작해, 상실 이후의 삶이 드리운 어두운 그늘을 통과하다가 결국 「어디로 가고 싶으신가요」로 나아가는 경로를 보여주는 것이 단순한 우연으로 간주될 수 없다는 뜻이다.

이 작품 역시 남편 '도경'을 잃은 '명지'의 창백한 날들을 따라가고 있다는 점에서 『바깥은 여름』의 전반적인 분위기를 대변하고 있다. 자신의 어린 제자 지용을 구하려다 함께 목숨을 잃은 도경. 그리고 그의 행동을 이해할 수 없고 원망하는 남겨진 자로서의 명지. 허무한 일상으로부터 도피하듯 스코틀랜드로 떠났다가 자신의 일상으로 되돌아오는 명지의 여정을 그리면서, 소설은 다음과 같은 질문들을 통과한다. 대체 무슨 생각으로 도경은 자신의 목숨까지 희생하면서 지용을 구하려 했던 것일까. '차가운 물'로 뛰어들 때 그는 "아주 잠깐만이라도 우리 생각은 안 했을까."(p.266) 도경은 내가 알던 그 평범하고 싱거운 그 사람과 동일인일까. 도대체 인간이란 어떤 존재인가.

명지는 도경의 행동을 이해할 수 없다. 그리고 자신을 남기고 삶의 건너편으로 떠나 버린 그의 선택을 지지할 수도 없다. 그녀가 이해할 수 없고, 지지할 수 없는 것은 도경뿐만이 아니다. 사랑하는 사람을 떠나보낸 후, 삶의 의미를 더 이상 찾지 못하는 내가 "시간이 나를 가라앉히거나 쓸어 보내지 못할 유속으로, 딱 그만큼의 힘으로 지나가게 놔"(p.234)두면서, 생을 포기하지 않는 이유는 무엇인가. 대답을 알지 못하는 그녀는, 자신의 삶을 지지하지 않는 그녀와 같은 사람이다. 구체적으로 묘사되어 있지는 않지만, 아마도 그녀는 주위의 인간들에게서도 어떤 힘도 얻지 못한 채, 고독하게 살아남아 있었을 것이다. 명지가 기억 속 남편처럼 휴대폰 음성인식 프로그램 시리(siri)와 싱거운 대화를 주고받으면서 이렇게 묻는 것도 같은 이유에서이다. "인간에 대해 어떻게 생각해요?" 시리는 대답한다. "뭐라 드릴 말씀이 없네요" 아무런 의도나 감정도 담겨 있지 않았을 이 말을 "인간에 대한 '포기'인지 '단념'인지 모를 반응"(p.238)으로 해석하는 명지의 심정은 인간에 대한 짙은 냉소의 지배를 받고 있다. 그녀는 인간을 모르고, 인간을 믿지 않으며, 앞으로는 인간과 대화하지 않을 것이다.

그러했던 그녀의 허무와 냉소에 균열이 가해지고, 인간에 대한 새로운 해답을 발견하게 된 것은 예상치 못한 편지에서이다. "이제 막 한글을 뗀 아이가 쓴 것처럼 크고 투박한 글씨"로 씌어진 편지, 남편이 끝내 건져내지 못한 지용의 몸이 불편한 누나(지은)의 메시지는 명지를 변화시킨다.

실은 부끄럽게도 오랫동안 생각 못했는데,
꿈에서 지용이를 보고 나서야

권도경 선생님과 사모님이 떠올랐습니다.

저는 지금도 지용이가 너무 보고 싶어요.
사모님도 선생님이 많이 그리우시죠?
그런 생각을 하면……
뭐라 드릴 말씀이 없어요.

이런 말은 조금 이상하지만,
감사하다는 인사를 드리고 싶어 편지를 써요.

겁이 많은 지용이가 마지막에 움켜쥔 게 차가운 물이 아니라
권도경 선생님 손이었다는 걸 생각하면 마음이 조금 놓여요.
이런 말씀 드리다니 너무 이기적이지요?(p.264)

지은의 편지에 적혀 있는 구절('뭐라 드릴 말씀이 없어요')과 시리의 대답('뭐라 드릴 말씀이 없네요')이 서로 마주서는 장면을 지켜보면서, 명지는 인간의 불가해함을 증거 하는 새로운 말의 내용과 형식에 관해 자각하기 시작한다. '뭐라 드릴 말씀이 없어요.' 우리를 절망케 하는 사태 앞에서 사람들은 말을 잃어버리지만, 예상치 못한 시점에 갑작스레 출현하는 선의의 행동, 그리고 삶에 대한 강력한 의지를 목격했을 때에도 말을 잃는다. 그 선의를 증여 받은 주체가 말을 잃는 것 또한 마찬가지이다. 지은이 그러했듯 감사한다는 말로도, 사죄의 언어로도 담을 수 없는 저 선의에 대해 어떻게 응답할 수 있을까?

이 질문 앞에 섰을 때, 인간의 말은 무력함을 고백하고, 인간에 대한 기

왕의 지식은 무용함을 토로할 수밖에 없다. 하지만 알 수 없고, 말할 수 없다는 사실이 부정과 허무를 강제하는 것은 아니다. 마찬가지 맥락에서 알 수 없다고 해서 존재하지 않는 것 역시 아니다. 무지에 대한 앎 속에서 절망했던 『비행운』의 김애란과 달리, 『바깥은 여름』의 김애란은 마침내, 무지의 형식으로만 전달될 수밖에 없는 인간에 대한 신뢰 위에서, 그 무지를 재해석할 수 있는 새로운 말의 형식에 도달한다. 여전히 인간을 정의하는 정확한 말을 알지 못하는 명지는, 자신의 삶을 지지하지 않았던 명지와 같은 사람이 아니다.

> 거기 내 앞에 놓인 말들과 마주하자니 그날 그곳에서 제자를 발견했을 당신 모습이 떠올랐다. 놀란 눈으로 하나의 삶이 다른 삶을 바라보는 얼굴이 그려졌다. 그 순간 남편이 무얼 할 수 있었을까……어쩌면 그날, 그 시간, 그곳에선 '삶'이 '죽음'에 뛰어든 게 아니라, '삶'이 '삶'에 뛰어든 게 아니었을까.(p.266)

도대체 인간이란 어떤 존재인가? "우리는 알고 있었다. 처음에는 탄식과 안타까움을 표한 이웃이 우리를 어떻게 대하기 시작했는지. 그들은 마치 거대한 불행에 감염되기라도 할 듯 우리를 피하고 수군거렸다."(「입동」, p.36) 우리는 인간이 어떤 존재인지 알고 있다. 인간은 무례하고, 이기적이며, 타인의 상처를 관람하면서 희열을 느끼는 위선적인 존재이다. 타인의 고통에 대해 잠시 슬퍼하고 기억과 애도를 다짐하지만, 곧 그것을 망각하고 차별과 혐오로 가득한 세상을 자연스럽게 받아들일 것이다. 비극은 반복될 것이고, 그러한 인간들이 살아가는 세상은 앞으로도 지속될 것이다.
그런데, 인간은 불가해하다. 때로 인간은 마치 그럴 수밖에 없다는 듯이, 누군가를 살리기 위해 자신의 목숨을 바치기도 한다. 칠흑과 같은 압도적인 어둠의 한 가운데에서도, 생의 불꽃을 꺼뜨리지 않고, 느리게나마 앞을 향해 천천히 걸어 나가기도 한다. 선(善)을 의식하지 않은 채 선을 실천하며, 그 빛에 의거하여 암흑 속 주변을 살피고 자발적으로 연대를 모색할 것이다. 그리고 역사가 증명하듯이, 그저 살아 있다는 단순한 사실을 통해 자신이 패배하지 않았음을 강렬하게 증명할 것이다.

도대체 이런 인간의 이중성에 대해 뭐라고 말해야 할 것인가? 여전히, 그것을 말로 설명하는 것은 불가능해 보인다. 카프카의 신비한 전언처럼, 인간 내부에 진정으로 '파괴 불가능한 것'이 있다는 뜻일까? 만약 그것이 존재한다면, 저 형언할 수 없는 것에 뭐라고 이름 붙여야 할까? 「물속 골리앗」의 「작가 노트」에서 김애란은 이런 말들을 남긴 바 있다.

> 하지만 우리에게 지금 가장 필요한 것 혹은 부족한 것은
> 공포에 대한 상상력이 아니라 선(善)에 대한 상상력이 아닐까.
> 그리고 문학이 할 수 있는 좋은 일 중 하나는
> 타인의 얼굴에 표정과 온도를 입혀내는 일이 아닐까 생각해본다.
> 그러니 '희망'이란 순진한 사람들이 아니라 용기 있는 사람들이 발명해
> 내는 것인지도 모르리라.[18]

희망이 용기의 산물이라는 말은 역설적이게도 선에 대한 상상력이 실천되기 위해서는 수많은 회의와 냉소의 시간을 감당해야 한다는 의미를 내포하고 있다. 하지만 그것이 있는 한, 다시 말해 인간이 살아 있는 한, 삶을

---

18   김애란, 「잊기 좋은 이름」, 『잊기 좋은 이름』, p.298.

송두리째 앗아가는 파국이 펼쳐지더라도 희망을 향한 우리들의 용기는 부서지지 않을 것이다. 『바깥은 여름』의 인물들이 바로 그 증인들이다.

5.

인용한 위 대목의 같은 지면에서, 김애란은 자신이 가장 좋아하는 소설 속 인물로 『난장이가 쏘아올린 작은 공』의 '신애'를 꼽는다. "한밤중, 수도꼭지 앞에 웅크려 앉아, 간절히 낙수를 기다리는 여자. 난장이를 믿는 여자"[19] 신애, 난장이를 위해 기어이 칼을 들 수 있었던 신애의 숨은 뜻은 신뢰(信)와 사랑(愛)이 아니었을까? "세상에 '잊기 좋은' 이름은 없다."[20] 잊을 수 없는 것은 파괴될 수 없는 것의 또 다른 이름이다. 김애란의 말은 저 파괴 불가능한 것에 대한 신뢰와 사랑을 잊지 않으려는 용기의 상상력일 것이다. 다시 말하자. 희망은 인간 내부의 파괴 불가능한 것을 가리키는, 잊을 수 없는 이름이다. 비록 인간이 그것을 늘 발견하는 것은 아닐지라도, 저 파괴될 수 없는 것에 대한 신뢰 없이 인간은 살아갈 수 없다. 그것을 증언하기 위해 지속적으로 삶의 편으로 뛰어드는 그녀의 인물들에게, 언어의 무력과 위력을 동시에 체감하며 고통스러운 시간을 통과해가고 있을 그녀에게, 말로 담을 수 있는 모든 경의의 마음을 건넨다. 아마도, 전달될 수 있을 것이다.

19   위의 글, p.299.
20   위의 글, p.300.

변화로서의 주체성

비평가 롤랑 바르트는 결과적으로 마지막이 되어버린 콜레주 드 프랑스의 강의 『소설의 준비』(La Préparation du Roman)를 '문학적 개종'과 '새로운 글쓰기로의 입문'을 선언하는 것으로 시작합니다. "나는 아주 깊은 생각에 잠겼습니다. 아이디어 하나가 떠올랐습니다. '문학적' 개종이라 할 수 있는 그 무언가였습니다. 아주 낡은 단어 두 개가 뇌리를 스쳤습니다. 문학에 입문하자, 글쓰기에 입문하자였습니다. 마치 지금까지 내가 전혀 글을 쓰지 않은 것처럼 말이지요."[1] 돌연 개종과 문학으로의 새로운 입문을 입에 올리는 것도 심상치 않지만 그의 충실한 독자들을 당황시키는 것은 다름 아닌 개종의 내용, 그리고 그를 개종으로 이끌었던 견딜 수 없는 고통에 대한 직접적 고백입니다. "견딜 수 없는 것, 그것은 바로 주체를 억압하는 것입니다. 주관성이 지니는 위험이 어떤 것이라도 상관없습니다. (중략) 객관성의 속임수보다는 주관성의 속임수가 더 낮습니다. 주체의 상상계가 주체의 제거보

---

[1] 롤랑 바르트, 『롤랑 바르트, 마지막 강의』, 변광배 옮김, 민음사, 2015, 35쪽. 이하 인용 출처는 괄호 안의 쪽수로 표기.

다 더 낫습니다."(pp.27-28)

주체를 제거하는 일보다 차라리 주체의 상상계를 복원하는 일이 더 낫다는 바르트의 단언은 글쓰기에서의 전통적 주체였던 '저자'의 죽음을 선고했던 그의 이력을 고려할 때, 분명 이질적인 말로 들립니다. 그 이질성은 그가 '저자의 회귀'(le retour de l'auteur)와 '삶에서 작품으로'의 권유를 언급하는 대목에서 극적으로 심화됩니다. 가령 앙드레 지드의 『일기』, 프루스트의 삶을 내포하고 있는 『잃어버린 시간을 찾아서』의 문학적 근원을 '전기론자로서의 저자'에서 찾을 때, 바르트는 "삶/작품 관계의 갱신" 그리고 "작품 같은 삶의 위치"를 재정립하려는 의지로 충만해 있는 것처럼 보입니다. 바르트가 돌연 저자의 귀환을 선언하는 장면은 스스로가 견지하고 있던 이론적 믿음의 자발적 철회를 의미할까요? 그는 독자들이 느낄 혼란을 예견했고, 그래서 자신의 글 「저자의 죽음」을 새삼 상기시키며 "현재 나는 이런 태도의 대척점에 있기는 합니다"(p.347)라고 분명하게 밝히는데, 이는 10년 전 자신이 제창한 텍스트주의와 현재의 자신이 정반대 편의 입장에 있음을 선명하게 드러내는 대목에 다름 아닙니다.

물론 이 의외의 방향 전환이 과거 자신이 내세웠던 입장에 관한 첨예한 이론적 검토와 반성 속에서 가능했던 결과였음을 보여주는 대목은 적지 않습니다. 가령 그는 "텍스트를 위해서 저자를 지우는 경향"이 "이론적인 면에서 저자를 초월하는 구조로서의 텍스트"(p.346)를 초래했다고 자평하는데, 이것은 과거 푸코가 「저자란 무엇인가?」(Qu'est-ce qu'un auteur?)를 통해 자신에게 던졌던 비판을 그가 오랫동안 의식하고 있었음을 보여주는 분명한 근거로 읽힐 수 있습니다. 하지만 그의 개종을 이끌었던 적극적이고도 실천적인 의지, 그리고 글쓰기-삶에 대한 새로운 관심과 욕망을 간과할 수는 없을 것 같습니다. 그는 "저자에 대한 무관심"이 저자의 죽음을 낳았다는 비평가 장 발맹 노엘의 지적을 수용하는데, 그렇다면 그가 선언한 개종은 이 무관심의 극적인 변화와 관련될 수밖에 없을 것입니다. 그래서일까요. 그의 이론적 전향에 대한 설명은 비교적 단순하고 간명한 회복의 구조를 따르고 있습니다. "죽음, 무관심 ⇒ 호기심의 회귀, 저자의 회귀입니다."(p.347)

말년의 바르트가 표방했던 급작스러운 방향 전환에 적지 않은 독자들이 위화감과 실망감을 느낀 것은 당연한 일이었습니다. 이를테면 바르트의 충실한 독자 중 하나였던 미국의 문학이론가 조나선 컬러는 후기 바르트가 작품을 신성화하면서 더 이상 텍스트에 관심을 보이지 않게 됨과 동시에 천재적 작가에 대한 물신적 집착을 보이기 시작했다며 그의 개종이 과거로의 후퇴, 즉 이론적 퇴행을 의미한다고 평가하고 있습니다.[2] 하지만 작가와 작품 개념에 대해 바르트가 표명한 관심과 욕망의 퇴행성을 지적하기에 앞서 그의 변화를 이끌어낸 특별한 의지와 욕망, 그리고 고통이 있었음을 기억하는 일은 여전히 중요해 보입니다. 어머니의 '죽음'을 겪은 후 바르트는 심한 무기력증과 권태로운 절망에 빠져 있었는데, 그는 자신의 실존적 고통에서 벗어나기 위한 새로운 환상이 필요함을 여러 저서들을 통해 진술하게 고백한 바 있습니다. 권태의 반복, 애도와 낙담의 중첩이 불러온 극도의 무력감 속에서, 그는 세계를 더 이상 사랑할 수 없을 정도로 피폐하고 억눌린 스스로의 자아를 발견합니다. 그래서 그는 그렇게 말했던 것입니다. "견딜 수 없는 것, 그것은 바로 주체를 억압하는 것입니다."(p.27)

이 억압에 대한 응시를 촉발한 사건이 현실적 죽음이었다는 것은 인간 바르트뿐만 아니라 비평가로서의 바르트를 이해하는 데 있어 각별히 중요

---

2   Jonathan Culler, "Preparing the Novel: Spiralling Back", Paragraph, Vol.31, No.1, Edinburgh University Press, p.114.

해 보입니다. 나아가 "잔인하고 다시 없을 것 같은 죽음은 개별자의 정점을 구성할 수 있"으며 "죽음을 현실적인 것으로 발견하는 순간"에 삶의 중간이라는 형식이 재발견될 수 있을 것이라는 진단은, 죽음이 삶에 부여하는 특별한 조형적인 힘에 대한 명확한 이해에 토대하고 있으며, 더 나아가 죽음에 대한 다른 사유를 촉발할 것입니다. 그리고 이것은 '저자의 죽음'에서 말하는 죽음의 진정한 의미를 이론적으로 조명하는 데에도 기여할 것입니다. "죽음, 무관심 → 호기심의 회귀, 저자의 회귀"라는 공식은 그러므로 실제적 죽음에 대한 관심, 나아가 죽음 이후에도 잔존해 있는 욕망과 의지 속에서 가능한 특별한 귀환과 회생의 원리를 제공합니다. 그것을 그는 이렇게 요약합니다. "작가에게 있어서 문제는 내가 보기에 '영원하기'(위대한 작가의 신화적 규정)가 아니라 죽은 후에 욕망할 만한 존재가 되기입니다."(p.483)

*

자전연보를 써야하는 자리에서 굳이 바르트에 대한 이야기를 길게 경유했던 이유는 그가 선보였던 문학적 개종의 궤적과 그것을 가능하게 했던 말년의 욕망이, 비평을 시작한 이래로 제가 비교적 일관성 있게 관심을 갖고 있던 문제였음을 최근 들어 깨달았기 때문입니다. '위대한 비평가'라는 신화적 규정과 구분되는 의미에서의 '욕망할 만한 비평가', 즉 '저자로서의 비평가'는 가능한가라는 물음이 바로 그것입니다. 오해를 피하기 위해 덧붙이자면, 저 자신이 그러한 비평가를 욕망한다는 뜻이 아닙니다. 다만 10여 년의 길지 않은 시간 동안 씌어진 적지 않은 저의 글들이 비평을(혹은 비평가를) 향하고 있었던 이유가, 타인의 글을 분석하고 해석하는 어려운 일들에 헌신하는 이들의 욕망을 해명하고 싶다는 욕망과 직간접적으로 관련 있었다는 사실을 강조하고 싶을 뿐입니다.

관련해서 저에게는 가까운 좋은 사례에 해당하는 것이 김현이었습니다. 그는 일전에 이렇게 쓴 바 있습니다. "나는 이제야말로 문학비평가가 정말 해야 하는 것은 무엇인가를 명확하게 생각해야 할 시기라고 생각한다. 반체제가 상당수의 지식인들의 목표이었을 때, 문학비평이 무엇이냐는 질문은 사치스럽기 짝이 없는 질문처럼 생각되었다."[3] 잘 알려진 것처럼 비평이 무엇인지 묻는 것이 사치스러웠다는 소회는 비평가의 메타적인 자기 검토가 일종의 잉여적인 작업처럼 여겨질 수밖에 없었던 당대의 엄혹한 문학사적 환경을 환기하고 있습니다. 그런데 저는 80년의 김현이 비로소 처음 제기한 저 질문이야말로, 김현 비평 전체를 관통하는 핵심적인 욕망을 담고 있다는 모종의 근거 없는 확신을 가지고 있습니다.

누군가에게는 다소 부당한 의견처럼 들릴지 모르겠지만, 저는 김현 비평을 요약하는 몇몇 유명한 문학론과 이론적 명제들이 오늘날 그리 유효하지 않다고 생각하는 편입니다. 오히려 제가 관심 있는 사안은 비평가 김현이 작품을 성실히 읽는 해석자이면서 동시에 자기 자신의 존재를 증명하려 부단히 애쓴 하나의 예외적인 개인이었다는 점, 그리고 그러한 사실을 증명하는 변화의 흔적들이 그의 텍스트 곳곳에 남겨져 있다는 사실입니다. 그 흔적들은 김현이 비평가로서 토로하고자 했던 모종의 내적 고백처럼 들리기도 했는데, 특히 그가 '욕망'이라는 단어를 사용했을 때가 그러했습니다. 『분석과 해석』의 서문에서 그는 자기 자신의 비평을 요약하는 핵심적인 원동력의 하나로 "타인의 사유의 뿌리를 만지고 싶다는 욕망"을 언급한 적이 있습니다. 여기서 그의 글에서 자주 등장하는 '뿌리'라는 단어가, 자기

---

3   김현, 「비평의 방법」, 『문학과 유토피아』, 문학과지성사, 1980, p.356.

자신에 대한 욕망과 긴밀하게 연결되어 있다는 사실은 각별히 중요해 보입니다. 비평가는 왜 타인의 욕망을 굳이 엿보고 싶어 하는 것일까요. 『프랑스 비평사』에서 그는 이렇게 말합니다. "오류를 객관적으로 정신분석해 나가면, 그 오류를 가능케 한 내 욕망의 뿌리를 얼핏 엿볼 수 있을지 모르겠다." 그렇다면 타인의 욕망을 분석하는 주체의 욕망은 결과적으로 그 욕망을 들여다보는 자기 자신의 욕망을 분석하는 행위, 그리고 궁극적으로는 자신에게 내재되어 있는 오류를 검토하는 작업으로 이어질 수밖에 없지 않을까요. 타인의 욕망을 들여다보려는 자기 자신의 욕망을 욕망하기. 즉 "욕망의 욕망"은 스스로를 욕망의 대상으로 변모시키고 싶다는 환상과 함께, 그것을 실천하기 위해 요청되어야 할 비평의 냉철한 자기 검토와 그것에 수반되는 변화의 불가피성을 강조하고 있는지도 모르겠습니다.

*

누군가는 비평은 그러한 주관적인 행위가 아니라 객관적인 분석이고, 최소한 공정한 문학적 판단을 지향해야 한다고 주장할지도 모르겠습니다. 비평이 자기에 대한 관심에서 출발해 그 사유의 종착지도 자기 자신이라면, 모든 비평적 판단이 편견의 소산일 수밖에 없다는 지적 역시 타당해 보입니다.

하지만 비평의 자기에 대한 욕망과 환상을 단순한 나르시시즘과 등치시키는 것은 부당해 보입니다. 바르트와 김현의 사례가 환기하고 있듯, 그 과정은 자아에 대한 철저한 반성적 사유 위에서 개진될 수 있다는 점에서 자신에게 내재하고 있는 모종의 오류와 결핍을 대면하는, 다소 고통스러운 시간을 예고하고 있기 때문입니다. 다시 말해 비평가가 자신을 발견하는 순간은 스스로의 글과 삶에 대한 자폐적인 애정과 관심 속에서 아니라, 텍스트 분석을 통해 수행되는 철저한 자기 검토와 그것이 강제하는 어떤 변화에의 요청과 결부되어 있습니다. 물론 그 변화는 실존적인 체험과 더불어 이론적 타당성을 가져야 할 것입니다. 작품에 대한 분석과 해명은 글쓰기 주체의 삶을 전환시키도록 강제하는 모종의 힘들에 대한 이론적 해명 속에서 정당화될 수 있기 때문입니다. 이러한 작업은 심지어 자신이 과거에 내세웠던 이념과 대척점에 서는 것도 감수해야 한다는 점에서 일종의 개종과 전향에 비견될 만한 결과도 함축하고 있습니다. 하지만 제가 매력을 느끼는 대상은 자기에 대한 해명이라는 일관된 요구 속에서 불가피한 전향과 비체계적 성향들을 보이는 사람들, 혹은 텍스트들입니다. 그것은 일견 혼란스럽고 때로는 퇴행적으로 보일 수 있지만, 그것이 글쓰기-삶에 대한 헌신과 충실성을 증명하는 징표라고 믿기 때문입니다. 삶에 대한 헌신 속에서 이루어지는 글쓰기의 변화는 비록 고통스럽지만, 그것을 통해 문학은 비로소 자기 자신에 대한 종속으로부터 잠깐이나마 해방될 가능성을 확보할 수 있다고 생각합니다.

　자전연보를 대신해서, 굳이 이런 이야기들을 늘어놓은 것은 지금의 저자신이 아무래도 이 변화라는 것의 필연성과 당위를 이론적으로 해명하고 정당화하고 싶기 때문인지도 모르겠습니다. 최근 몇 년 동안 비평계를 둘러싼 환경과 조건의 큰 변화가 있어 왔습니다. 문학과 비평 전반에 걸쳐 나타나는 새로운 목소리들을 지지하지만, 한편으로는 변화의 급격한 전개를 따라가는 것이 쉽지는 않았던 것이 솔직한 심정입니다. 무엇보다 저 자신이 미처 깨닫지 못했던 한계들을 고통스럽게 대면해야 했기 때문입니다. 그런 의미에서 (다소 민망하고 부끄러운 고백이지만) 「희망의 이름-김애란론」은 개인적으로 제게 적지 않은 의미가 있는 글입니다. 글을 쓰던 당시 저는 오랫동안 저를 짓누르던 권태와 절망 그리고 자기혐오에서 벗어나지 못한 상태였는데, 이러한 스스로의 상태를 냉정하게 되돌아봐야 한다는 마음으로 오랫동안 신뢰했던 한 작가의 작품들을 천천히, 다시 읽고자 했던 것입니다. 오랜 시간 동안 고통스럽게 변화하는 한 작가의 글쓰기의 궤적을 새삼 발견하면서, 그것에 내포되어 있는 삶에의 강렬한 의지를 저 또한 이해하고 싶었던 것 같기도 합니다. 제가 그 변화에 '희망'이라는 가능성의 이름을 붙이고자 했던 것도 그와 무관하지 않을지도 모르겠습니다. 물론 중요한 것은 이해가 아니라 어디까지나 실천일 것입니다. 그리고 그것은 지금까지 제가 써왔던 글들의 목록이 아닌, 아직 씌어지지 않은 미래의 글들을 통해 증명될 수밖에 없을 것입니다. 니체를 인용하며 제시되었던, 바르트의 변화에 대한 다음과 같은 명제를 되새기면서 말입니다. "주체성은 부정되거나, 권리를 상실하거나, 억압되어서는 안 된다는 것입니다. 주체성은 유동적으로 여겨져야 합니다. '변덕스러운' 것이 아니라 유동적인 점들의 직조로, 그것들의 망으로 말입니다. 니체의 인용문에서 중요한 것은 바로 이 점(주체성)의 개념입니다. 하나의 강, 심지어 변화하는 강으로서의 주체성, 그러나 여러 장소들의 불연속적인(그리고 부딪치는) 변화로서의 주체성입니다."(p.92)

분노의 정동, 복수의 정치학

— 세월호와 미투 운동 이후의 문학은 어떻게 만나는가

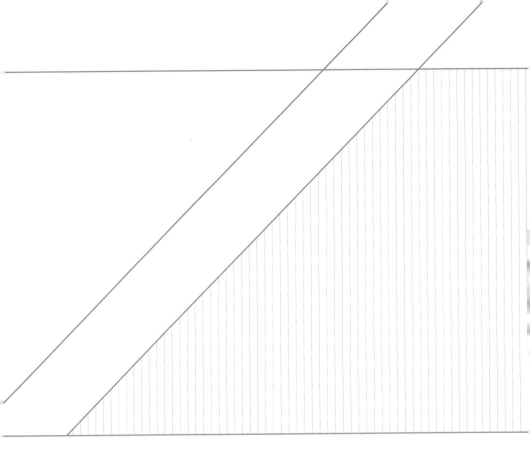

강지희

이화여자대학교 국어국문학과 및 동대학원 졸업.
(현대소설로 박사 학위를 받음)
〈조선일보〉 신춘문예 평론 부문으로 등단.(2008)
현재 한신대학교 문예창작학과 교수.
〈문학동네〉 편집위원으로 활동 중.
『문학은 위험하다』(민음사, 2019) 공저.
iskyyou@hanmail.net

분노의 정동, 복수의 정치학

— 세월호와 미투 운동 이후의 문학은 어떻게 만나는가

1. 무능하거나 영악한 법 앞에서

지난 5월 17일은 강남역 살인사건이 발생한지 3년째 되는 날이었다. 그날, 공동 포럼 "미투 운동 1년, 한국 사회에 찾아온 변화"에서 발표된 글 중에는 문학계 내의 이야기를 하는 글 역시 함께 있었다. 그 글 「'시민-독자'의 자리: 이후의 삶, 너머의 문학」을 읽은 후에 어떤 서늘한 각성이 있었고, 이 글 역시 그 글을 이어받으며 시작될 수밖에 없다고 생각했다.[1] 「'시민-독자'의 자리」는 2018년 1월 29일 한 여성 검사의 검찰 조직 내 성폭력 피해 고발 이후 전방위로 미투 운동이 일어나며 쇄신과 연대의 물결이 일어났지만, 이미 그 이전인 2016년 10월부터 문학계 내 성폭력 해시태그 운동을 통해 다양한 지지와 연대 활동이 지속되었다는 점에 주목하며 글을 시

---

1   이 글은 2019년 5월 17일 공동 포럼 "미투 운동 1년, 한국 사회에 찾아온 변화"에서 발표된 소영현의 「'시민-독자'의 자리: 이후의 삶, 너머의 문학」과 장은정의 토론문 「'연대자'의 자리: 이후의 삶, 너머의 문학」이 있기에 시작될 수 있었다.

작한다. 성폭력 해시태그 운동과 미투 운동이 소셜미디어를 기반으로 한다는 것은 대중 운동으로 확산될 수 있는 적실한 기반이 되었지만, 동시에 고발이나 폭로 이후로 좀더 빠르게 개인별 사건 단위로 분절되고 법적 공방으로 협소화될 수밖에 없도록 만들었다. 법정 공방이 반복되면서 해시태그 운동은 운동의 국면과 맥락의 의미가 소거된 채 점차 가해자와 피해자 혹은 고소인과 피고소인의 문제로 납작해졌고, 최영미 시인의 미투 운동에 대한 문단의 반응이 거의 침묵에 가까웠던 것 역시 2018년 미투 운동이 있기 이전의 경험을 빼놓고는 설명될 수 없다. 「'시민-독자'의 자리」의 중요한 문제의식은 '한 명의 가해자의 처벌로 미투 국면을 과연 진전시킬 수 있는가'와 '피해자들을 다시 어떻게 공동체로 귀환시킬 수 있는가'에 있다. '문학의 이름으로' 이루어진 사건들 안에서 피해자 생존자들은 그 고통을 견디느라, 법적 공방 속에서 의도와 무관하게 문학과 분리되는 경험을 해왔다. 또한 법정 공방에서의 승소가 공동체로의 복귀를 의미하는 것이 아니기에, 법적 절차와는 별계로 젠더 위계 폭력을 가능케 했던 기존의 문학출판 관계 구조를 이에 속한 구성원들이 다르게 변화시켜야 한다는 것을 모두가 이해하는 자리에서 소영현이 제기한 '포스트 미투 운동'의 모색은 가능할 것이다. 미투 운동 이후 많은 것들이 바뀌었다고들 하지만, 그 작은 승리들이 무색하게도 최근 장자연 사건, 김학의 사건, 버닝썬 사건은 형식적인 조사와 수사 끝에 누구도 처벌되지 않은 채 종결되었다. 사회 전반에 구조화된 여성혐오의 문제가 해결되기란 지난해보이며 문학이 그 가운데 무엇을 할 수 있는가에 대해서는 아득하게 느껴지지만, 그 가운데 문학 안에서 새로운 정동과 수행성이 나타나고 있다는 것은 중요해 보인다. 올해 발표된 한정현의 『줄리아나 도쿄』와 권여선의 『레몬』에서 눈에 띄는 것은 복수가 실행되는 방식이다. 문학은 사건에 어떻게 개입할 수 있는가. 『줄리아나 도쿄』와 『레몬』에서 인물들은 각각 연인에 의한 극심한 폭행 이후 자신의 삶을 다시 찾아나서야 하고, 범죄로 언니가 죽은 이후에도 계속 살아나가야 하는 문제를 안고 있다. 두 사건은 다른 결을 지니고 있음에도 결국에는 법이란 이름의 공권력이 해결해주지 않은 사건이라는 점에서 같다. 이 소설들 속의 법은 절망적으로 무능하거나 소름끼칠 만큼 영악하여 아무런 기능도 하지 않는다. 법 앞에서 소설 속 인물들은 무력해지고 슬픔에 잠기지만, 어느 순간 그 슬픔 속에서 분노라는 정동을 밑바탕으로 삼아 적극적으로 움직이기 시작한다. 이 움직임에는 자신을 추스르고 일상생활로 복귀하는 것이 아니라, 이를 상회해버리는 강렬한 복수가 있다. 그런데 '눈에는 눈, 이에는 이' 식의 동일한 고통의 복수란 가능한가. 이들의 복수는 가해자를 정확히 겨냥하는 듯 보이면서도 조금씩 어긋나있고, 그 어긋남이 복수를 사적인 앙갚음이 아니라 공적인 차원에서 정당성의 쟁투로 만들어낸다.

이 복수들을 들여다보는 동안, 세월호 사건과 미투 운동이 어떻게 연결되며 '이후'의 자리를 새롭게 만들어나가는지 다시 그려지기 시작했다. 한국 사회에서 이 두 사건은 사건을 해결하는 대신 미제(未濟)로 남겨두거나 피해자들이 오히려 공격당하는 빌미를 만들어주면서 공권력의 무능과 간사함을 적나라하게 보여준 대표적인 사례들이다. 세월호 이후 단식투쟁하는 유가족 앞에서 폭식하는 일베의 모습이나 보상금의 문제로 치환해버리는 자극적인 언론보도, 경제위기 극복의 프레임을 내세우는 정부 앞에서 피해자의 고통은 축소되었을 뿐만 아니라, 피해자와 가해자의 자리는 전도되었다. 이 전도된 상황은 성폭력 해시태그 운동 이후에 오히려 대부분의 피해자들이 가해자들로부터 명예 훼손과 무고 위협에 시달리며, 대중으로부터는 피해자로서의 자격과 고발의 의도를 의심받는 2차 가해의 대상이 되어온 것과 무관하지 않다. 2014년 이후 한국에서 벌어진 이 일련의 사건들은 우리의 자리를 잠재적 공모자이자 생존자의 자리에 놓고 사고하게 했다. 이 사건들 앞에서 어쩌면 자신이 사회구조적으로 사건을 방조하는데 기여한 것은 아닌지에 대한 의심과 죄책감, 나 역시 우연히 살아남았다는 불안과 공포로부터 자유로웠던 사람이 있을까. 이 글은 '미안하다, 잊지 않겠다, 가만히 있지 않겠다'는 한국의 집합 감정이 문학 안에서 어떻게 진동하며 수행성을 만들어 가는지에 대한 고민 속에서 쓰였다.

2. 서로를 지켜내는 퀴어 디아스포라–한정현의 『줄리아나 도쿄』

한정현의 『줄리아나 도쿄』는 '한주'의 이야기에서 시작된다. 오랫동안 연인의 가스라이팅과 데이트 폭행에 시달려온 한주는 결국 샤워기 호스로 목을 감은 채 욕조에서 발견되고, 그 충격으로 모국어인 한국어를 잃어버린다. 사건의 수사 과정에서 한주에게는 당시의 폭행을 입증할 자료가 요구되지만, 폭행 순간의 영상이나 사진, 그 당시의 진단서 등은 그를 찾아가 다시 맞지 않는 이상 제출할 수 없는 증거들이다. 어떤 것도 제출할 수 없는 그녀가 겨우 자신의 이름을 한글로 쓸 수 있게 되었을 때, 피의자로 지목되었던 옛 연인은 증거 불충분으로 풀려난다. 그리고 한주는 일본으로 건너간다. 소설은 어쩌면 이제 우리에게 너무나 익숙해져버린 피해자 여성의 서사에서 출발해 그 '이후'를 상상해 나간다. 결국 자신의 피해를 '법적으로' 증명하는데 성공하지 못하고 그 증상을 신체에 새긴 채 공동체를 떠난 자들은 어떻게 되는가.

작가 특유의 따뜻한 시선에 실려 한주는 아사쿠사바시의 꼬치구이 노인의 호의를 통해 일본에서 자신만의 생활을 시작하며 일자리를 구하게 되고, 또 서점에서 함께 일하던 일본 게이 청년 '유키노'와 작은 집을 얻게 된다. 화자는 유키노와 자신이 무슨 관계일지 고민하지만 유키노와 이야기를 나눌수록 그 제안은 단순하게 "나 유키노에겐 한주 네가 필요해."라는 말이라는 것을 알게 된다. 동일한 정체성을 공유하는 사람들과만 연결을 형성하는 것이 아니라, 성 정체성을 적극적으로 가로질러 형성되는 친밀한 공동체의 형성은 최근 김봉곤의 「시절과 기분」이나 박상영의 「재희」에서도 발견되는 요소 중 하나다. 게이 남성과 시스 젠더 여성이 만들어가는 느슨하지만 따뜻한 우정의 공동체가 『줄리아나 도쿄』에서도 핵심을 이루고 있다고 할 수 있겠지만, 앞의 소설들과 다른 지점은 이 소설이 '연대자-되기'라는 수행적 행위의 과정을 그려나가고 있다는 데 있다. 성폭력 사건과 관련한 법적 공방이 문제가 되곤 하는 이유는 성폭력이 발생한 시점과 고발이 이루어지는 시점 사이에는 간극이 좁지 않다는데 있다. 그리고 피해자는 피해와 함께 만들어지는 게 아니라 오랜 시간에 걸친 자기반성, 자체검열, 자아성찰을 통해 즉 '피해자-되기'라는 수행적 행위를 통해서 만들어진다는 사실을 이해할 필요가 있다.[2] 마찬가지로 상대방의 피해 사실을 알게 되었다고 해서 바로 연대자가 될 수 있는 것이 아니라, '연대자-되기'라는 수행적 과정이 필요할 수밖에 없다.[3] 『줄리아나 도쿄』의 오분의 일 정도에 해당되는 지점에서 유키노는 떠난다는 메모를 남긴 채 실종되어 버리고 만다. 그리고 소설의 남은 부분은 서로가 보이지 않는 곳에서 이들이 서로의 역사를 이해하고 연대해나가는 과정으로 이루어진다.

어린 시절 IMF로 인해 그림을 그리고 싶었던 꿈을 포기해야 했던 한주

2   소영현, 앞의 글, p.7.
3   '연대자-되기'라는 표현에 대해서는 장은정, 앞의 글, p.2.

와, 줄리아나 도쿄의 화장실에서 버려진 아이를 발견하고 기꺼이 미혼모가 되어 그 아이를 키우는 동안 환한 표정을 잃어버린 어머니에게 죄책감을 갖게 된 유키노는 다른 배경을 갖고 있지만, 데이트 폭행의 피해자로서 겹쳐진다. 국적과 성性 정체성을 뛰어넘는 이들의 이야기는 캬바쿠라에서 자라다 가까웠던 언니의 납치와 임신의 충격을 통해 그 공동체로부터 튕겨져 나온 유키노의 어머니로, 오키나와인들로, 한국의 여성 노동자들로, 백여 년 전 음악을 하며 진짜 자신으로 살고 싶어서 조선에서 일본으로 건너왔다가 소련으로 망명한 작곡가 '정추'에게로, 윤이상의 음악을 공부하고자 한국으로 유학 간 김추의 어머니로, 대학 시위에 참가했다가 최루탄이 발사되는 현장에서 정추의 음악을 틀었던 노동자 아버지로 계속해서 넓혀진다. 이들을 하나로 잇는 것은 "자리를 끊임없이 선택하지만 그곳에 완벽히 소속되지는 못하는 불안한 삶"(188)처럼 보인다. 이들은 모두 운이 좋아 자신이 우연히 살아남았음을 실감하며 죄책감을 안고 사는 피해자이자 생존자이며, 작가는 이 인물들 모두에게 자신을 온전히 내보일 수 있는 각각의 단상을 마련해주기 위해 긴 글을 쓴 것처럼 보인다. 그리고 이 다소 많은 연결망들을 보여준 끝에 유키노가 행하는 연대의 행위는 예상치 못한 방식으로 튀어나온다.

유키노는 한주의 목에 감긴 호스를 향해 칼을 휘둘렀다. 분명 그랬는데, 한수가 목을 움켜쥔 채 충격으로 놀란 눈을 홉뜨고 비틀거린다. 유키노의 눈앞에는 여전히 샤워기 호스가 목에 감긴 한주가 있었다. 차라리 샤워기가 연결된 끝을 잘라버리자. 그러나 곧, 유키노는 그 자리에 멈춰 섰다. 기어이 잘라버리려고 했던 샤워기의 끝에는 오타루의 집에서 살려달라고 빌었던 유키노 자신이 있었다. (…)

내뱉고 나면 어색해질까봐 참았던 그 말을 이제야 온전히 건넬 수 있을 것 같았다.

"한주, 너는 나의 의지야." (pp.251-253.)

"내가 죽어서라도, 그 사람의 인생이 산산조각나길"(p.242)바라며 샤워기 호스로 목을 감을 수밖에 없었던 한주의 고통스러운 과거를 들었던 유키노는, 부산으로 건너간 상태에서도 계속 이어지는 한국인 연인의 폭력 속에서 환각을 본다. 그는 샤워기 호스가 목에 감긴 한주를 구하기 위해 칼을 휘두르지만, 그 결과 자신의 연인이었던 한수를 찌르게 된다. 하지만 유키노의 정당방위는 자신을 구해내는 '탈출'이자, 한주를 위한 '복수'다. 이 서늘한 장면은 '피해자'였던 유키노가 '연대자'로 거듭나는 순간이다. 이를 통해서 작가는 피해자나 연대자의 윤리-정치적 결단이 부드러운 호소로 남아있을 것이라 기대하는 시선이란 공동체의 이기적 환상이자 또 다른 타자화일 수밖에 없다는 것을, 해방과 연대에는 때로 불가피한 폭력성이 개입할 수밖에 없음을 보여주고자 하는 것처럼 보인다.

강남역 살인사건에, 불법 촬영물의 공유와 카르텔에, 그리고 이제 다시 버닝썬 게이트에 분개해서 거리로 나오는 여성들의 말과 움직임들은 단순히 합리성이라는 언어로 포획될 수 없는 공감의 힘을 바탕으로 해서 공동체적 감각을 만들어가는 중이다. 이 분개는 어떻게 계속해서 이어져나갈 수 있을 것인가. 권김현영은 성폭력 문제 해결을 위한 원칙으로 피해자의 권리와 구성원의 의무를 강조하는 방식의 허점을 짚은 바 있다. 피해자를 지지하고, 성폭력 문제 해결을 위해 연대하는 것은 구성원으로서의 '의무'가 되었다. 상담자와 지원자에게는 비밀 유지나 신고의 의무가 부여되고, 가해자는 자신이 저지른 범죄 행위에 따른 벌을 받아야 할 의무가 있다.

오직 피해자만이 의무가 아닌 '권리'를 이야기하게 된다. 문제는 이렇게 되면 피해자만이 공동체 내에서 이질적인 사람이 되고, 시민 사회 내에서 피해자를 이중 배제하는 동학 속으로 밀어 넣게 된다.[4] 하지만 이런 피해자의 이중 배제를 말하기 전에, 그 연대의 의무는 행해지고 있는가. 문단 내 성폭력 해시 태그 운동 이후에 지금 문단이라는 공동체 속에서 피해자는 어디에 있는가. 한정현의 『줄리아나 도쿄』에서 한국인 '한주'는 여전히 일본 도쿄에서, 일본인 '유키노'는 한국의 부산에서 이질적인 퀴어 디아스포라의 자리를 고수하며 서있다. 한주는 법적으로 구제받을 수 없었고, 유키노는 아직 재판 이전의 상태라는 것, 그리고 이들에게 아직 공동체로 복귀할 수 있는 길이 열리지 않고 있다는 것은 두 사람의 뜨거운 연대에도 불구하고 무엇이 부재한가를 우리에게 강렬하고 불편하게 상기시킨다. 이 끝에 있는 나무와 저 끝에 있는 나무가 서로 보지는 못해도 뿌리가 얽혀 있어서 태풍으로부터 오키나와를 지켜준다는 고무나무숲의 아름다움은 구체적인 역사적 상황의 얽혀있음을, 복수의 행위가 피해자를 고립시키지 않고 정치적 공동체의 구조적 질서를 바꾸는 순간을 상징적으로 보여준다.

3. 애도의 슬픔에서 복수의 수행으로 - 권여선의 『레몬』

권여선의 『레몬』은 창비 2016년 여름호에 「당신이 알지 못하나이다」라는 제목의 중편으로 발표되었던 작품을 개작한 것이다. 당시 이 작품은 '세

---

4   권김현영, 「성폭력 2차 가해와 피해자 중심주의의 문제」, 『피해와 가해의 페미니즘』, 교양인, 2018, p.62.

월호 서사'로 회자되며 많은 이들에게 읽혔고 연극으로까지 만들어졌다. 2002년 한일월드컵 폐막식 직후인 7월 1일에 두부가 손상된 시신으로 공원에서 발견된 언니 '해언'을 어떻게 애도할 것인가의 문제를 남겨진 가족의 시선을 중심으로 다루는 이 이야기는 비슷한 시기에 등장했던 아이를 잃은 슬픔을 말하던 소설들과 나란히 읽혔다. 소설 안에 산포된 노란색의 사물들과 함께, 용의자로 지목되었던 인물들이 모두 풀려나고 사건이 미제(未濟)로 남겨졌다는 사실도 이 소설을 세월호와 떨어뜨려 읽을 수 없게 만드는 요소였다.

소설 내부에 가장 중요한 화자는 사건으로 언니를 잃어야 했던 '다언'이다. 다언은 해언과 한 반 친구이자 자신의 문예반 선배였던 상희에게 절규하듯 다음과 같이 말한다. "언니, 이 모두가 신의 섭리다, 망루가 불타고 배가 침몰해도, 이 모두가 신의 섭리다, 그렇게 자신 있게 말할 수 있어야 신을 믿는다고 말할 수 있는 것 아닐까요? 나는 죽었다 깨어나도 그렇게 말할 수가 없어요. 섭리가 아니라 무지예요! 이 모두가 신의 무지다, 그렇게 말해야 해요! 모르는 건 신이다, 그렇게……"(p.187) 부조리한 언니의 죽음 위에 용산 참사와 세월호 사건을 겹쳐두고 있는 다언의 이 말은 소설의 제목 「당신이 알지 못하나이다」와 공명하며, 우리가 여전히 세월호에 대해 충분히 진상을 규명하지 못했으며 그로 인해 해결 역시 불가능한 상태라는 점을 상기시켰다. 시를 쓰고 싶었지만 더 이상 시를 쓸 수 없게 된 두 여성 인물 다언과 상희는 신이 인간에게 가하는 무참하고 무의미한 비극에 대응할 수 있는 언어의 자리에 문학을 두지 않는다. 그들의 쓸 수 없음, 그 침묵이야말로 언어로만 이루어진 문학이 행할 수 있는 가장 큰 속죄의 형식처럼 보였다.

그런데 2019년 4월에 단행본으로 발간된 『레몬』을 읽는 것은 조금 다른 체험이었음을 고백해야 할 것 같다. 소설은 2016년과 완전히 다르게 읽혔다. 창비 계간지에 실렸던 당시와 비교해보았을 때, 『레몬』은 내용적 측면에서 개작이 많이 된 편은 아니었다. 다만 소제목을 이루는 년도의 변경은 언급해둘 필요가 있을 것 같다. '레몬', '끈', '무릎'이라는 소제목으로 2009년에 일어났던 사건들은 2010년으로 옮겨졌고, '신'의 2014년은 2015년으로, '육종'의 2015년은 2017년으로, 가장 마지막 장을 이루고 있던 '사양斜陽'의 2016년은 2019년으로 변경되며 다시금 지속되고 있는 애도의 현재성을 강조했다. 그러니 소설이 이전과 다르게 받아들여졌다면, 그것은 절대적으로 소설의 변화가 아니라 독법의 변화에서 오는 차이였다. 2016년 당시에는 죽은 해언을 어떻게 애도할 수 있을 것인가를 둘러싼 문제, 애도 불가능한 상황 속에서 남겨진 자들의 고통이 너무나 압도적으로 다가왔다. 그러나 이번에 다시 읽으며 두드러지게 눈에 들어왔던 것은 성폭행을 당한 흔적은 없으나 속옷이 탈의된 시체로 발견되었고, 끝내 그 인과관계가 해명되지 않은 '해언'이라는 여성 인물이었다. "내용 없는 텅 빈 형식의 완전함이 주는 황홀"(34쪽)이라 설명되는 해언을 어떻게 바라봐야 할 것인가. 이 문제 속에서 소설은 '세월호 서사'와 '미투 운동 이후의 서사' 사이에서 진동하는 듯 느껴졌다. 특정 소설을 '세월호 서사'로 명명할 때 우리가 읽어내지 못했던 것은 무엇인가. 이를 해명하는 것은 '세월호 이후'와 '미투 운동 이후'를 어떻게 문학 안에서 결부시키며 함께 갈 수 있는지 탐구하는 문제와도 연결되어 있을 것이다.

「당신이 알지 못하나이다」가 발표되었던 당시 이 작품을 주목했던 몇몇 평론들은 이 소설이 '애도'와 '복수심' 사이에 있다는 것을 정확히 간파하고 있었다. 황현경은 이 소설을 "남겨진 이들의 끝나지 않을 고통"으로 읽어내며, 왜 가해자가 아닌 피해자인 다언이 참회록을 쓰는지에 주목한다. 그리고 이 소설이 "도대체 무슨 일이 벌어진 것인지를 몰라서, 말해야 할

이들이 말하지 않고 알려줘야 할 이들이 알려주지 않아서, '혹시'나 '만약'으로 시작되는 상상을 통해 스스로를 괴롭히는 죄를 지으며 울다 병든 이들 앞에, 소설 속 사건의 인과를 자신만만하게 틀어쥐곤 했던 '작은 세계의 신'이 바친 참회록"이라 말한다.[5] 이 평론은 무엇보다 세월호가 미제의 사건으로 남았음을 끝까지 주시하면서 그 모호함이 어떤 고통으로 귀결되는지를 바라보고자 한다. 애도는 그저 단순히 슬픔에 머물러 있는 것이 아니라, 누군가에게는 또 다른 죄를 지을 수 있을 만큼 가혹한 상상을 계속하게 만든 고통의 문제라는 것이다. 황현경은 다언의 죄에 대해 사건 관계자들을 자신의 머릿속 법정에서 끊임없이 심문해온 다언의 가혹한 상상에 국한해서 논하고 있지만, 유괴를 행한 다언의 행위를 어느 정도는 염두에 두는 것처럼 보인다.

정홍수는 한 칼럼에서 애도의 시간을 모욕하는 일이 공권력에 의해 자행되기 시작한 것을 개탄하면서도, "애도 자체가 어느 면에서 정형화되거나 준비된 해답의 자리로 바뀌고 있지는 않은지 성찰도 필요"하다고 말한다.[6] 무엇보다 이 소설에서 동생의 상상이 "사건의 진실에 도달하고자 하는 의지 말고도 복수심과 은밀한 개인적 욕망에 의해 추동되고 있다는 사실"에 주목하면서, "공감의 상상력이라는 중립 지대는 없"다는 결론으로 나아가는 것은 그가 읽어낸 독해의 깊이를 보여준다. 거의 대다수의 국민들이 세월호 사건에 대해 깊은 슬픔에 빠진 채 희생자들에 대한 죄의식에 사로잡혀 있을 때, 그 희생자와 가족의 자리를 이해하고 상상하는 '한계'를 인식한다는 것이 쉬운 일은 아니었다. 분명 자신의 죄의식이 담보하는 윤리성

<hr>

5   황현경, 「그러나」, 『기획회의』 436호, pp.130-131.
6   정홍수, 「우리는 알지 못한다」, 《한국일보》 2016년 7월 28일.

에 심취하는 것이 아니라, 이를 다시 한 번 심문에 부치는 것이야말로 필요했던 태도였을 것이다. 정홍수의 칼럼은 이 공감의 상상력이라는 중립 지대 너머, 소설이 "마침내 한 인간의 진실을 상상하는 값진 순간에 도달"했음을 읽어낸다. 그 진실의 자리에 있는 자는 바로 한만우다. 정홍수는 "어느 면에서는 사건의 가장 가혹한 피해자"인 한만우 역시 결국에는 죽은 자라는 사실을 상기시키며, 죽음의 자리에 놓이게 된 그가 살아있던 시절 자신이 무슨 일을 하는지 모르는 가운데 설레하던 감정까지도 상상할 수 있어야 한다는 것을 다시 한번 강조한다.

그런데 우리는 이렇게 물어볼 수도 있지 않을까. 죽은 자의 고통과 희열이 어디에 있는지 우리가 끝끝내 모른다면, 왜 소설은 모든 고통의 시작점에 놓여 있는 중요한 사건의 피해자인 해언의 진실을 상상하는 순간에는 도달하지 않았는가. 왜 해언은 "내용 없는 텅 빈 형식의 완전함이 주는 황홀"(p.34)의 추상적 아름다움에만 머물러 있는가. "모든 걸 돌이킬 수 없도록 단절시키는 죽음"의 "공평무사"(p.179)함에 동의한다고 하더라도, 열아홉 살에 공원 화단에서 머리를 가격당해 살해된 시신으로 발견되었지만 미제로 남은 해언의 죽음과 생활고에 시달리다 골육종이라는 질병에 의해 서른 직전에 죽은 한만우의 죽음이 어떻게 같은 층위로 다루어질 수 있는 것인가. 범인이 잡히지 않은—심지어 수사 과정에서 공권력이 타협하고 방기한—범죄의 피해자로서 겪은 죽음과 질병으로 인한 죽음이 죽음이라는 불가해(不可解)로 쉽게 묶여도 되는 것인가. 소설 속에서 해언은 기이할 정도로 자신의 섹슈얼리티에 무지하고 무방비한 존재로 나타난다. 속옷을 입지 않으며 무릎을 벌려 세우고 앉아 있는 습관이 겹쳐지면서, 그는 '피해자가 빌미를 제공한 것은 아니냐'는 성적 범죄와 관련해서 늘 따라다니던 오랜 편견 속에 여전히 갇혀있다. 그리고 해언의 비현실적 순진함과 과잉된 섹슈얼리티가 엉켜있는 범죄가 소설의 마지막에 이르러 해언만큼 순박한 한만우의 건전한 노동 속에서 승화되는 것처럼 읽힐 때 이는 더욱 문제적이다.

소설은 다언이 세탁공장에 찾아가 한만우가 시트를 다림질하는 모습을 발견한 순간을 "작은 기적"(p.197)으로 정성들여 묘사한다. 이때 무시무시한 소리의 형질이 변하며 착착 정리된 공구함 속의 공구처럼 자기 모양새를 획득한 소리들이 되고, 한만우의 완벽하게 조화를 이룬 동작 아래 새롭고 눈부신 시트들이 끊임없이 탄생되는 것처럼 보인다. 그러나 용의자였던 한만우의 단순하고 활달한 노동에서 보여주는 신생(新生)의 순간이 어떻게 해언의 삶의 의미를 담보할 수 있는가. 다언은 한만우의 삶과 죽음을 언니의 삶과 죽음과 겹쳐냄으로써 "완벽한 미의 형식이 아니라 생생한 삶의 내용이 파괴되었다는 것을 이해"하고 "비로소 언니의 죽음을 애도할 수 있게 되었"(p.199)다고 말한다. 한만우는 분명 한국 사회의 약자가 맞다. 가난한 집안에서 홀어머니와 여동생을 부양하며 일찍부터 노동 현장에 노출되었던 생활고와, 진짜 범인은 따로 있는데도 유력한 용의자로 내몰렸던 억울함과, 고통을 호소했음에도 군대라는 억압적인 조직에서 제때 치료받지 못해 다리까지 잘라야 했던 그의 불운은 여러 층위에서 약자로서의 한국 남성을 대변한다. 그러나 그런 그의 총체적인 고통이 섹슈얼리티가 중점이 되어 부정적 함의가 덧씌워진 채 죽은 해언의 고통을 대리하고, 심지어 승화로 이어내는 것은 불가능하며 불쾌한 일이다. 그 사건은 '미모의 여고생 살인사건'이라고 불렸고, 사건과 연관된 누군가에게는 여전히 "글쎄요. 그애가 속옷도 안 입고, 글쎄 브라만 안한 게 아니라 팬티도 안 입고 나와서 그 사람을 유혹하려고 했다니까……"(p.110)라고 회상된다. 두 사람은 사회로부터 순진한 자신을 보호할 수 없었다는 점에서 겹쳐지지만, 성적인 범죄의 여성 피해자와 그 범죄의 용의자로 몰렸던 남성의 죽음을 그리 쉽게 하나로 모을 수는 없다.

그러나 '세월호 서사'로 읽었을 때, 해언에 대해서 지금과 같은 질문을 던지게 되지는 않았다. 오히려 해언을 추상화시키고 텅 빈 형식으로 남겨둠으로써 이는 적극적으로 애도를 거부하는 윤리성을 내포하고 있는 것처럼 보이기도 했다. "애도 작업의 절차에서 우리가 주목해야 할 가장 중요한 것은 바로 공백의 자리(∅)"라는 말에 담긴 함의가 이와 연결될 것이다.[7] 어떤 슬픔이든 그 중핵에 놓인 공백의 자리가 명쾌한 언어로 설명되는 순간 슬픔의 정동이 단순하게 정리되거나 소진되기 마련이라는 익숙한 관념이 이와 같이 재현 방식을 낳았다. 하지만 사건을 봉합하지 않기 위해 슬픔의 정동을 보존하기 위한 노력은 자칫 "가만히 있으라"고 말하는 권력에의 굴복과 쉽게 구분되지 않으며 수동적으로 머물게 만들지는 않는가. 제 3자로서 이 사건에 책임이 있을 수도 있다는 방조자의 죄책감이나 우연히 살아남았다는 생존자의 두려움은 계속해서 슬픔만이 주된 정동으로 남아있을 때에는 약해지고 마는 것이 아닌가. 이는 '미투 운동 이후 서사'에서도 중요한 문제다. 사회의 근본적인 변화를 위해 지속적인 관심을 필요로 하지만 제 3자의 자리에서 쉽게 피해자와 가해자의 진위를 판별하기 어려운 문제들 앞에서, 사건을 관조하며 스펙터클로 만드는 대신 적극적으로 연루되기 위해 소설은 다시 읽혀야 한다.

『레몬』을 비단 '세월호 서사'를 넘어 '미투 운동 이후 서사'로 겹쳐 읽을 때 가장 새롭게 독해가 필요한 지점은 다언이 행한 복수인 듯하다. 〈반바지, 2002〉에서 다언은 살인자가 누구인지 알고 있기에 '그런 짓'을 저질렀던 것이고, "죽을 때까지 내가 그 죄에서 벗어나지 못할 것도 알고 있

---

7   백상현, 『속지 않는 자들이 방황한다 —세월호에 대한 철학의 헌정』, 위고, 2017, p.26.

다"(p.34)고 말한다. 그런데 이 죄란 무엇인가. 신정준과 윤태림의 딸 예빈은 유괴된 후 다언의 가족 안에서 '혜은(해언)'으로서 키워지고 있는 중이다. 그리고 다언은 "아이의 웃음소리는 내게 죄를 알리는 종소리"(p.35)라 말하면서도, 이 아이는 언니가 죽고 나서 십년 뒤 엄마 품에 안겨 혜은이 됨으로써 "내가 엄마에게 준 선물"(p.74)이라 당당하게 말한다. 다언은 자신의 유괴를 표면적인 층위에서는 죄라고 칭하면서도, 이로 인해 죄책감을 가지지는 않는다. 오히려 해언의 죽음 이후 가족으로서 고통받아왔던 지점들은 유괴 이후에 비로소 인과응보가 완성되며 편안해지고, 어떤 면에서는 죽음을 죽음으로 갚는 대신에 아이는 '혜은'으로서 새 삶을 이어나가고 있기도 한 것이다. 이 복수의 양식에 대해서 권여선은 한 대담에서 다음과 같이 밝힌 바 있다. "다언은 윤리적인 여러 판단을 통해 행위하는 것이 아니다. 행위 속에 들어가 감당하는 자세가 윤리적이어야 한다고 생각한다. 때문에 자기를 행위 속에 집어넣고 그 죄를 감당해내려 한다. 용서하는 것보다 오히려 죄를 짓는 방법으로 자기를 행위하게 하는 것이다."[8] 언니의 죽음 이후 다언은 일상생활로 무사히 돌아간 자신을 보며 언니를 별로 사랑하지 않았던 게 아닌가 하는 의혹에 빠졌고, 휴학한 후에는 완전히 수동적인 무기력 상태에 놓인 채 엄마와 함께 각자의 몫으로 남겨진 죄의식을 견뎌내고자 했다. 그리고 이 죄의식은 자기파괴적인 성형수술로 나타났다. 그러나 유괴라는 행위 이후 이제 다언이 가지게 된 죄의식은 더이상 자기파괴적이지 않고, 차라리 명랑하게 울리는 종소리 같은 것으로 전환된다. 이 죄의식의 형

<hr />

8   육준수, 「소설 원작 연극 "당신이 알지 못하나이다", 원작자 권여선 등과 함께하는 대담 이뤄져」, 『뉴스페이퍼』 2017.12.07., http://www.news-paper.co.kr/news/articleView.html?idxno=21028

질변화뿐만 아니라, 더 중요한 것은 이 복수가 가해자에게 발생시킨 효과처럼 보인다. 이런 다언의 행위성 반대편에 윤태림의 '수동성'이 있다.

"예빈이 이마에 입술을 갖다 대고 또 한참을 있더라고요. 그러다가, 그러다가…… 글쎄, 울더라고요. (…) 그걸 보고 저는…… 끔찍했어요. 너무 끔찍했습니다. 왜냐고요? 그게 끔찍하지 않나요? 저는 끔찍해서 그냥…… 죽고 싶다, 그런 생각밖에 안 들었어요. 왜냐고요? 글쎄요, 모르겠어요, 모르지만, 저는 그냥 죽고 싶었습니다. 우울증이었으니까요. 죽도록 우울했으니까요. 욕실 타일에…… 머리를 쾅쾅 부딪쳐서…… 머리가 깨져서…… 그렇게…… 두부 손상으로…… 죽고 싶었어요. 그렇게…… 똑같이…… 죽을 수 있을 것 같았어요.

(중략)

저는 그런…… 남편 같은 인간들, 구원받지 못한 영혼들…… 그들을 정말 가엾게 여깁니다. 저는 구원을 받았으니까요. 시를 읽고 시를 낭독하고 시를 쓰면서, 저는 주님을 만나고 있는 것처럼 평온함과 충일함을 느낀답니다. (…) 제가 주님 앞에서 완전히 무력하고 완전히 무능하다는 걸. 이렇게 완전히 수동적인 기쁨, 주님께서 주시는 것은 그게 행복이든 불행이든 다 받았고 앞으로도 다 받겠다는, 죽음까지도 달게 받겠다는 이 열린 기쁨을 박사님은 아시나요?" (pp.153-162, 밑줄은 인용자)

〈신, 2015〉라는 장은 윤태림의 독백으로만 이루어져 있다. 그의 독백을 통해 추정되는 것은 윤태림이 신정준이 저지른 죄의 현장에 방조자로 있었으며, 그 사실에 대해 영원히 입을 다무는 대가로 부유한 신정준과 결혼해 살고 있다는 사실이다. 그러나 윤태림 역시 신정준이 저지른 죄로부터 자유롭지 않았음은 둘 사이에 낳은 딸을 보며 눈물을 흘리는 남편을 보고 끔찍해서 죽고 싶었다는 말에서도 잘 드러난다. 그 눈물 앞에서 윤태림은 두부 손상으로 죽은 해언과 "똑같이" 죽고 싶은 마음에 시달린다. 그런데 유괴 사건이 벌어지고 시부모님의 급작스러운 수사 중단 요청 이후로, 윤태림은 모든 것을 놓아버린다. 실의에 빠진 남편과 달리, 자신은 기이한 평온함과 충일감 속에 시 쓰기와 신앙 속으로 빠져드는 것이다. 여기서 '시'와 '신'은 기만과 다르지 않다. 모든 것을 신의 섭리로 돌리는 일은 "완전히 수동적인 기쁨"(p.162)으로, 그 속에서 "우리는 텅 비어 있고" "아무것도 할 필요가 없"(p.164)어진다는 점에서 일종의 가사(假死) 상태에 가깝다.

자신의 감정이나 사건의 진실을 공백으로 만들어내는 이 가사(假死)의 반대편에 다언의 유괴 행위가 있다. 가해자의 씨를 받아 태어난 아이를 피해자인 언니의 자리에 두고 키워내고자 하는 다언의 복수는 분명 기괴하다. 하지만 이 행위는 죽어간 자의 불행을 소극적으로 수용하지 않기 위한 몸부림이다. 인간의 이성으로는 불가해한 불행 앞에서 절대자의 힘에 기대는 대신, 다언은 불가해를 거부하는 몸짓으로써 응답하는 중이다. 우리가 희생자의 자리에 자신을 대입하고 감정이입하며 애도할 때, 희생자의 죽음은 감상적인 파토스에 머무르고 결국 사그라든다. 그러나 다언이 유괴한 생명으로 언니의 자리를 채울 때, 언니는 텅 빈 형식으로 남겨지지 않는다. 그렇게 다언은 비로소 언니의 시신을 매장하길 거부하는 이 시대의 안티고네가 된다. 그는 태림을 향해 복수했다기보다, 죽은 언니를 위한 명징한 가해 행위를 함으로써 스스로를 용서하는 자리에 가닿게 된 것처럼 보인다. 그러니 이 모든 것을 사사로운 원한의 앙갚음으로만 볼 수는 없을 것이다. 공권력이 적극적으로 용의자를 방조하고 피해자를 구원하지 않을 때, 압도적인 약세에 위치에서 저항하는 일은 공적 응징의 차원에서 정당성을 가질 수밖에 없다. 다언의 유괴는 추상적인 도덕의 차원에서는 부조리할 수 있지만, 사회에 근본적인 적대를 기입한다는 점에서 '복수의 정치학'을 행하는 것이다. 피해자의 자리에서 느끼는 자기연민만으로는 사회 변화로 이어지는 정치를 만들어낼 수 없다. 이제 피해자들은 사회의 무력한 슬픔에 기대는 대신, 자신이 가해자가 되더라도 적극적으로 사회를 규탄하기 시작하고 있다.

　이 변화된 어법을 이해하는 자리 위에서 한정현의 『줄리아나 도쿄』와 『레몬』은 마주하며, 이 소설들 속 등장인물들의 격렬한 분노의 정동과 복수를 이해할 수 있는 길을 연다. 소영현은 세월호 참사가 한국 사회뿐 아니라 문학장에도 참사인 이유를 "개인의 몫으로 다 돌려지지 않는 사회의 위기가 개인의 바깥 즉 공공의 영역에서 사회를 위협하는 위험으로 되돌려지고 있기 때문"이며 "가까스로 유지되던 삶과 문학 사이의 시차 혹은 장막이 찢겨졌"다고 말했다. 이 앞에서 우리 모두는 "삶에 시민-증인으로서 개입/연루"될 수밖에 없는 것이다.[9] 공권력이 극도로 무력하거나 기만적으로 아무것도 하지 않을 때, 문학 속에서 가해자에게 고통을 되돌려주는 복수의 움직임은 의미심장하다. 이때 그들이 느끼는 분노의 정동은 피해자의 자리를 벗어날 수 있게 하며, 사건을 망각과 부인으로 몰아넣고 있는 사회적 침묵을 일깨우는 힘으로 작동한다. 이런 구체적인 복수의 행위들은 인물들을 사건의 '공모자'거나 '생존자'로 새로 자리매김하게 만든다는 점에서, 적극적으로 자신을 사건에 연루시키는 '연대자-되기'의 움직임으로까지 나아간다. 문학은 이제 비로소 세월호 이후 가시화된 '미안하다, 잊지 않겠다, 가

9　소영현, 「목격하는 증인, 기록하는 증언: 이후의 삶 혹은 문학」, 『문예중앙』 2017년 봄호, p.26.

만히 있지 않겠다'는 집합 감정 가운데 '가만히 있지 않겠다'는 언어를 현
실화하며, 지금 새로운 연대를 발명해나가고 있다.

지금, 인간에 대해 말할 때 일어나는 일

– 혐오의 정치적 자원(화)에 대하여

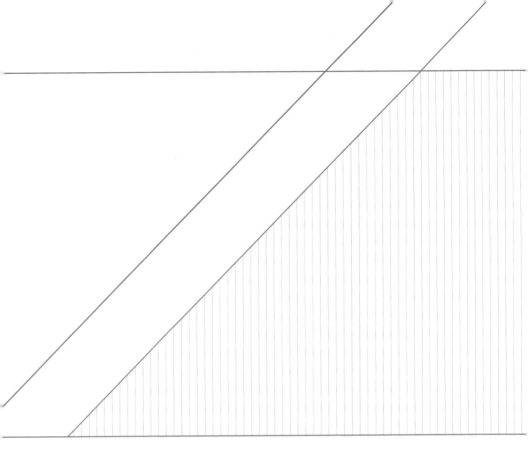

김건형

서울대학교 국어국문학과 졸업 및 동대학원 박사 수료.
2018년 〈문학동네〉 신인상으로 평론을 쓰기 시작했다.
konovel@naver.com

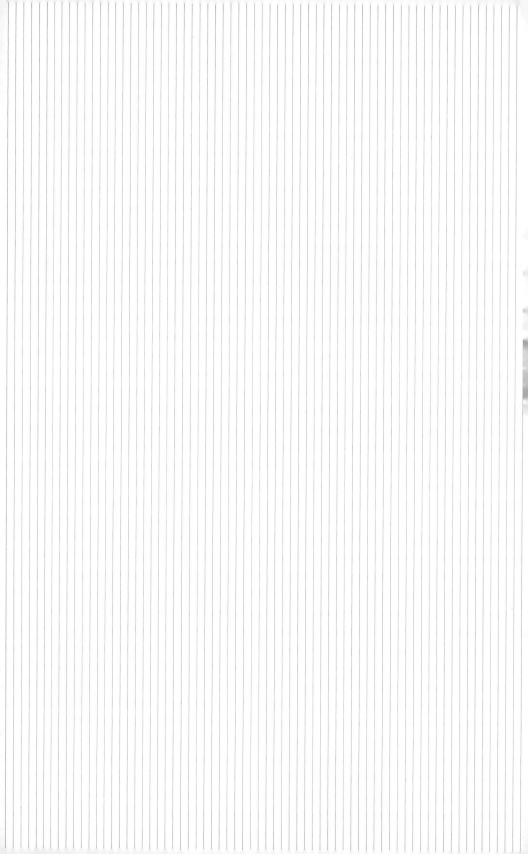

지금, 인간에 대해 말할 때 일어나는 일
― 혐오의 정치적 자원(화)에 대하여

혐오는 지금 한국사회를 움직이는 가장 강력한 힘의 하나다. '페미니즘 리부트'는 오랜 시간 동안 이성애자 시스젠더 남성성이 여성혐오와 젠더 권력을 통해 주체가 되어왔음을 드러냈다. 페미니즘이 폭력의 원형적 형태를 가시화하면서 젠더와 섹슈얼리티, 인종과 장애, 계급과 연령 등을 매개로 다양하게 연계되어 작동하고 있던 혐오의 양상 역시 가시화되었다.[1] 이는 그동안 혐오스러운 '비인간'을 대상화하는 동시에 그것을 재인식하는 '인간'을 만들어온 방법론이었다. 페미니즘의 동력에 힘입은 독자들은 그간의 아름답고 윤리적인 재현이 특정한 '문학적 인간'을 만들어왔다는 의혹을 짚고 있다. 동시에 지금 대중정치의 장에서 혐오는 '무임승차'하는 이름을 나열하면서 내부의 적들을 적발하는 원동력이기도 하다. 인간이 되는

---

1 한국적 '여성혐오'는 '미소지니(misogyny)'에 정확하게 대응되지 않으며, '혐오'는 '역겨움(disgust)'과 '비천함(abjection)'의 의미 사이에서 진동하고 있다. 그럼에도 한국사회가 특정한 맥락 속에서 호명해온 '혐오'라는 용어가 비평적 확장성과 교차성을 가질 수 있다는 점에 주목하려 한다. 손희정, 「혐오 담론 7년」, 『문화과학』 2018년 봄호.

기존의 약속이 위협받는다는 불안을 토로하며 집결하는 남성 청년들의 자기 비하와 젠더적 혐오를 새로운 정치적 자원으로 삼기 위해 기성 정치가 그에 접속하는 양상은 혐오가 일정 정도 전유되어버린 사태를 보여준다.[2] 그럴 때 혐오를 발화하는 일은 자신이 평범하고 일반적인 '보통 사람'임을 입증하는 전략이 된다. 혐오는 각자의 일상 속에 정치적 정동으로 자리잡아 '인간'이 되는 서로 다른 방법을 만들고 있다. 이제 그 '인간/비인간'의 분할선을 독해하는 일은 더 정치적이게 되었다.

인간 법정과 페미니즘

　김경욱의 「하늘의 융단」(『문학사상』 2019년 1월호)과 우다영의 「창모」(『실천문학』 2018년 겨울호)가 그려내는 비인간의 형상은 페미니즘 리부트 이후 등장한 어떤 정치적 주체의 문제적 양상을 잘 보여준다. 두 소설 모두 혐오스러운 신체가 공적인 처벌을 받는 법정의 상황을 예비하고, 그 구도를 통해 윤리적인 문제를 제기하고자 한다. 문제는 그 법정이 어떻게 마련되는지, 누가 누구를 심판하는지를 통해 드러나는 주권 권력의 배치도다.

　「하늘의 융단」의 곽춘근은 평범한 교사생활을 하던 중 갑자기 스쿨 미투의 대상으로 고발당하면서 법정으로 소환된다. 곽춘근에게 여학생의 하복에 붙은 머리카락을 뒤에서 떼어주는 것은 그저 화단의 벌레를 잡는 것과 같아서 "억울하기야 했지만 남학생보다 오히려 여학생을 대할 때 성적 긴장감에서 자유로운 까닭을 밝힐 수는 없었다". 소설은 성추행을 저지를

◇◇◇◇◇◇◇◇◇◇◇◇◇
2　「『맥심』 인터뷰한 이준석, '라이언 잠옷'이 문제가 아니다」, 오마이뉴스, 2019. 7. 25.

'의도'가 없었다는 것을 밝히지 못하는 그의 사정에도 불구하고 그 고백을 강요하는 법정을 퀴어에 대한 폭력으로 형상화한다. 그때부터 기혼의 중년 게이 곽춘근의 몸은 "어디선가 양파 썩는 냄새가 훅 끼쳐"오고 신발엔 은행 냄새가 달라붙어 악취의 근원이 된다. 청년 시절, 곽춘근은 젊은 제화공에게서 양파를 많이 먹으면 "발뒤꿈치까지 팽팽하고 촉촉해"진다는 이야기를 듣고 그에게 내밀 발을 관리하려고 양파즙을 먹어왔다. "낮고 외로운 인생에 저주처럼 찾아든 한줄기 빛"인 제화공을, 정년을 앞둔 지금까지 남몰래 사랑해온 것이다.

은밀한 사랑의 기호이던 양파와 은행의 악취는 혐오스러운 신체로의 반전을 강조한다. 여학생이 곽춘근을 고발하며 "제가 너무 예민충인가요?"라는 내용의 글을 올리자, 그는 "예민충? 네가 벌레면 나야말로 춘근이 아니라 충근이다"라고 분노한다. 서사는 '충근'이 학생들에게 조롱받고 모욕당하도록 만들면서 학생과 교사의 위계를 뒤집고 교사로서의 평생의 자부심을 잃게 한다. 스쿨 미투가 그를 혐오스러운 신체로 판정하는 것은 그가 남성 동성애자라서 겪어온 공포와 등치된다. 정기검진으로 혈액검사를 할 때마다 "붉은 피가, 한 움큼도 안 되는 신체의 일부가 인생 전체를 비정상으로 판정해버릴까봐" 겁을 내온 그는 제화공에 대한 오랜 애정을 들켜 아내에게 별거를 통보받았던 것이다.

그런 자세한 사정도 모르면서 그를 조롱하는 "키보드 판관들의 낙인"과 "남녀 성비까지 반반으로 균형을 맞춘 진상조사위원단" 앞에서 그는 "재판정에라도 불려 나온 기분"이다. "교직생활 삼십여 년, 아니 육십 평생이 저울에 올려졌다"고 느끼는 것이다. 그가 동성애자라는 낙인을 두려워해온 결과 스쿨 미투의 가해자라는 비인간의 낙인이 찍히고 수업권과 노동권을 박탈당함으로써 소설은 퀴어와 성폭력에 대한 두 가지 인간 법정을 등치시킨다. 그가 자신의 몸을 "원래부터 그렇게 생겨먹은 나무"로 비유하는 것은 여학생을 성추행할 '의도'가 있을 수 없는 '무해한' 게이라서 자신이 '무고'함을 강조하고, 그 생득적인 속성을 감히 판정하는 권력의 부당함을 강조한다. 서사는 "'게슈타포' 네 글자"의 자리에 스쿨 미투를 위치시키고 추방된 남성 퀴어의 혐오스러운 형상에 힘입어 그를 비극적 피해자로 전환한다.

곽춘근은 여성 장학사에게 잔인한 추궁을 받고도 끝내 커밍아웃을 하지 않음으로써 재현 불가능한 비인간의 지위를 고집한다. 부당한 모욕과 박해를 감내하면서 "한 걸음, 한 걸음 능욕의 현장으로 이끌리듯 다가가"고 퇴직을 통해 순교자가 된다. 그는 결말에서야 비로소 "진실의 첫마디를 신중히 고르"며 딸아이와의 추억을 환기한다. 재판정에서 자신의 '미필적 고의'에 대한 최소한의 변론도, 피해 학생에 대한 사과 한마디도 없이 끝끝내 피해자이길 고수하면서 다정한 아버지로서의 책임만은 다한다. 이는 개인의 자세한 사정을 고려하지 않고 남성을 잠재적 가해자로 몰아가는 페미니즘이라는 불공정한 법정을 향한 강렬한 불복을 함축한다. 부당한 박해에 굴하지 않고 비밀을 지켜낸 곽춘근의 숭고한 순교는 연민과 죄의식을 불러일으킨다. 여성과 퀴어 사이의 성 정치와 소수자 사이의 갈등이 작동하는 지금, 스쿨 미투와 게이 남성의 위상을 경쟁시키는 소설의 구도는 퀴어의 '배제'를 명분 삼아 페미니즘의 실천에 제동을 거는 악의적 정치를 수행한다.[3] 「하늘의 융단」은 성폭력에서의 위계를 가해자의 순수한 '고의'를 입증

---

3   곽춘근의 사례를 통해 "독자가 수행한 반성이 무엇과 연결되기 쉬운지"를 우려하는 시선 역시 페미니즘에 대한 서사적 재판의 구도가 생산하는 정치적인 정동을 짚어내는 것으로 보인다. 소설이 "어떤 독서의 회로"와 접속하는 효과에 주목하는 지적은 긴요하다(김미정, 「아리아드네의 실―독서할 수 있는/없는 시대의 회로 속에서」, 『문학과사회 하이픈』 2019년 여름호). 지금 남성 청년들의 열패감과 억울함의 정동이 스스로를 박탈당한 약자로 간주하고 여성/퀴어에 대한 혐오를 '보통 사람'의 마땅한 자기방어 수단으로 전유하는 맥락과 가까워지고 있

하는 문제로 축소하고 특히 중년 남성 교사와 여성 청소년 학생의 젠더적, 사회적, 연령적 권력 격차를 반전하기 위한 도구로 퀴어를 불러온다. 남성 동성애자를 무력하고 무구하게 만들기 위해 퀴어의 신체를 둘러싼 젠더적, 사회적, 연령적 위계와 맥락을 무화하고, 동성애자라는 사실을 절대 들켜선 안 되는 '비밀'로 다루면서 그것으로 그의 일생을 한정한다. 말할 수 없는 '천형'으로서 퀴어를 소모하며 문학적 진실을 성찰하는 기성 문법을 반복하면서, 퀴어의 신체(성)는 다시 게토에 갇힌다.

혐오스러운 신체를 낙인찍는 인간 법정에서 역설적으로 연민과 자기 성찰의 계기를 마련하는 것은 「창모」에서도 가장 큰 서사적 목표다. 화자인 '나'가 학창 시절 만난 창모는 모두가 꺼리고 피하는 아이였다. "창모의 비합리적인 분노와 악랄함을 한 번이라도 눈으로 보고 나면 십중팔구 그애를 꺼림칙하게 여"기게 되는데, 갑작스러운 분노와 절제할 줄 모르는 창모의 "비상식적인 사고방식"과 폭행은 혐오스러운 짐승의 형상에 가깝다. 서사는 그 불가해한 창모를 관찰하는 '나'의 내면에 주목한다. 가족들 사이에서 소외감을 느끼고 돌봄이 결핍된 가정환경을 가진 창모는 어느 날 폭행으로 응급실에 가게 되는데, "엄마도, 누나도 아무도 오지 않"아서 "더 상처받은 얼굴을 하"는 것으로 그려진다. 반복해서 여성의 정서적 돌봄(의 결핍)을 자신의 폭력성의 배경이자 해결책으로 상기시키는 것이다. 모성의 결핍을 강조하는 이러한 사연은 그를 연민하는 여성 화자 '나'의 서사적 필요성을 만들어준다.

다른 이들이 창모를 비판하고 그와 거리를 둘 때마다 '나'는 "창모의 비합리적인 행동에서 논리를 발견할 수는 있"고 "창모의 논리에서 그건 진

기 때문이다.

실"이라는 식의 기묘한 입장을 취한다. "창모에게 있어서 자신을 건드린 사람은 남녀노소 잘잘못에 상관없이 그저 보복해야 할 대상이 되는 것 같았다. 상황의 넓은 맥락과 이해관계를 파악하기보다 자신이 한순간 감각한 위협에 모든 의미를 집중했다." 그것은 창모의 폭력성을 '무차별적'인 것으로, 이성적 판단의 결과가 아닌 타고난 동물적 본성으로 자연화하고, '고의'가 없는 본성을 윤리적으로 단죄해선 안 된다고 변호하는 것이다.

그러나 '나'의 변호에도 불구하고 창모가 폭행하는 대상은 장애가 있는 친구, 계속 '알짱거리는 여자애', 퇴근시간 만원 버스의 임신부, 토끼같이 순진하고 놀랄 만큼 겁이 많은 훈기 등 자신보다 '만만한' 신체들이다. 팔을 반복적으로 움직이는 틱 장애가 있는 친구를 철봉에 테이프로 묶고는 "팔이 이상하게 움직이잖아. 거슬려서 그렇게 해둔 거야"라고 말하는 창모는 "마땅한 벌을 내리는 집행관의 태도로" 장애 학생에 대한 '신체형'을 주관하는 자신의 주권을 또래 남학생들에게 전시한다. 자신의 신경을 거스르는 여학생이나 우산을 치워달라고 요구하는 임신부를 향해 폭력을 휘두르는 장면은 창모의 폭력이 가진 사회적 성격을 정확히 보여준다. "애 가진게 벼슬이라 눈에 뵈는 게 없"어서 거슬리는 "그 여자가 나를 화나게 한 거지". 피해자들이 자신을 먼저 무시해 모욕감을 느끼게 했으므로 "마땅한 벌을 내리는 집행관"이 되어 자신의 훼손된 명예에 상응하게 보복하는 혐오범죄의 기제가 작용하는 것이다.[4] 그러나 창모는 걸걸한 욕설과 거친 손길

○○○○○○○○○○○○○

4   혐오범죄의 피해자는 특정한 신체/속성을 가진 집단 안에서 대체 가능하다. 혐오범죄의 가해자는 자신이 그 대상을 규제하고 지배할 권리가 있는데 그들이 자신의 의도대로 행동하지 않는다고 느껴 분노하고, '벌받아 마땅한' 대상 집단을 처벌하면서 자신의 위계를 회복하려 한다. 남성(성)을 위협한다고 간주한 '모욕'에 맞서 폭력으로 자신의 '명예'를 복원하는 '명예 문화'는 사회적으로 습득된다. 허민숙, 「젠더 폭력과 혐오범죄」, 『한국여성학』 33권 2호, 2017.

의 훈기 외할머니에게는 '나'의 염려와 반대로 넉살 좋게 군다. 자신에게 칼국수를 끓여주는 모성은 거슬려하지 않는 것이다. 창모가 휘두르는 폭력의 젠더 역학에 애써 눈감는 '나'는 폭력의 수행을 통해 '남성성'을 취득하는 패턴도 무화시킨다.[5] "창모가 가지고 있는 폭력성이 피부처럼 가까워진 연인에게 어떻게 작용하게 될지 두려운 마음이" 들면서도 창모의 폭력이 무차별적이라는 입장을 고수하는 '나'는 데이트 폭력의 젠더 역학을 무화하고 창모가 "생각보다 평범"하게 연인의 '변덕'에 상처받는 모습을 연민한다. (여성의) 안전과 (남성의) 고독감을 경쟁시키는 것이다.

'나'는 창모를 배제하고 그와 거리를 두는 다른 사람들과 달리 "처음부터 하나의 인간을 온전히 파악하는 건 불가능하"므로 "누군가를 어떤 사람이라고 정의하는 것은 반드시 틀린 말이 될 거라고, 그것만이 분명한 진실이라"고 생각한다. 이 '문학적 진실'은 이해받지 못하는 남성의 고독으로부터 윤리를 추출하고, '나'의 도덕적 확신은 창모를 속중들의 편견과 선입견의 피해자로, 혐오받는 제물로 전환한다. "내가 조금만 도와주면 아무 일도 일어나지 않을 테니까. (……) 사람이 사람을 돕는 세상은 이런 식으로 이루어진 게 아닐까?" 창모의 폭력적 성향의 원인으로 교육의 실패나 사회적 안전망의 부재를 생각하기보다는 자신이 정서적으로 감싸주지 못한 탓이라며 먼저 자기의 역할을 찾는 이 기이하게 거대한 죄책감은, 실은 '나'에게 혐오스러운 타자가 필요했기 때문에 생겨난 것이다. 문학적 진실(문학성!)을 찾아 헤매는 '나'에겐 자신이 구원할 타자가 필요하다. 이로써 창모는 이해할 수 없고 더러워서 모두 돌을 던지는 절대적 타자라는 신학적 상징의 지

---

5   이는 여성혐오 범죄로 제기된 젠더 폭력의 문제를 '무차별' 범죄의 프레임으로 대체하고 정신질환에 대한 혐오를 부추겨 속죄양을 만든 '강남역 사건' 이후 한국사회의 담론장과 맞닿는다. 김민정, 「'묻지 마 범죄'가 묻지 않은 것」, 『한국여성학』 33권 3호, 2017.

위에 도달한다. "내가 그동안 창모에게서 벗어나고 싶어했다는" 데서 기인한 원죄를 상기하고 반성하기 위해서다. 세속적 성공을 이루고 정상 가족을 완성한 뒤 느닷없이 재회한 창모는 잊고 있던 '나'의 양심을 응시한다.

그는 나와 정확히 눈이 마주쳤지만 조금도 놀라거나 주저하지 않고 지독하게 증오하는 눈길로 나를 쳐다봤다. 남자들에게 제압을 당하며 뺨이 땅에 긁히고 팔이 등뒤로 묶이면서도 마치 사람이 아니라 짐승이 내는 소리처럼 으르렁거리며 나를 위협했다. 그건 원한이 있는 사람을 보는 시선 같기도 하고 전혀 모르는 사람을 보는 시선 같기도 했다. 나는 그때 처음으로 한 가지 사실을 깨달았는데, 창모가 단 한 번도 나를 공격하려 한 적이 없다는 것이었다. (……) 그러나 그들이 정말 그를 보고 있는 것인지는 알 수 없었다. 사람들은 그저 저 이상하고 위험한 것을 어서 치워버리길, 그것이 시야에서 완전히 사라지길 가만히 기다리고 있었다.

"웃통을 벌거벗고 맨발로" 남자들에게 쫓기다 제압당하는 창모는 벌거벗은 짐승의 형상으로 등장한다. 그가 출현하기가 무섭게 "나는 속으로 그가 천사가 아닐까 생각했다. 천사가 나에게 무언가 메시지를 주기 위해 다가오고 있다는 막연한 느낌"을 받는다. "어째서 잘못한 사람은 창모인데 내가 죄책감을 느끼"는지 알 수 없으면서도 "그가 나를 탓하고 있으며 여전히 용서하지 않았다는" 계시를 끝내 받는다. 벌거벗은 인간이 제기하는 최후의 심판에서 '나'는 반성적 윤리라는 올바른 회개를 한 보답으로 천사의 메시지를 받는다. 실은 창모가 한 번도 자신만은 공격한 적 없었다는 메시지를. 속중들에게는 가장 혐오스러운 짐승의 형상으로, 오직 '나'에게만 숭고한 천사의 형상으로 재림한 창모는 절대적 타자에게 왼쪽 뺨도 내밀었나고 심문하는 '환대의 법정'을 연다. 속중들이 "그저 저 이상하고 위험한 것을 어서 치워버리길" 기다리는 동안 홀로 윤리적 인간 되기의 시험을 통과한 '나'는 반성적 고양에 도달한다. 유구한 한국 남성(성)의 유아적 폭력에 우발적인 타자의 얼굴을 부여하면서, 젠더 정의의 시스템 대신 윤리적 계약을 복원해낸 개인의 도덕적 자족감에 이른다.[6]

이런 구도들은 몰락한 남성의 혐오스러운 신체를 비인간의 형상으로 만들고 그 비인간을 배제하는 폭압적 치안 권력의 자리에 페미니즘을 앉혀 이 둘을 대치시킨다.[7] 이는 위계를 생산하는 권력 자체를 문제삼는 페미니즘의 독해력을 무화시킬 뿐만 아니라 기성 권력의 폭력에 페미니즘을 대입함으로써 구조를 볼 수 있는 역능을 스스로 반환하고 만다. 더 복잡하므로 더 인간적이라는 윤리적 판결을 자부하지만, 실은 인간/비인간의 분할을 생산하는 혐오 경제의 작동을 기꺼이 대리 수행한다. 혐오스러운 신체에 대한 페미니즘 법정의 판정에 맞서 그들 역시 좋은 인간일 수 있다는 비밀스런 사정을 곡진하게 주장하고 그에 따라 연민과 자기반성을 산출한다. 무고한 자들이 (파면과 체포로) 법적 생명을 박탈당하는 예외 상태를 맞이하

<hr/>

6   창모를 "반사회적 성격장애"로 진단하면서도 소설을 "우연이라고 인식되는 불행을 마주하는 우리 태도를 바꿔야 한다는 뜻"으로 읽으려는 윤리적 독해는 사회심리적 현상을 '타자성'으로 추상화시켜 개인의 도덕적 책임으로 전가하는 것은 아닐까. 허희, 「우연은 항상 여기에」, 『창모』 해설, 아시아, 2019.

7   "정치적 올바름은 정치가 아니"므로 페미니즘은 "정치를 가장한 치안"이라고 상정하는 논의들도 페미니즘과는 무관한 개인적 '박탈'의 체험으로부터 '정치적 올바름'을 유추한다. 따라서 페미니즘도 폭력적이라고 '상상'하면서 페미니즘을 '법정'으로 축소 인식하는 경향을 보인다. 더 인간적인 문학을 통해 더 복잡한 세계를 보고 있다는 문학적 자의식은 인간 법정의 선의와 멀지 않다. 복도훈, 「'정치적으로 올바른' 소송의 시대, 책 읽기의 어려움」, 『쓺』 2017년 하권; 이은지, 「문학은 정치적으로 올발라야 하는가」, 문학3 문학웹 2017년 3월.

는 결말은 독자에게 반성을 촉구한다. 억울한 박탈에 맞서는 윤리적 결단을 요구하면서 새로이 공정한 주권자로 독자를 호명하는 것이다(이는 지금 한국사회의 여성혐오적 정동이 '공평함'의 감각으로 결집하는 양상과 접속될 수밖에 없다는 점에서도 근사(近似)한 정치적 퇴행이다[8]). 그리고 보다 관대하게 '망명'과 '시민권'을 심사할 것을 호소한다. 타자를 심판하는 주권자가 된다는 감각과 그 심판이 도덕적이라는 확신은 정치적 효능감을 낳는다. 그 속에서 인간/비인간을 나누는 기제 자체를 보는 일은 요원해진다. 개인의 선함과 그에 비례하는 박해의 크기를 비교하는 인간 법정은 기존의 인간(성)으로 편입될 만한 가치를 입증하는 서사를 만든다. 그리하여 인간을 분할하는 권력 자체를 인식하지 못하게 하는 '고통 경쟁'이 종국적인 도달점이 되고 만다.

화해하는 퀴어-가족, 환대하는 소설의 쾌락

박탈당한 자들을 포용하려는 의무감이 '가족'에게서 먼저 발현되는 것은 여전히 가족이 한국사회에서 작동하는 윤리/정치의 기초 단위이기 때문일까. 최근 한국문학장에는 퀴어라서 배제된 가족원과 재회하는 서사가 꾸준히 등장하고 있다. 이 서사들은 혐오스러운 신체가 난입하면서 생긴 가족의 붕괴와 그 회복을 다루기 위해서, '나'의 무지를 기꺼이 고백하며 상대의 혐오스러운 신체를 마주보고 환대하고자 한다. 그런데 흥미롭게도 가족의 이름으로 환대할 때, 이해와 화해의 과정은 특정하게 패턴화된다.

최은영의 「상우」(『악스트』 2018년 5/6월호)는 동생 상우가 얼마나 사랑스러

---

8   김건형, 「포스트 한남 문학의 기점과 상상력의 젠더」, 『모티프』 2019년 3호.

윘는지를 돌아보는 누나 정아의 회상으로 시작한다. 상우는 "부모의 장점만 물려받아 키가 크고 호감 가는 인상"인데다 성격도 느긋하고 "친구들 사이에서 인기가 있었고 타고난 공부 머리"까지 있고 달리기와 수영도 잘하는 덕에 누나를 자랑스럽게 만든다. 젠더 규범적 성장 서사에 균열을 내지 않고 모범적이던 소년의 유일한 문제는 게이라는 점인데, 그럼에도 불구하고 "젊고 아름다운 상우"는 부지런히 취업 준비를 해 광고회사에 들어간다. 윤이형의 「마흔셋」(『문학동네』 2018년 여름호)의 FTM(female-to-male) 트랜스젠더인 재윤 역시 다소 무계획하게 인생을 사는 화자 재경과는 달리 "태어날 때부터 남자의 정신을 갖고 있어서 (……) 자궁을 들어내겠다는 장기 계획을 세우고 그에 맞춰 치밀하게 직장을 구하고, 누구의 도움도 받지 않고 돈을 모으는 작은딸"로 그려진다. 이들은 퀴어라는 '비극' 이후에도 그로 인해 '몰락'하지 않고 모범적인 시민의 역할을 성실하게 수행하면서 퀴어를 '병행'한다. 심지어는 정체성에서 비롯되는 문제가 화자의 걱정거리가 되지 않게 모범적으로 자기 관리를 한다. 경제적, 정서적으로 유능해서 사랑받을 준비를 마친 이들에게 남은 문제는 가족들의 인정뿐이다. 이렇듯 퀴어를 모범 시민으로서 재현하는 것은 퀴어성을 인정투쟁의 문제로 국한하며 퀴어가 겪는 사회적 차별의 물질적 관계를, 거주와 빈곤, 직업과 안전의 문제 등을 별개의 외부적 변인으로 간주하게 할 위험이 있다. (주로 남성 퀴어) 개인의 경제, 문화적 역량을 입증해 가족 구성권/시민권을 협상하는 주체화 방식은 신자유주의적 퀴어 문화정치의 한 양상이기도 하다. 퀴어가 맺는 사회적 관계/문제를 축약시키고 가족의 인정 여부로 퀴어의 존재론을 집약하는 재현의 패턴들은, 퀴어라는 부수적 조건만 이해해주면 그들이 충실하게 정상 가족/모범 시민이 될 수 있다는 설득력을 만든다. 필연적으로 화자들은 그들에게 가족의 자격을 회복해주기 위해서, 인간의 자격을 입증해주려 직접 나선다.

그 자격에는 물론 가격이 매겨져 있다. 상우는 커밍아웃 이후 정아에게 연인을 소개시켜준다. 귀엽게 "사랑싸움을 하는 모습이 정아의 눈에는 그저 예뻐 보였다. 그애들은 계산이 없고 자유로웠고 대화가 잘 통했다". 정아는 이성적이고 합리적이라고 믿었던 (이성애) 결혼의 계산적 공리에 배반당한 자신과 달리 "진짜 삶을 살고 있"는 상우를 부러움과 사랑이 섞인 마음으로 지켜본다. "재미로 이 사람 저 사람 가볍게 자고 다니는 애들 나도 별로야. 네가 그렇게 안 놀아서 좋아." 정아의 이 말을 듣는 상우는 묘한 표정을 짓고, 그리하여 서사는 파국으로 나아간다. 상우는 자신이 HIV 감염인임을 밝히고 정아에게 자신을 사랑한다고 자신할 수 있냐고 묻는다. 그런 상우로 인해 자신의 혐오를 심층적으로 되돌아보고 곱씹는 정아는 최선의 책임을 다하는 것처럼 보인다. 그런데도 상우는 정아가 자신을 이해한다고 응원하는 말에 분개하고 만다. "누난 항상 그런 식이었어. 날 안다고, 난 착한 애라고, 좋은 애라고, 그렇게 말하면서 누나가 보고 싶은 부분만 보려고 했잖아." 상우는 정아의 기대와 달리 자신이 모범적인 일대일 장기 연애라는 유사 이성혼 관계가 아니라 낯선 사람과 안전하지 않은 방식으로 만났다고, 재미로 가볍게 만났다고 화를 내며 고백한다. 결국 상우는 이성애 정상 가족처럼(혹은 그것을 대리 보충하는) 규범적인 돌봄과 부양의 애정 공동체를 만들 수 있어서 기쁘다는 정아에게 '커버링'을 해왔던 것이다. 정아는 상우가 "세상 사람들이 선호하지 않을 만한 자기 모습을 감추는 것에 능할 뿐"이라고 연민하지만, 실은 상우가 가장 의식하는 대상이 자신임을 간과한다. 상우가 겹겹의 커밍아웃을 통해 문제삼는 것은 자신이 모범적인

퀴어 가족의 선을 지킬 때만 가족으로 인정받을 수 있는 환대의 구도다.[9]

혐오스러운 신체들에게 가족의 자격을 회복해주기 위해서는 우선 가족원으로서의 면모를 복원해야 한다. 혐오스러운 신체들을 환대할 수 있다는 믿음은 그들도 한때 정상 가족이었다는 동질감을 회복하면서 생긴다. 정아는 "기분좋은 냄새가 나는 아주 작은 아기"였던 상우의 모습과 자신이 국민학생 때부터 상우를 돌봐준 기억을 떠올리면서 결말의 화해를 암시한다. 「마흔셋」 속 재윤의 신체를 향한 재경의 환대도 재윤과 함께한 유년의 '모험'으로 완성된다. 걸스카우트에서 하이킹을 갔다가 어두운 밤 산에서 길을 잃고 헤맸을 때 재경이 느꼈던 재윤에 대한 책임감과 의무감의 기억은 중요하다. "잘 모르겠지만, 그때 할 수 있었으니까 어쩌면 지금도 할 수 있지 않을까." 하지만 어린 동생에 대한 과거의 책임감이 지금의 동생을 다시 이해하고 환대하는 방법이 되리라는 기대는 현재의 차이와 균열보다는, 그것이 존재하지 않(았다고 탈성화시키)는 유년기의 '정상'적인 기억에서 서사적 동력을 얻는다. 지금 화해가 필요하다면 그것은 현재의 파열 자체를 직시하고 그에 감응하여 자신도 변하려는 태도에서부터 가능할 텐데, 변하지 않는 가족의 기억에 의존하는 화해는 실은 불가항력적인 가족의 질서로 재귀하는 위태로운 봉합일 수 있는 것이다. 누나로 설정된 화자들이 돌봄의 대상을 추억함으로써 가능해지는 화해의 패턴은 그 대상이 온순하게 화자

---

9   그간의 퀴어 서사가 부모의 절대적 부정으로 인한 비극을 중핵으로 하던 것과 달리, 퀴어 가족을 무조건적으로 이해하려는 '누나/자매'들의 환대가 주요해진 서사가 연이어 등장했다는 점은 '전환'의 단계에서 '커버링'의 요구로의 전회를 시사한다. 퀴어의 신체를 '치료'하려는 전환이나 존재를 사적 영역으로 숨기길 요구하는 패싱에서, 공적 커밍아웃은 허락하되 주류 규범의 질서에 반하는 이질성은 드러내지 말라는 커버링으로의 '이행'은 많은 소수자들이 겪어온 역사이기도 하다. 켄지 요시노, 『커버링』, 김현경·한빛나 옮김, 민음사, 2017.

를 따를 때에만 환대의 자리가 마련된다는 것을 보여준다.

비로소 화해에 성공해 서사가 고조점에 이른 순간, 화자들은 퀴어 가족과 함께하며 달라질 이후의 삶보다는 그 화해의 절정에 도달한 자신의 마음을 비추려 멈춰 선다. 퀴어를 환대하는 누나들의 목표는 약자/타자에 숨겨진 '정상성'을 다시 회복하는 내면적 스펙터클이다.[10] "너를 이해하는 게 당연한 건 아니라고까지 거칠게 말하고 싶었던 건 아니었"지만 "그런데도 불안해져, 두려워져, 정아는 어쩔 수 없는 기침을 하는 사람처럼 말을 뱉었다". 상우를 이해하는 일이 얼마나 고단한 일이었는데, 상우는 충분히 사의를 표하지 않는다. "어떻게 네가 내 앞에서 이렇게 당당할 수 있"는지, 정아는 화가 나고 서운하다. "내가 너 이해하는 거, 당연하게 생각하지 않았으면 좋겠어. 물론 너에 비할 바는 아니겠지만, 내가 느꼈을 충격, 무시하지마." 상우를 이해하고 환대하려는 그간의 노력이 당연한 것이 아니라 내적 고투의 과정이었음을 얼마간 뿌듯하게 응시하면서 정아는 상우를 다시 사랑하겠다고 다짐한다. 자신을 향한 상우의 부당한 평가마저 끝내 용서하는 진정한 환대에 이르는 것이다. "눈물나도록 흔해빠졌지만 사실은 세상에 딱 하나뿐인 이야기, 오직 나, 무심하고 또 무심했던 장녀만이 독자로 설정된 서사였다"는 「마흔셋」 속 재경의 자각은 기실 정아에 대한 정확한 지적이기도 하다.

그래서 소설은 상실한 엄마에 대한 애도(「마흔셋」) 혹은 이혼의 상처(「상우」)를 병치하면서 곡진한 가족의 드라마를 강조해온 것이다. 화자들은 재윤과 상우가 그들의 문제(퀴어)에 몰두하느라 상대적으로 엄마(가족)의 고통

<hr />

10 "가차없는 자기반성을 독자 앞에 가장 강력한 사건이자 스펙터클로서 전시"할 때, 퀴어 인물은 목소리를 잃고 화자에게 "영감을 주는 사건"으로만 남게 된다. 오혜진, 「지금 한국 문학장에서 '퀴어한 것'은 무엇인가」, 『지극히 문학적인 취향』, 오월의봄, 2019.

에 대해선 무지/무감했다는 점과, 반대로 그들을 인정하려는 자신들의 노력은 다소 저평가되어 제대로 사례를 받지 못했다는 점을 은밀히 대조한다. 자신의 "커밍아웃을 마음으로는 받아들이지 못했"던 엄마에게 상처를 받아 재윤이 단절을 선언한 그 시기에 엄마는 자궁암 투병중이었다. 가족의 고통에 무심했던 재윤의 과오가 퀴어성에서 유발되었다는 사실에 죄책감을 더하기 위해 재경은 그 비밀을 폭로한다. "너 몰랐지? 너 가슴 수술한 날, 엄마 왔다가 가셨었다, 잠깐. 너 자고 있을 때." 이로써 재경은 트랜스젠더의 혐오스러운 신체를 거부한 엄마를 희생적 모성으로 다시 역전하면서 퀴어에게 가족에 대한 원죄를 부여한다. 이를 엄마가 죽고 난 뒤에 맞닥뜨린 재윤은 "누나, 엄마 말야. 나 때문에 암에 걸렸던 거지, 역시?"라고 묻는다. "어떻게 내가 떼어버리겠다고 마음먹은 바로 거기에서 시작이 됐냐고. 나 때문에 그런 거 아니냐고. 내가 말을 해서." 자궁의 '등가교환'에 대한 다소 어색한 죄의식은 퀴어와 가족이 화해하는 단초가 된다. 엄마의 고통에 대한 재윤의 무지와 재윤의 신체에 대한 재경/엄마의 무지가 교차 반복된다. 그러면서 상호 대등한 무지의 연쇄가 화해의 조건을 마련한다. 엄마가 암투병 사실을 함구한 것과 트랜스젠더의 신체에 대한 가족의 무지와 추방을 동일선상에 놓아 그 위상의 차이를 무화함으로써 화해하는 것이다. 「상우」 또한 이혼으로 인한 정아의 고통과 엄마의 암투병에 무심했던 상우에 대한 서운함을 상우의 자기혐오와 교차한다. 이로써 모두가 고통받고 상처받은 나약한 사람이라는 조건을 확인하고 그것을 견디게 하는 가족애를 통해 화해한다.

　그러나 그러한 가족의 회복이 화자의 일방적인 기대에 불과하다는 것이 드러날 때 환대의 양상은 전혀 달라진다. 장희원의 「우리[畜舍]의 환대」(『악스트』 2019년 3/4월호) 역시 자랑스러운 아들 영재의 모범적인 유년을 화해의 계기로 삼는다. 영재는 "공부도 곧잘 했고, 축구를 좋아해 어릴 때부터 공 하나만 가지고도 온 동네 아이들과 어울"리며 "어디를 가도 눈에 띄는 아이"였다는 아버지 재현의 회상으로 등장한다. 어린 아들과 함께 프리미어 리그 경기를 관람하던 기억이 아들과의 재회중에 반복해 삽입된다. "너무 좋아서 가슴이 두근거려, 아빠"라던 앳된 목소리가 재현으로 하여금 아들을 만나러 가게 하는 동력이다. 그러나 앞서의 소설들과 「우리의 환대」의 결정적인 차이는 사랑스럽던 축구 소년의 두근거림으로는 충분히 덮이지 않는 퀴어의 생활 세계로 내려간다는 점이다. 재현은 영재가 포르노를 보는 것 같다는 아내의 걱정에 웃어넘겼지만, 영재가 "근육질의 두 남자가 뒤엉"킨 모습에 집중하는 것을 목격하자마자 혐오 폭행을 하고 만다. "그후로 그들 부자는 이 일을 입 밖에 꺼내지 않았"고, 재현은 영재가 별 탈 없이 자기 몫을 하는 '정상인'으로 잘 자랐다고 믿는다. 그런데 재현이 아내와 함께 호주에 있는 영재의 집에 찾아갔을 때 영재는 뜻밖에도 흑인 노인과 살고 있다. 재현은 최소한 "아들이 또래 남학생과 함께 살고 있다고 생각했"는데, 나이도 인종도 다른 흑인 노인과 아들이 친밀하고 성적인 신체접촉을 하는 모습을 보는 건 견디기 어렵다. 제대로 된 직장도 없이 변기 닦는 일을 하면서도 수치를 모르는데다, 자신의 신체를 아무렇지 않게 드러내는 어린 여자애까지 같이 산다는 걸 알게 된 재현은 이 이상한 가족이 당황스럽기만 하다. 그런 상황에서 재현은 영재의 환대를 받으면서도 집안에 낡은 물건들이 지저분하게 널브러져 있어서 신경이 계속 거슬린다. "이 지저분한 난장판이 그들에겐 제자리라는 것을 깨달았"지만 그 제자리는 "생각했던 것 이상으로 정리정돈조차 안 된 더러운 모습"으로 감각되고, 재현은 "끝내 기괴하고 불편한 기분을 떨칠 수 없었다". 영재가 집에서 자고 가도 괜찮다는데도 재현은 "아들과 아들의 친구들을 불편하게 하고 싶지 않"다면서 마다하지만, 가장 불편한 것은 재현이다. 퀴어 아들의 생활을 날것으로 볼 때 밀려오는 이질감을 견딜 수가 없다. 재현은 "자신의 인생에 있어서 가장 낯선 곳으로 떠밀려"와서 영재가 "자신들이 도저히 좁히지 못할 어떤 경계선을 기어이 넘어버렸음을" 깨닫는다. 영재는 재현과 아내를 환대하기 위해 음식을 대접하지만 모두 미적지근하고 밍밍해서 입안을 텁텁하게 만들 뿐이고 급기야 재현은 음식을 토해내고 만다. 음식을 삼키면 무언가에 전염이라도 될 듯 재현은 구역질을 하며 환대에서 뛰쳐나간다. 영재의 초대는 재현이 바라던 방식으로 이뤄지지 않았다. 환대란 환대를 받는 사람이 견딜 수 있을 만큼의 타자성의 수위를 유지할 때만 가능한데, 영재는 그 수위를 넘어 자신의 날것을 계속해서 노출하고 마는 것이다. 영재에게 필요한 것들이라며 아내가 온갖 고생과 소동 끝에 가져온 상자는 끝내 전달되지 않는다. 중산층 이성애 부부의 삶의 양식을 담은 그 선물이 아들의 삶에 들어갈 틈은 없다.

재현은 영재가 사는 집의 건너편 집들을 바라보며 "아들이 저런 곳 중 한 곳에 살고 있을 것이라고 생각했다. 재현은 자신이 지금 너무나도 저쪽으로 가고 싶어한다는 것을 깨달았다". 자신의 공간에 근사성과 종속성을 전제한 저들이 방문해 오는 형식이어야 하는데 그 환대의 우위가 무너지고만 것이다. 퀴어라는 동물 '우리'로 온 소설은 규칙을 역전했다. 역전된 환대의 자리에서 재현은 내내 혐오감만을 느낀다. 영재를 찾아 멀리 왔다는 사실만으로 "그래, 난 분명히 용기를 냈어"라고 자부하는 재현은 실은 조금도 변하지 않았다. 지저분한 난장판에는 그토록 민감하면서도, 아직도 툭하면 침울해지는 영재의 오랜 상처에는 무감하다. 아들이 여기에서 행복해 보이고 눈부시게 빛난다는 것을 어렴풋이 느끼면서도 끝내 황망해하는 아버지의 모습은 적실하다. 애초에 환대라는 형식으로는 퀴어의 일상과 만나

는 방법을 찾을 수 없음을 소설은 보여준다.[11]

　박선우의 「고요한 열정」(『자음과모음』 2019년 여름호)은 퀴어 가족원을 바라보는 화자의 환대의 내면을 집약해 보여준다. "게이인 걸로도 모자라 가난하기까지 하면" 안 되니 "너 자신을 보호"하라고 커버링을 요구한 누나로 인해 사라진 게이 남동생의 삶을 이해하기 위해 추적하는 서사다. 탐문 끝에 동생이 사랑하던 남자가 시각장애인임을 알게 되는 '애틋한' 발견은 화자인 연수에게 충격을 준다. 앞이 보이지 않는 그 남자가 어린 아들의 손에 의지해 퇴근하는 모습을 아련하게 바라보다 연수는 난데없이 콧등이 찡해지는데, 이는 현재 한국문학장에서 퀴어성과 장애성이 약자의 기표로서 얼마나 쉽게 호환 가능한지 보여준다. "그러한 통증이 지금의 자신에게 긴요하리라는 예측도 있었다. 그녀는 아프고 싶었고, 울고 싶었다." 그래서 서사는 네 명의 인물들에게 네 가지 타자성의 배역을 균형 있게 배분한다. 이혼하고 조기폐경까지 선고받은 연수는 사라진 게이 남동생의 불가능한 사랑을 추적하던 끝에, 장애인 생계 노동자 한 부모 아버지와 의젓한 아이로 구성된 성(聖) 가족을 발견한다. (정상 가족을 이루지 못해) 결핍된 자들이 결속하는 수난극이 현현하자 연수는 준비해둔 감동을 펼쳐 보인다. 도달할 수 없기에 숭엄해지는 가족의 별자리가 환대의 길을 가리킨다.

⬦⬦⬦⬦⬦⬦⬦⬦⬦⬦⬦⬦

11　퀴어에 대한 "사회 전체의 인식을 전진시키려는 공적 영역의 노력이 부재한 탓에 감각의 낯선 변화 속에 방조되어, 당혹감 속에서 '일단 거부'를 선택하게 되는 개인의 조건"으로 재현의 혐오를 읽는 독해는 물론 타당하다(김녕, 「다시, 부패된 조건들을 바라보며」, 『창작과비평』 2019년 가을호). 다만, '혐오'의 최종 원인으로 '공적 영역의 미숙'을 심문하는 지적 관성은 결과적으로 '가족 이데올로기'가 가진 공적 속성/권력을 간과하여 약자를 자임하는 '보통 사람'에게 무책임할 수 있는 자격을 제공하는 것은 아닐까. (이성혼에 충실한) 아버지와 (이성혼과 불화하는) 누나라는 환대(宋)하는 가족원의 젠더/세대라는 사회적 속성이 만드는 차이도 살펴야 한다.

유년의 사랑스러운 공동 기억이 소환하는 가족의 정동은 중립적이고 보편적인 인간애를 통해 혐오와 박탈이 일어나는 지금의 구체적 장면을 무화하고 만다. 가족에 대한 무심함과 무지를 반성하면서 보편적 가족애라는 안전망이 가진 구속력을 다시 퀴어에게 씌워 용서의 드라마로 붙잡는다. 혐오의 구조 속 자신의 위치를 보기보다는 환대의 자리를 마련해온 내적 정반합을 보는 화자는 자신에게 감격한다. 파티의 성공 여부와 무관하게, 퀴어에게 가족-시민권을 발부하는 이 초대장은 함정에 가까워 보인다. 퀴어를 인간으로 만들려는 초대장의 선의가 손님을 다시 법정에 세우고 만다. 결국 환대에 감동하려는 우리 시대의 준비된 열망이 충분히 안전해진 손님을 접대하는 쾌락을 위한 것은 아닌지 되물어야 한다. 초대장을 하필이면 어떤 퀴어에게 즐겨 발송하는 어떤 문학장에게 문제를 반송해야 한다.

혐오 경제의 탄생기, 관리되는 여성의 신체

이제 사태는 혐오 자체가 인식의 기본값이 되는 데에 이르렀다. 혐오스런 타자에 대해 윤리적 책임감을 갖기는커녕, 자신의 신체와 존재가 혐오스러운 대상임을 발견하는 여성 청년들이 등장했다. 이들은 자신의 몸을 혐오하는 상대와도, 자기 자신과도 섣불리 화해하려 하지 않는다. 대신 자신을 향한 혐오가 어디에서부터 어떻게 유래하는지 알려 한다. 그것은 죽게 내버려두는 주권 권력이 아니라 도리어 자신에게 생명을 불어넣고 보살펴오던 힘에서 비롯되었다. 가부장의 억압적 폭력이 아니라 자신을 살려온 엄마(들)의 삶에서 혐오가 시작된 것이다.

김유담의 「이완의 자세」(『창작과비평』 2019년 봄호)는 출세해달라는 엄마의 간절한 "환호성을 받으며 출루했지만 맥없이 아웃을 당한 타자처럼 집으로 돌아"오는 청년세대의 실패기다. 그 패배 앞에서 '나'는 자신의 성공을 원했던 엄마에게로 시선을 돌려 그간 무엇이 자신의 삶을 추동해왔는지를 돌아본다. 엄마는 명문여상 출신도 아니고 성적도 좋지 않았지만 "용모가 특출나게 단정했기 때문에" 명동 중심가 백화점의 화장품 매장에 취직할 수 있었다. 그리고 "가장 눈에 띄고 중심이 되는 자리에 매일 서 있으면서 엄마는 주목받는 삶을 동경하고 갈망하게 되었다". 남편을 잃고 홀로 딸을 키우면서 엄마는 주목받는 삶에서 이탈하지만 노동계급의 기혼 여성들 사이에서 다시 주목을 받을 수 있는 방법을 찾아낸다. "유라 엄마는 어쩜 그렇게 젊어 보여?" 엄마는 별거 아니라며 손을 내저었지만 "지금의 몸 상태를 유지하기 위해 얼마나 노력하는지, 그리고 그걸 얼마나 자랑스러워하는지 나는 잘 알고 있다". 피부관리실을 차린 엄마의 "유일한 밑천이 몸"인 것은 성공하기 위해 가장 중요한 건 "마사지 실력이 아니라 원장의 피부"이기 때문이다. 피부관리실이 망하고 '때밀이 아줌마'로 영락해도 여전히 여성의 신체를 관리해주는 노동의 핵심은 자신의 신체를 먼저 전시하는 일이다. 모두가 벌거벗는 목욕탕에서 붉은 "속옷을 입고 남의 몸을 씻겨주는 유일한 사람"인 엄마는 사람들이 "가장 유심히 보는 대상"이 된다. 엄마는 자신의 젊고 아름다운 신체를 다른 여성들에게 열망의 대상으로 판매한다. 그러므로 "여자들은 엄마에게 몸을 맡기면서 묘한 흥분과 우월감을 느끼고 있는지도 모른다"는 '나'의 통찰은, 자기 관리에 대한 열망이 거래 대상으로서의 여성 신체에 대한 선망과 그것을 통한 계급 상승의 가능성에서 기인한다는 사실을 정확히 보여준다.

「이완의 자세」는 신체를 자원으로 삼아야 하는 노동계급 여성의 생존주의가 어떻게 가족주의 서사와 접합되어 딸에게 전이되는지 구체적으로 살펴본다. 차가운 여탕에서 어린 '나'를 벌거벗겨 세신 연습을 하던 엄마는 '나'가 울자 다음과 같이 협박한다. "내가 누구 때문에 이렇게 사는데! 나도 너 할머니 할아버지한테 보내고 팔자나 고치면 속 편하지. 너 때문에 못하는 거야." 생존주의가 유일한 삶의 목표를 자식으로 상정하고 그것을 위해 모든 것을 희생하는 가족적 방법론을 불러올 때, 가족의 생존을 벗어난 모든 길은 죽음으로 선포된다. "이것도 못 견디면 둘이 같이 나락으로 떨어지는 거야. 그냥 여기서 우리 같이 죽을래?" 엄마의 유일한 희망은 딸의 계급 상승이다. "딸년 대학 잘 보냈다고 기고만장해가지고는. 평생 남의 때나 밀어주고 살아라!"라는 험담이 정확하게 엄마의 인생을 건 열망을 짚는다. 딸이 자기처럼 "컴컴한 지하가 아닌 밝은 무대에서 박수받고 살기를 바랐"던 엄마는 육체노동의 자원인 자신의 몸보다 더 주목받을 수 있도록, 딸의 몸을 무대화하여 무용가로 출세시키려 한다.

그러나 딸의 몸은 그 열망을 단호히 거부하고 만다. 여탕에서 신체 관리와 생존에 대한 엄마의 열망을 보며 성장했던 시간은 '나'에게 몸에 대한 "수치와 모멸감"의 시간으로 각인된다. 가난으로 인한 수치심과 신체 관리에 대한 자부심이 역전된 형태로 딸에게 전이된 것이다. 그래서 '나'는 신체를 가장 극적으로 전시해야 하는 무용을 전공하면서도, 타인에게 몸을 드러내거나 타인과 접촉하는 순간 몸이 굳어져버리고 만다. "자라면서 몸이 여자의 꼴을 갖춰갈수록 내 안에서는 망설임과 두려움이 커져갔고, 내 춤은 점점 더 무거워졌다." 자신의 몸을 전시하는 법을 훈육받아온 한국사회의 여성 청년에게 몸은 자신을 표현하는 장치라기보다는 가족의 생존권을 담보하고 가족이 열망하는 삶에 편입하기 위해 자신을 관리하라는 시선의 매개물에 가깝다. 타인과 타인이 "서로의 몸을 통해 기쁨을 주고 위안을 나눌 수 있다는 서사는 도처에 널렸지만 내 몸과는 너무 멀리 떨어진 이야기였다". 자신의 몸을 혐오하는 자에게 타인의 몸을 사랑하는 일은 애초에 낯선 일이기 때문이다. "나는 나 자신인 채로 살아본 적이 없는 사람"이고 "한 번도 자기 자신을 온전히 가져보지 못한 사람"이라 "자신을 제대로 내어주지도 내려놓지도 못한다".

그러니 '나'는 다시 처음을 돌아본다. 여성의 신체를 자원으로 삼는 방법으로 자신을 길러낸 엄마에게 묻는다. 엄마에게 사랑은 어떤 것이었냐고, 대체 뭐가 중요했냐고. 그러나 엄마는 "내가 누구 때문에 지금껏 이렇게" 살아왔는지를 상기시킬 뿐이다. "누가 엄마더러 이렇게 살라고 했어? 내가 엄마한테 그러라고 했냐고!" 자신의 몸을 사랑하기 위해서가 아니라 살아남기 위해서 몸을 사용(해야)하는 여성의 생애를 보며 자란 '나'는 자신의 몸을 혐오하게 되었고, 결국 자신이 심청으로서는 무대에 오를 수 없음을 자각한다. "무용을 잘하는 게 가장 큰 효도라고 강조했던 엄마를 나는 결국 배신해버렸다." 엄마에 대한 연민과 증오 모두에 얽매이지 않고 엄마의 열망대로 살지 않기 위해서, 다시 자신의 맨몸을 오래 들여다보고 몸과 새로운 관계를 맺으려 한다. 오롯이 혼자가 되어 "누구의 딸도, 대단한 무용가도 아닌 아무것도 아닌 채로 살고 싶다고 생각하"며 엄마의 여탕에서 '이완의 자세'를 취하는 '나'는 자신의 생명을 관리해온 엄마를, 그리고 자신의 몸을 낯선 눈으로 돌아본다. 자신을 위해 그토록 희생해온 엄마의 삶이야말로 여성 청년이 자기혐오를 내면화하게 만든 한 기제였다는 것을 간파하면서부터, '나'는 자신의 몸을 둘러싼 혐오를 천천히 벗을 수 있다.

여성 청년의 자기혐오를 둘러싼 한국사회의 장치들을 면밀하게 살피는 천운영의 「금연캠프」(『창작과비평』 2019년 여름호)는 여성의 몸을 관리하는 '생애주기'의 생명 권력을 집약해 보여준다. 다양한 나이대의 여성들 여덟 명이 "중증 흡연자들을 위한 전문 금연캠프"에 참가한다. 그들은 "자발적으로 이곳에 와 갇혔다. 4박 5일 동안의 자발적 감금 상태". 참가자들은 "타인의 생명까지 위협하는 범죄 중의 범죄. 악의 근원"이자 "한국표준질병·사인분류표에 명시된 질병"을 앓고 있다고 인정하고 "금연캠프에 제공되는 진료, 상담, 교육에 성실히 임할 것을 서약"한다. 몰래 마른오징어를 싸온 참가자를 통제하는 등의 소소한 소동은 병원의 촘촘한 관리 체계가 건강한 몸을 만들어준다는 믿음을 강화한다. 금연캠프에서는 매일 참가자들의 혈압, 체온, 체내 일산화탄소, 혈당 등을 체크하고, 특히 참가자들에게 "열 페이지가 넘는 심리평가 설문지"를 작성하게 해 그들이 중독된 신체에 굴복했음을 승복하도록 만든다. 자신의 신체를 병리적인 상태로 인정하는 내면화 과정을 통해 참가자들은 병원의 생명 정치와 자발적으로 계약한다. 캠프의 주된 목표는 신체를 경영하는 주체의 산출이다.

여러분은 잘못이 없어요. 담당의가 사람들과 하나하나 시선을 맞추며 말했다. 온화하고 다정한 목소리였다. 그냥 잘못 배웠던 것뿐이에요. 제대로 배울 기회가 없었던 거예요. 스트레스 회복 능력, 자기조절 능력, 문제 대처 능력, 이런 건 그냥 저절로 얻어지는 게 아니에요. 발달시켜야 하는 거예요. (……) 여러분은 단순하게 생각하고 오셨겠지만, 제 목표는 여러분들의 생활양식을 근본적으로 바꿔보는 거예요. 이 기회에 내 생활을 돌아보고, 금연을 수단으로 해서 여러분 삶의 질을 다르게 만들고 싶은 거예요. (……) 여러분은 어린애처럼 다시 배워가시는 거예요.

캠프를 학교로 비유하는 의사는 참가자들에게 스스로를 훈육하는 능동적인 자기경영의 주체가 되기를 요구한다. 의료 담론은 자신의 신체를 관리할 수 있는 주체를 건강한 신체로 간주한다. 따라서 캠프에서는 참가자들이 부족했던 자신의 신체 통제 능력을 돌아보도록 그룹 상담을 통해 자기혐오를 공유하게 하고, 참가자들은 자신들이 흡연을 시작한 계기와 금연을 결심한 계기에 대해 고백한다. 그러면서 소설은 여성들의 흡연과 금연의 계기가 여성의 생애주기와 관련되는 맥락을 집중적으로 보여준다. 사업가 혹은 노동자로서의 스트레스를 관리하기 위해 흡연을 시작한 경우도 있지만, 대부분은 출산과 양육으로 인한 스트레스와 신체 변화, 가족에 대한 돌봄 노동과 남편에 대한 부채의식, 경력 단절 등이 주된 계기이며, 금연을 결심한 이유 또한 손자나 남편을 돌봐야 하는 필요성이 대두되면서다. 생계 노동과 돌봄 노동을 패턴화하자 여성의 신체적 시간을 재생산과 가족의 시간으로 재편하는 힘이 드러난다. 이는 기혼 여성의 삶을 구술생애사적으로 드러내는 동시에 반대로 여성들이 금연을 통해 스스로를 노동과 돌봄의 주체로 재기입하는 패턴도 드러낸다. 참가자들이 캠프 내내 나누는 대부분의 대화가 건강과 재산 관리에 대한 것이라는 점 또한 캠프가 더 나은 돌봄 노동과 생산노동을 하는 건강한 인간을 만드는 프로젝트임을 시사한다. 이 '인간 되기'의 열망을 공유하는 것이 이 캠프의 주요한 목적이다. 그룹 상담으로 금연 결심을 고백한 것만으로도 서로 위안받기에 참가자들은 "일종의 동지애"를 느낀다. "같은 문제를 가진 사람들이 합심해서 역경을 헤치고, 어려움을 극복하여 목적을 달성할 수 있으리라는 신뢰와 믿음. 그것이 바로 모든 캠프의 존재 의미"인 것이다.

"하지만 윤다영은 거기 포함되지 않았다. 윤다영은 외면하고 싶은 어떤 것이었다." 경제적 주체 혹은 돌봄의 주체로서의 신체를 회복하려는 병원에서 최연소 참가자인 윤다영은 이질적인 인물이다. 처음 병실에 들어설 때부터 윤다영에게서는 다른 흡연자도 "종종 찾는 곳이지만 결코 오래 머물고 싶지는 않은" 흡연구역의 재떨이 냄새 같은 "익숙하면서도 불쾌한"

냄새가 풍긴다. 윤다영이 모두에게 혐오스러운 존재로 여겨지는 이유는 그가 그룹 상담 시간에 고백한 삶과 관련된다. 중학교 1학년 때부터 할아버지의 담배를 훔쳐 피우다가 나중에는 "돈 모아서 아저씨들한테 사달라고" 하는 "담배 구걸하는 계집애"였다는 윤다영의 고백은 학교 부적응 청소년의 비행과 성매매를 연상시킨다. 쓰레기통을 뒤지며 꽁초를 모아 피우던 자신이 "정말 더러웠"다는, "쓰레기년이 된 것 같았"다는 윤다영은 엄마에게 수치스러운 존재로 취급받으며 자기혐오 속에서 흡연을 반복했다. "직장이요? 저 같은 쓰레기년을 누가 채용해요. 편의점 알바 한번 했었는데, 담배 때문에, 자꾸 왔다갔다하니까" 쫓겨났다는 회상은 윤다영이 노동 주체로도 가족 주체로도 통합되지 않는 프레카리아트 비혼 여성 청년임을 보여준다. 다른 여성 참가자들이 돌봄 노동의 부담감이나 사업/직업의 생존경쟁 속에서 흡연을 하던 것과는 달리, 윤다영은 생산노동에도 돌봄 노동에도 관심이 없다. 정상 가족 속 여성의 생애주기를 따르지도 않고 그것을 열망하지도 않는 윤다영은 다른 참가자들에게 새롭고 낯선 여성 청년에 대한 불안감과 위협감을 불러일으킨다. "듣자 하니 부모 피나 빨아먹고 사는 기생충이 분명"하다는 계급적, 세대적 단언은 이성애 결혼 제도 속 여성의 생애주기에서 이탈한 이 여성 청년의 형상이 다른 참가자들에게는 최고의 악몽임을 보여준다.

그래서 다른 참가자들은 남편 몰래 담배를 피우던 자신을 '쓰레기'라고 생각하던 과거를 상기하거나, 그간 윤다영과 비슷한 냄새가 났을지도 모른다는 불안에 시달리며 자기의 몸 냄새를 새삼 확인하곤 한다. 경력 단절과 양육 및 돌봄 노동에 대한 스트레스로 인해 수면중에 자신의 손을 물어뜯던 서희주는 윤다영의 손 역시 흉터로 가득한 것을 보고 "저런 쓰레기 같은 애랑 같은 습관을 가지고 있"다는 것에 충격을 받는다. 가족 주체의 영역으로부터 이탈하면 윤다영의 혐오스러운 형상과 닮게 될지도 모르기 때문이다. 이금순과 오명자 역시 제 자식들이 약물에 취해 일탈하거나 무능력해서 윤다영과 비슷한 면이 있다는 점을 누가 알게 될까 두려워한다. 일반적인 여성의 생애주기를 성공적으로 따라온 서로를 상호 보증해주는 동료 참가자들과 달리 윤다영은 그 생애주기에서 일시적으로 탈각했던 상흔을 상기시키는 것이다. 그러므로 참가자들이 윤다영을 보며 혐오감을 느끼는 모습은 윤다영이라는 실패를 구성적 외부로 배제하면서 주체가 되는 당대 '청년세대'론의 여성적 작동을 보여준다. 즉, 비인간, 비여성을 규정하는 내면의 법정이 건강하다고 공증받은 여성 주체상을 생성하는 필연적 과정인 것이다. 윤다영(들)을 향한 혐오가 한국사회 여성(들)의 내부에서 자기 인식과 (재)구성의 역학으로 작동하는 셈이다. "저런 쓰레기 같은 애"와 자신 사이에 어떤 상동성이 있지만, 그래서 기분이 더러워지므로, 윤다영과 달리 자신은 반드시 담배를 끊어 건강한 신체로 거듭나기로 결심한다.

그러나 정작 윤다영은 자신을 매개로 작동하는 혐오 경제에 무신경하다.[12] 뿐만 아니라 윤다영은 금연을 결심하는 참가자들의 다짐들을 다 듣고는 이렇게 소리친다. "저는요, 내일이면 담배를 피울 수 있다고 생각하니까, 너무 행복해요." 모두 일제히 "아, 저 씨발년"이라고 생각하도록. 여성 주체를 산출하기 위한 국가/병원의 생명 정치에 포섭되지 않는 윤다영은 인간 되기를 향한 최소한의 의지도 보이질 않는다. 외려 자기 충족적인 쾌락

---

12 자아 이상의 미달로 인한 수치심이 아니라 이데올로기적이고 사회적인 기제에 의해 "훈련되고 양성되는" 여성 청년의 자기혐오를 읽는 독법은 보다 확장될 수 있다(인아영, 「자기혐오라는 뜨거운 징후—이주란의 최근 소설을 중심으로」, 『실천문학』, 2018년 여름호). 특히 그 자기혐오를 해소하기 위해 노력하기보다는 혐오 자체를 냉철하게 보는 여성 청년 인물들의 최근 경향을 염두에 두고자 한다.

과 동물성을 포기하지 않아 혐오스러운 모습을 유지한다. 물론 윤다영이 국가/병원의 훈육을 의식적으로 거부하는 것은 아니다. 4박 5일간의 금연 캠프를 수료한 참가자들이 각자의 가족과 지인들에게 전화를 걸며 헤어질 때, 윤다영은 혼자 병원 입구에 남는다. 갈 바를 정하지 못한 탓이다. 윤다영은 정상적 삶으로의 편입 열망을 묻는 금연 설문지를 들고 끝까지 고민한다. "지금 당장 담배를 피우고" 싶은지, "가능하다면 지금" 담배를 피우고 싶은지, 그 차이를 구분하는 것이 너무 어렵다. 윤다영은 "자신이 어디쯤 있는지도 자신할 수 없었다. 매우와 매우 사이 어디쯤일지".

가족들을 향해 흩어지는 금연캠프 수료생들 사이에서 윤다영만이 홀로 남는 결말은 결국 혐오스러운 타자를 향한 윤리를 회수하는 법정을 세우지 않는다. 손자와 남편을 위해서 금연을 결심한 다른 참가자들의 모습은 특별히 악하다고도 할 수 없고 오히려 인간적이다. 그들이 윤다영을 홀로 남겨두는 것은 그저 더 나은 인간이 되고자 한 결과일 따름이다. 국가와 가족의 공모 속에서 각자 최선을 다해 인간이 되려고 한 결과이다. 인간이 되는 기존의 방법 자체를 낯설게 보는 여성 청년은 자신이 어디에 서 있는지조차 알지 못해 어리둥절해한다. 그런 여성 청년의 등장 앞에 당혹해하는 소설의 허망한 결말은 윤다영이 어디에 서 있는가의 문제로 시선을 돌리게 한다.

지금 여성 청년들은 독자에게 죄책감을 불러일으키거나 서사적으로 고양하지 않고, 도리어 응축된 감정을 산산이 흩어버린다. 독자의 윤리적 결단이 이들을 구원하지 못하도록 이들 자신이 멈춰 선 탓이다. 이는 대의되는 죄책감으로는 이 여성 청년들을 인간으로 만들 수 없음을, 이들 스스로가 자신의 위치를 보지 못하는 한 사태가 해소될 수 없음을 현시한다. 이제 질문은 가족/젠더/계급/세대론 모두를 관통해 여성 청년의 위치와 자세를 묻는 것으로 전환된다. 인간을 만들고 그 생명을 유지시켜온 기제 자체를 다시 보는 이 인물들은 자신의 몸을 돌아보면서 자기혐오에서 벗어나는 좀 더 정확한 방법을 찾아내고 있다. 자신이 자라온 한국사회를 낯선 눈으로 돌아보는 지금의 여성 청년 독자들이 소설을 경유해 미리 찾아냈던 그 방법을.

나는 그 자리에 남았다

— 편혜영 소설 속 '병원-제도'의 불안

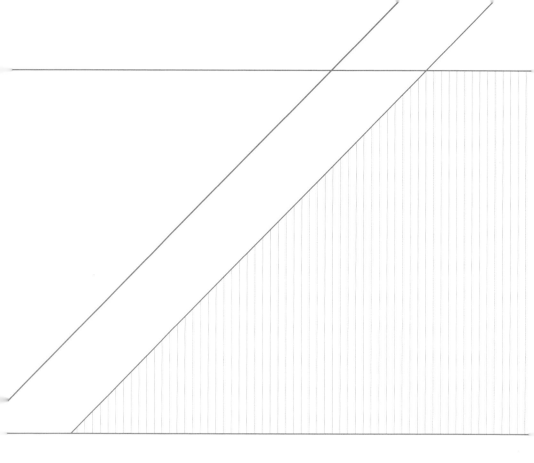

김요섭

가톨릭대학교 국어국문학과 졸업.
성균관대학교 국어국문학과 박사 수료.
2015년 〈창비〉 신인평론상으로 등단.
요즘비평포럼으로 활동 중.
old_postcard@naver.com

나는 그 자리에 남았다

─편혜영 소설[1] 속 '병원-제도'의 불안

1. 방역이 끝난 뒤에도

질병은 편혜영 소설의 지옥도에 그려진 여러 풍경 중 가장 오래된 장면이다. 보이지 않는 전염병의 불안은 매캐한 방역 차량의 연기를 통해 사람들의 공간에 침입한다. 초기작 「아오이가든」(『아오이가든』, 문학과지성사, 2005)에서 편혜영은 '아오이가든'에 사람들을 고립시킨 정체를 알 수 없는 전염병과 그로 인해 망가진 불임의 몸들로 병든 세계를 꾸몄다. 가상의 국가 C국에 퍼진 전염병 때문에 낡은 아파트에 격리되며 추락의 서사를 펼치는 『재와 빨강』(창비, 2010)의 도입부는 아오이가든을 연상하게 한다. 『홀』(문학과지성사, 2016)에서 질병의 위력은 교통사고로 전신이 마비된 한 개인의 신체

---

1 이 글에서 인용한 작품은 『죽은 자로 하여금』(현대문학, 2018)과 『재와 빨강』(창비, 2010)이다. 이후 인용시 괄호 안에 작품명과 쪽수만 표기할 것이다.

에 국한되지만, 훼손된 신체가 만드는 삶의 어두운 구멍은 「아오이가든」의 모든 오물을 삼키던 하수구나 『재와 빨강』에서 생활을 상실한 이들이 고여 있던 하수도만큼이나 깊고 어둡다. 질병의 세계에 침식된 편혜영의 앞선 작품들과 비교한다면 근작 장편인 『죽은 자로 하여금』은 그 질병의 세계에서 멀리 떠나간 것처럼 보인다. 질병을 관리하는 위생과 의료의 장소인 병원을 배경으로 하는 이 소설에서 질병으로 망가진 몸들은 모두 서사의 외곽으로 밀려나 있기 때문이다. 그러나 편혜영의 소설 속에서 질병이 등장하는 방식을 감염에서 치료까지 시간순으로 나열하면 그 질병 서사가 변주되는 경로의 끝에 『죽은 자로 하여금』의 '선도병원'이 서 있다.

「아오이가든」에서 범람하던 전염병과 악취는 『재와 빨강』의 C국을 뒤덮은 전염병의 공포로 반복되는 듯 보일지 모른다. 그러나 『재와 빨강』의 후반부에서 질병은 방역의 대상으로, 즉 사라지지 않았으나 일상의 세계가 관리할 수 있는 여러 위험 요소 중 하나로 축소된다. 소설의 주인공인 '그'가 질병으로 고립되었던 아파트에서 쓰레기 더미 위로 뛰어내리고 다시 하수구로 숨어드는 추락과 오염의 반복을 멈추고, 위생과 방역의 시스템에 복무하기 위해 도시의 세계로 되돌아오면서 전염병이 촉발한 사건들은 공중위생과 보건의료의 기술에 의해 일상적 관리의 대상으로 전환된다. 『홀』에서 교통사고로 전신마비가 된 '오기'의 몸은 전염병 같은 예외적 사건으로 인식되지 않고 의료 체계의 일상적 업무의 대상으로 여겨질 뿐이다. 편혜영의 소설에서 갑작스레 나타나 사회의 작동을 마비시키던 전염병과 같은 질병의 힘은 의료의 안정된 질서에 의해서 관리된다. 이처럼 질병의 세계에 대한 방역의 승리가, 돌발적 재난에 대한 근대적 관리의 기술이 도드라지는[2] 편혜영 소설의 세계 위에 선도병원이 있다. "살기도 하고 죽기도 하는 곳, 그게 병원 아닙니까?"(『죽은 자로 하여금』, p.66)라고, 죽음이 병원 행정의 단순한 업무일 뿐이라고 말하는 공간에서 편혜영은 또다른 추락의 서사를 시작한다.

　『죽은 자로 하여금』의 선도병원은 질병의 위협을 받는 곳이 아니다. 가상의 공업도시 이인시에 위치한 이 병원의 위태로움은 질병과 같은 돌발적인 재난이 아니라, 경기의 순환국면에서 반복되는 경제위기와 그로 인해 도시의 중추인 조선산업이 쇠퇴한 데에서 비롯된다. 질병을 관리하는 의료체계의 위기가 경제문제에서 비롯될 때, 병원의 이야기는 의료가 아닌 경영과 행정의 문제로 초점을 옮겨간다. 흥미로운 점은 『죽은 자로 하여금』이 경영문제로 병원 서사의 틀을 옮겨가는 과정이 『라이프』와 같은 동시대 메디컬 드라마의 변화와 그 맥을 같이한다는 점이다. 의료행위와 삶의 의지가 결합된 인도주의적 미담의 서사였던 메디컬 드라마를 전복하는 의료경영으로의 초점 이동[3]이 상이한 매체에서 동시적으로 나타난 것은 사회의 경영과 죽음/재난의 발생이 밀착되어 있다는 집단적 체험을 반영한다. 한국 현대사에 두터이 쌓인 부패한 경영이 불러온 재난의 목록들을 모두 열거할 필요는 없을 것이다. 아직도 우리는 그 4월의 바다에서 멀리 가지 못한 채로 일상의 불안을 마주해야 한다. 『라이프』의 작가 이수연이 전작 『비밀의 숲』에서 부패한 검사의 입으로 "부정부패가 해악의 단계를 넘어 사람을 죽이고 있다"고 고발한 것이나, 『죽은 자로 하여금』의 병원 직원 이석이

2　정재훈은 편혜영의 소설이 근대 시스템이 재난을 일상적으로 관리하는 방식을 보여주고 있다는 점을 지적한다. 정재훈, 「묵시적 재난에서 개별화된 재난으로」, 세계일보 신춘문예, 2018.1.1.

3　황종연, 「신자유주의 시대의 공포와 희망」, 『죽은 자로 하여금』 해설, p.235.

선도병원을 안전장치 하나 없어서 모두 함께 죽을 수밖에 없는 18층 건물과 같다고 비유한 것 모두 동일한 현실을 가리킨다. 생명을 구하는 병원은 죽음과 가장 밀착한 곳이고, 병원의 부패는 죽음이 찾아오는 가장 빠른 경로다.

편혜영의 세계에서 원인도, 끝도 알 수 없는 질병이 만드는 혼란은 사라지고 죽음조차 일상의 업무로 취급하는 병원의 질서가 세워졌다. 그런데 흥미로운 점은 『죽은 자로 하여금』에서 병원의 서사를 이끌어가는 핵심적인 축이 오히려 돌발적으로 찾아왔던 죽음의 불안이라는 것이다. 선도병원에서 누군가 몰래 수액에 약물을 투입해서 환자의 생명이 위험했던 사건이 소설의 긴장을 만든다. 『죽은 자로 하여금』에 대한 비평적 시선이 아직 두터이 쌓인 것은 아니지만 그동안의 논의들은 이 의료사고와 이를 은폐하려하는 과정에서 빚어진 서사적 긴장에는 큰 관심을 보이지 않는다. 이런 무관심이 그리 이상하지는 않다. 서사의 전개를 엄밀하게 좇으면 이 의문스러운 사고의 원인처럼 보이는, 그래서 전체 서사를 하나로 묶어주는 직원 이석의 비리와 그를 고발한 무주의 선택에 집중하게 된다.[4] 그러나 소설의 끝은 무주의 선택과 의료사고가 어떤 연관도 없음을 보여준다. 사고는 '살기도 하고 죽기도 하는 곳'인 병원의 일상일 뿐이며 오히려 흐릿해지는 것은 내부고발자였던 무주와 다른 직원들 사이의 차이다. 전작인 『재와 빨강』

---

4   황종연은 의료사고와 이를 적극적으로 은폐하려는 사무장의 모습을 선도병원의 병리성을 보여주는 삽화로 한정하고(황종연, 위의 글, 237쪽), 인아영은 조직 안에서 살아남기 위해 발버둥치다 서로 닮아가는 이석과 무주의 서사에 집중하고(인아영, 「나쁜 게 아니라 필사적일 뿐」, 『오늘의 문예비평』 2018년 가을호) 정재훈은 의료사고 대신 유산된 무주의 아이에서 죽음의 그림자를 읽어내면서, 이 '죽음답지 못한 죽음'이 "(내부)고발자, 밝히려는 자들에게 '반성'과 '고백'을 요청"하고 있다고 설명한다(정재훈, 「윤리적 회색지대에서 벌어지는 인간적인 분투」, 『문장 웹진』, 2018.10월호).

에서 주인공의 진실이 끝내 밝혀지지 않으면서 점차 그가 자신을 잃어갔던 것처럼 무주는 타인들과의 차이가 마모된 자신과 마주한다. 편혜영이 앞서 선보인 질병의 서사가 죽음의 불안과 함께한다면, 무주가 있는 선도병원에서 죽음은 불안한 사건이 아니다. 죽음은 그저 업무일 뿐이며, 두려운 것은 오직 그곳에서 계속 살아가야 한다는 사실이다. 살아가는 일을 두렵게 바꾸는 이 낯선 지옥도가 실상 병원처럼 우리의 곁에 있으면서, 매일 우리의 일상을 만드는 원리임을 편혜영을 따라 걷다보면 천천히 깨닫게 될 것이다.

2. 진단서와 처방전

『죽은 자로 하여금』의 배경인 선도병원은 종합병원이다. 종합병원은 2차 의료기관으로 진료의뢰서 없이도 치료를 받을 수 있지만 보통은 1차 의료기관인 일반 병원에서 먼저 진단받기를 권한다. 선도 종합병원의 문을 열고 들어가기 전에 먼저 「병원」에 들러서 이 불안한 사건들에 대한 첫 번째 진단을 받아보자.

임솔아의 단편 「병원」은 병원의 진단서 한 장을 발급받기 위해서 자기 생애를 부정해야 하는 기괴한 풍경을 냉소적인 눈으로 응시한다. 베이커리 아카데미의 견습생인 유림의 생활은 전문가들이 발급하는 증명서에 의해서 좌우된다. 3년간 교육을 받아야만 수료증을 발급해주는 베이커리 아카데미는 견습생들에게 수료증을 미끼로 아카데미 대표의 가게에서 일하도록 강요한다. 유림의 실수로 가게의 조리기구가 고장이 나자 대표는 아카데미를 수료할 때까지 남은 육 개월간 무급노동을 할 것을 강요하지만, 유림은 이를 거부할 수 없다. 무급으로는 도저히 6개월간의 생활을 버틸 수 없던 유림은 다량의 수면제를 삼켜 자살을 기도하지만 살아남는다. 그리고 자해 시도의 경우 의료보험을 적용할 수 없다는 사회복지과 공무원의 결정에 거액의 치료비를 부담할 상황에 놓인다. 급여를 받지 못하는 그가 보험 혜택을 받기 위해서는 정신병 진단서가 필요하다. 유림은 정신과를 찾아가서 의사에게 사정을 말하지만, 그는 진단서를 써줄 수 있는 경우는 실제 정신병력이 있거나, 보험료가 필요한 정신상태가 정상인 사람의 요청이 있을 때뿐이라고 답한다. 의사가 보기에 유림은 정신병 여부가 불확실하다. 하지만 자신의 요구에 고분고분하지 않는 폭력적 성향도 보이기에 정상이라고 판단하지도 않는다. 유림은 정상도 비정상도 아니란 유예된 판단 때문에 의사에게 순종해야 한다.

> '존경하는'과 '환자'를 붙이고 나자, 윤리적인 거짓이라는 그럴듯한 단어가 유림의 머릿속을 지배한다. 유림에게는 가족이 있었고, 유림은 자신을 소년소녀가장이라고 생각해본 적이 없었지만, '제게는 가족이 없습니다. 저는 소년소녀가장입니다'라고 유림은 적었다.[5]

유림은 자신의 삶을 서류 항목에 끼워맞추는 것을 선택한다. 유림이 자신을 어떻게 생각하든 세계는 그를 서류상에 기입된 내용, 기초생활 수급자·소년소녀가장 등으로만 판단하기 때문이다. 유림의 내면에 대한 가장 내밀한 관찰자인 정신과 의사는 오히려 진단서 발급을 이유로 그가 자신의 통제를 받는 환자답게 행동할 것을 요구한다. 증명서류에 의해서만 판단되는 삶을 살던 유림은 통제력이 가장 강한 공간인 정신병원에서 전문

<hr>

5 임솔아, 「병원」, 『문학3』 2017년 1호, p.206. 이후 인용시 괄호에 쪽수만 표기한다.

가의 통제를 내면화한다. 이제 그는 "대표가 받아들 수 있는 답만을 말해야"(p.209)하는 존재가 된다.

평론가 김미정은 「병원」이 사회적 부조와 자기 존엄을 스스로 포기하게 하는 신자유주의적 품행통치와 규범의 양상을 짚어내고 있다고 말한다.[6] 이 품행통치를 통해 유림의 삶을 포위하는 것은 오늘날의 사회시스템과 그곳에 복무하는 전문가 집단이다. 서류에 규정된 자신을 거부하던 유림이 결국 병원에 굴복하는 이유는 그곳이 전문가와 시스템에 가장 강력한 권력을 부여하는 장소이기 때문이다.[7] 유림의 삶이 병원의 폐쇄회로에 완전히 포획되며 끝나는 듯 보이는 이 소설에서 김미정은 흥미롭게도 전혀 다른 가능성을 발견한다. "여자아이가 벤치에서 일어섰다. 아이는 도로의 가장자리에 쌓여 있던 은행잎을 한 장 집어 가슴주머니에 꽂았다. 그리고 병원 정문으로 들어갔다. 여자아이가 누워 있던 그 자리에 유림은 누웠다. 점퍼 주머니에 손을 넣었다. 2만원을 내고 남은 거스름돈 830원이 만져졌다."(209) 김미정은 이 두 소녀의 위태로운 마주침이 위력적인 세계의 통치술 속에서 서로의 신체와 정동을 장소의 겹칩을 통해서 공유하는 것으로 읽는다. 그 공유가 함께 존재하고 행동할 수 있는 무언가를 창조할 수 있는 작은 희망의 단초라고 주장한다.[8]

「병원」은 시스템과 전문가의 시선 속에서 한 생애가 기술적 언어와 관

---

6   김미정, 「벤치와 소녀들」, 『21세기 문학』 2018년 가을호, pp.186-189.

7   어빙 고프먼, 『수용소』, 문학과지성사, 2018, p.409.

8   김미정, 위의 글, 198쪽. 제도의 통치술 속에서 도덕은 심정적·물리적 거리의 문제이기도 하다. 바우만은 근대적 관료제도가 관리 주체와 관리 대상 사이의 거리를 확대하는 기술이 도덕을 무력화하는 장치라고 지적한다.(지그문트 바우만, 『현대성과 홀로코스트』, 새물결, 2013, p.177.) 그렇다면 「병원」 속 소녀들의 겹쳐짐은 제도가 활용하는 거리 두기의 기술에 맞서는 인접성의 창출로 보아야 한다.

료적 권한에 복속되는 과정을 짚어낸다. 자신의 생애가 제도의 관리 기술에 의해서 포착되고, 실제의 자신은 사라질지 모른다는 불안이 '병원' 안에 배회한다. 하지만 이는 진단서에 불과하다. 인간의 전 생애를 규정하고 재단하는 전문가와 환자의 증상 뿐 아니라 품행까지 통제하려는 의료행위에 대한 의문이 남는다. 품행과 전문가, 의료 사이의 관계를 파악하려면 진단서 뿐 아니라 처방전도 함께 읽어야 한다. 「병원」의 정신과 의사는 처방전을 발부하지는 않았으니, 다른 의료기관이 발부한 처방전을 참고해보려고 한다.

이 처방전에서 눈에 띄는 점은 치료의 대상이 환자 개인이 아니라 하나의 사회라는 점이다. 처방전에 따르면 이 사회를 치료하기 위해서는 기이한 의료기구가 필요하다. 유럽의 한 국가에서 만들어져서 이내 유럽 각지에 배치된 이 의료기구의 개발 과정은 낮은 탄식이 나오게 한다.

> 헤스 박사의 범죄기술연구소는 1941년 (일산화탄소중독 가스차-인용자) 모델을 개발할 때 생화학자 비트만 박사를 불러들였다. 그 젊은 친위대 중위는 헤스 박사가 총애하는 자로서, 민스크에서 정신병 환자들을 학살하는 데 일조한 인물이었다. 처음에 그는 가스차가 오직 정신병 환자의 학살에만 동원된다고 생각했다. 예상과 달리 가스차가 유대인 학살에 이용되자 비트만은 헤스에게, 그 기구는 정상적인 인간에게 사용되어서는 안 된다고 항의했다. 헤스가 친근한 어조로 말했다. "이봐, 되잖아. 왜 안된다는 거야? 자네 그만둘 거야?" 비트만은 그 자리에 머물렀고, 대위로 승진했다.[9]

---

9 라울 힐베르크, 『홀로코스트, 유럽 유대인의 파괴 1』, 개마고원, 2008, p.466.

많은 이들이 비트만과 헤스 같은 학살의 기술자들을 낯선 존재로 여기지만 사실 그들은 익숙한 얼굴을 하고 있다. 자신의 자리를 지키기 위해서 끝내 침묵하고 조직에 남아있는 관료기구의 구성원들, 비트만과 헤스는 그저 그런 사람들일 뿐이다. 유대인을 죽이기 위한 장치를 만들 수 없다는 비트만의 항의는 정당하게 보인다. 그러나 그의 인식은 어딘가 뒤틀려 있다. 그는 '정상적인 인간'에게 사용될 가스차에 경악하지만 정상적이지 않은 인간, 즉 정신병 환자들에게는 죽음을 '처방'할 수 있다고 믿었고 실제로 그렇게 해왔다. 그를 당혹하게 한 것은 잔혹한 폭력이 아니라, '의학'의 잘못된 사용이었다. 죽음을 처방할 수 있다는 비트만의 인식은, 그 당시에 그리 특별한 것은 아니었다.[10] 독일의 법학자 칼 빈딩과 의료윤리를 연구하던 의학자 알프레드 호헤는 1920년 독일에서 『살 가치가 없는 생명의 제거에 대한 승인』이라는 책을 발간한다. 그들은 자살과 안락사에 대한 법적·윤리적 문제를 다루면서 자기 자신에 대한 살인인 자살이 법적으로 면책될 수 있다면 무가치한 삶에 죽음을 부여하는 제 3자의 행위 역시 면책될 수 있다고 주장한다.[11]

살 가치가 없는 생명에게 죽음을 처방하자는 생각은 가학적인 목적 때

---

10 홀로코스트에 가담한 관료적 인간을 대표하는 아돌프 아이히만의 재판 중에도 '죽음의 처방'이라는 태도는 반복해서 나타난다. "(아이히만의 변호사였던-인용자)세르바티우스는 "유골의 수집, 종족 근절, 가스를 사용한 살인, 그리고 이와 유사한 의학적 문제들"에 대한 책임에 기초한 고소 내용에 대해서는 무죄라고 선언했다. 그러자 할레비 판사는 그의 말을 중지시키고 "세르바티우스 박사, 가스 살인을 의학적 문제라고 말한 것은 말실수라고 생각되는군요."라고 말했다. 여기에 대해 세르바티우스는 다음과 같이 대답했다. "그것은 실제로 의학적인 문제입니다. 왜냐하면 그 일은 의사가 준비했기 때문입니다. 그것은 살인의 문제이고, 살인 역시 의학적 문제입니다." 한나 아렌트, 『예루살렘의 아이히만』, 한길사, 2017, pp.130-131.

11 조르조 아감벤, 『호모 사케르』, 새물결, 2009, pp.263-267.

문이 아니었다. 오히려 모든 생명에게 고통 없이 죽을 권리가 있다는 생각에서 시작되어, 살 가치가 없는 자들을 죽일 수 있다는 아이디어로 확대되어 간 것이다.[12] 1933년 동물보호법의 한 조항으로 동물이 겪는 고통을 줄이기 위해 안락사가 승인된다. 그리고 1939년에 치유될 수 없는 환자들, 정신병 환자들에 대한 안락사가 시작되었고 그 이듬해 안락사 프로그램에 참여했던 의사와 과학자들, 젊은 비트만은 살 가치가 없는 또 다른 생명인 유대인, 집시 등에게 죽음을 처방한다. 죽음의 처방이 점차 환자의 범위를 넓혀갔듯이, 그 근거인 의학 역시 자신의 영토를 넓혀갔다. 국가는 의학의 시선으로 사회를 파악했고 사회적 행위와 일탈을 의학적·생물학적 증상으로 규정했다.[13] 사회적 타자의 특징들, 그들의 인종·종교·품행 등은 의학적 증상으로 환원되어 국가가 이들을 관리하고 처벌하는 근거가 되었다. 생명을 관리하고 죽음을 처방하는 사회는 거대한 병원이었다.

사회를 의학이라는 틀을 통해서 바라볼 수 있다면, 의학 역시 사회적 삶을 증상처럼 바라본다. 병원은 삶이라는 '증상'을 관찰하고 필요하다면 이 환자에게서 '사회적 삶'을 떼어놓았다. 사회학자 어빙 고프먼은 병원, 특히 정신병원과 요양원 등을 수용인들의 사회적 관계를 단절하여 관리하는 '총체적 기관'으로 정의한다. 총체적 기관으로서 병원, 특히 정신병원[14]은 환자

---

12   라울 힐베르크, 위의 책, p.1229.

13   데틀레프 포이케르트, 『나치시대의 일상사』, 개마고원, 2003, p.333.

14   흥미로운 점은 고프먼이 『수용소』를 출간한 바로 그 해에 푸코 역시 『광기의 역사』(이규현 옮김, 나남출판, 2003)를 통해서 권력의 계보학을 그렸다는 점이다. 고프먼의 미시사회학과 푸코의 생명정치론 모두 정신병원을 핵심적인 분석의 대상으로 삼는다. 하지만 이들의 접근법 사이에는 중요한 차이가 있다. 푸코는 규율하는 권력의 비인격적 작용을 주목하는 반면 고프먼은 규율하는 주체뿐 아니라 그 대상까지 포함하는 중층적 인간관계를 중심에 둔다. 병원의 직원이라는 내부 행위자를 중심으로 소설을 읽는 이 글에서 고프먼의 논의를 가져오는 것은 이 때문이다.

의 모든 행위, 감정, 생각 등을 진단과 처방의 근거로 활용하면서 전인격체를 치료의 대상으로 삼을 수 있다.[15] 고프먼은 병원이 인간의 신체(그리고 거기서 파생되는 전 생애)를 서비스의 대상으로 한다는 점에서 다른 분야와 구분한다. 그러한 병원의 특수성은 서비스의 대상을 인격체가 아니라 누군가의 소유물처럼 다루게 한다. 즉 병원에서 인간은 인격적·사회적 존재라는 인정을 상실하고, 업무의 대상인 사물로 전락할 가능성을 가지고 있다. 고프먼이 병원에서 "서비스 제공자와 서비스 수혜자 대신에 우리는 통치자와 피통치자, 관리자와 관리당하는 사람을 발견"[16]하게 되리라 진단한 것은 이 때문이다.

다시 비트만과 헤스로 돌아오자. 비트만과 헤스의 일은 의료기구의 개발이었다. 비트만과 헤스의 업무는 동일했다. 단지 비트만은 정신병 환자들이 '살 가치가 없는 생명'이라고 생각했고, 헤스는 어느 '살 가치가 없는 인종'에게도 같은 처방을 할 수 있다고 생각했을 뿐이다. 물론 비트만은 '처방'이 잘못되었다고 생각해서 항의했다. 하지만 그는 끝내 자신의 자리를 지켰다. 인간의 몸을 업무의 대상으로 여기는 의료의 조건은 타인의 삶에 대한 태도를 바꾼다. 타인의 삶을 바라보는 대신 의료 차트에 적힌 진단명과 서류상의 진료기록으로 환원한다. 한 사람의 삶이 의학적 지식의 대상이 될 때, 타인에 대한 인간의 윤리적 태도는 위축된다. 인간의 삶을 관리하는 의학적 모델은 생명에 대한 태도를 기술적으로 합리화했으며[17] 이러한 전문화된 기술을 통한 의식적 분리는 행정의 효율을 낮추는 도덕적 감정들

---

15   어빙 고프먼, 위의 책, p.408.

16   어빙 고프먼, 위의 책, p.403.

17   지그문트 바우만, 위의 책, p.133.

을 억제한다.[18] 그리고 기술적 관리가 통하지 않는 빈틈, 잘못된 처방에 대한 비트만의 항의를 마지막으로 막아서는 건 관리자의 회유다. "자네 그만 둘 거야?" 시시하게도 그 회유에는 죽음의 위협도, 폭력의 공포도 없다. 단한 대로 수천 명을 죽일 수 있는 죽음의 기계[19]를 만든다는 양심의 가책을 무너뜨린 것은 인사상 불이익에 대한 걱정뿐이다.[20] 수백만 명의 생명은 이 시시한 이유보다 중요하지 않았다. 이 시시한 설득의 무거움, 병원에서 작동하는 수많은 합리화의 장벽 중 마지막 수단에 의해 무너진 세상에 선도병원이 있다.

3. "병원이 뭐가 그리 좋으세요?"

서울의 대학병원에서 선도병원으로 이직한 신입 사무직원 무주는 기획 부서의 고참인 이석과 처음에는 가까운 사이였다. "병원이 뭐가 그리 좋으"(p.11)냐는 무주의 실없는 농담에 이석은 병원이 좋은 게 아니라 집이 싫다고 말하고는 헤벌쭉 웃는다. 가까웠던 이들의 관계는 이내 무주가 이석의 비리를 고발하면서 돌이킬 수 없게 갈라진다. 병원의 실질적 경영자인 사무장에 의해 병원 혁신위원회에 발탁되어 수익사업을 맡게 된 무주는 장

---

18   지그문트 바우만, 위의 책, p.65.

19   1942년 세르비아의 수도 베오그라드에 투입된 단 한 대의 일산화탄소중독 가스차는 4개월 동안 팔천 명을 죽였다. 라울 힐베르크, 위의 책, p.827.

20   홀로코스트에 가담한 독일인들이 임무를 거부했을 때 그가 겪을 불이익은 경력상의 오점과 동료들의 비난일 뿐이었다. 크리스토퍼 R. 브라우닝, 『아주 평범한 사람들』, 책과함께. 2010, p.118.

부를 살피다가 수년간 구매비용이 부풀려진 사실을 발견한다. 비리를 저지른 구매 담당자가 바로 이석이었고, 무주는 고민 끝에 이석의 비리 사실을 병원 홈페이지의 관리되지 않는 게시판에 익명으로 올린다. 병원은 사건을 조사하지 않는다. 대신 게시글이 삭제되고 알 수 없는 이유로 이석이 퇴사하면서 문제는 해결되는 듯했지만 이석의 퇴사가 무주 때문이라는 소문이 퍼지면서 무주는 병원 직원들의 괴롭힘에 시달린다. 이석이 사고로 식물인간이 된 아들의 막대한 병원비를 감당해야 하는 상황이었기 때문이다. 그로 인해 무주는 병원에서 철저하게 고립되지만, 정작 이석은 얼마 지나지 않아 신사업 본부장으로 병원에 복귀한다. 무주와 다시 만난 이석은 병원을 왜 좋아하느냐는 농담을 다시 꺼낸다. "병원은 말이야. 불리한 건 절대 들춰내지 않아. 또 원하면 뭐든 감출 수 있어. 물론 들출 수도 있지."(pp.140-141) 뭐든 감출 수 있고 들출 수도 있는 병원에서 이석이 떠난 직후 의문스러운 사고가 발생했었다. 돌아온 이석을 바라보는 무주의 불안한 눈에는 그와 그 사고가 겹쳐 보인다.

누군가 의도적으로 헤파린 수액에 주입한 인슐린으로 두 명의 환자가 인슐린 쇼크 증세를 보이는 사고가 일어났었다. 다행히 응급처치로 환자들은 회복하지만 담당간호사들이 투약 실수의 책임을 지고 퇴사한다. 하지만 수액주머니 겉면에 바늘로 찌른 흔적이 있었기에 무주는 이 사고가 누군가의 음모일지 모른다고 생각하며 이석을 의심한다. 간호사 출신인 이석은 약물에 대한 지식이 해박하고, 약품 보관실에도 자주 드나들었다. 게다가 이 사고는 무주가 이석의 비리를 고발하고 확인되지 않는 몇 개의 소문이 병원 주위를 떠돌다가 이석의 자리와 함께 사라진 뒤에 일어났기 때문이다. 수액에 남은 주사의 흔적은 무주가 돌아온 이석을 두려워하는 이유다. 그리고 이 두려움에는 이석이 병원을 떠난 뒤 연명치료를 받던 그의 아들이 죽었다는 소문도 뒤엉켜 있다. 무주의 불안은 겹겹이 쌓인 소문에 의해서 커진다. 직원들 사이에 무주가 사실 대학병원에서 회계 부정으로 쫓겨났다는 사실이 소문으로 퍼지면서 그는 궁지에 몰린다. 무주는 수모를 견디느니 거짓 소문에 의존하는 길을 택한다. "조심합시다."(87) 무엇을 조심해야 하는가? 무주는 실제로는 알지 못하는, 하지만 어떤 비밀을 자신이 알고 있다는 소문으로 자신을 지킨다. 선도병원에는 많은 소문이 교차하지만 대부분 진실을 알 수 없다. 이석의 아들이 죽었는지, 의료사고가 이석의 소행인지, 아니면 사고에 사무장이 관련되어 있다는 경비원 효의 말이 사실인지 그 무엇도 밝혀지지 않는다. 편혜영은 소문의 진실에는 무관심하다. 오히려 소문에 의해서 누가 무엇에 눈감는지 살핀다.

선도병원에서 소문은 그 내용의 사실 여부와는 상관없다. 소문은 병원에서 일어나는 일들을 은밀하게 정당화한다. 소문은 병원 바깥으로 세어 나가지 않는 내부자들의 말이다. 이들의 말은 공적인 차원에서 외부로 발설돼서는 안 되지만, 내부자들이 공유하는 비밀을 주고받는다. 이 배회하는 소문들은 선도병원의 '뒷무대'가 어떤 모습인가를 보여준다. 어빙 고프먼이 '뒷무대'라고 부르는 내부성원들의 공간(또는 관계)은 "그들이 대표하는 인상과는 어긋나는 면모를 버젓이 드러내는 장소"[21]다. 직원들은 소문을 통해 병원의 부조리를 공유함으로써 이를 일상의 한 부분으로 받아들인다. 소문은 이석의 비리를 아들의 치료비를 감당하기 위한 어쩔 수 없는 선택

---

21   어빙 고프먼, 『자아연출의 사회학』, 진수미 옮김, 현암사, 2016, p.146. 고프먼의 '뒷무대' 개념을 단순히 비리와 부정의 공모관계로 이해해서는 안된다. 고프먼은 공식적으로 연출되는 '자아상'과 이를 달성하기 위한 수단들의 복잡한 관계를 설명하기 위해서 연극 이미지를 차용했다. 뒷무대는 연극을 보여주는 무대의 뒤편, 공연되는 서사의 세계와는 다른 현실의 준비 장소이다. 고프먼의 뒷무대 개념은 공적 목표와 실제적 관계 사이의 불일치 속에서 자아(또는 집단)가 구성되는 방식을 설명하는 데 유용하다.

으로 만들고, 조심하자는 무주의 말은 그가 병원의 중요한 비리를 알고 있음을 암시하면서 무게를 가진다. 하지만 이는 어디까지나 선도병원의 뒷무대에서 허용되는 이야기일 뿐, 공식적으로 인정되지 않는다. 역설적으로 소문을 통해서 모두가 알기 때문에, 공식적으로는 모두가 모르는 일이 된다. 아무리 소문을 통해 이석의 비리 사실이 퍼져도 어떤 조사도 이루어지지 않았던 것처럼 말이다. 병원이 "불리한 건 절대 들춰내지 않"고 "원하면 뭐든 감출 수 있"다면, 직원들은 무엇이든 "들출 수도 있"고 또 무엇이든 모르는 상태로 남을 수 있다.

　　무주는 돌아온 이석이 자신에게 보복할까 두려워한다. 그는 의문의 의료사고가 이석과 관련되어 있으리라는 의심을 놓을 수 없다. 게다가 사고가 사무장과 관련되어 있다고 귀띔해주던 경비원 효가 이석의 사람이라는 걸 알게 되자 공포는 더해간다. 하지만 이석은 무주가 자신의 비리를 고발한 것을 따져 묻지 않는다. 그는 단지 무주가 알고 있는 것이 무엇이냐고 물을 뿐이다.

　　　　"사무장이 불법, 비리 다 바로잡아보자고 했어요."
　　　　"그래, 그랬을 거야. 그런 게 필요했을 테니까. 그렇지만 내 말은 그게 아니야. 자네가 알고 있는게 뭔지 물었어."(p.191)

　　"병원이 발칵 뒤집힐 얘기"(p.191)에 대해서만 집요하게 묻는 이석은, 무주의 두려움 속의 그와는 달랐다. 이석에게 무주에 대한 어떤 원한도, 음모도 없었음이 밝혀진다. 그러나 무주는 자신의 추락을 막을 수 없다. 이석의 보복을 두려워하고 있었지만, 그의 추락은 이석과 관계없이, 그리고 그의 비리를 고발한 무주 자신의 선택과도 관계없이 찾아왔기 때문이다. 소설을 이끌어가던 모종의 음모에 대한 의심은 사무장이 선도병원의 신사업으로 추진하던 요양시설 신축 투자금을 횡령해서 달아나면서 종결된다. 의문스러운 약물 투약 사고도, 무주가 고발한 이석의 비리도 선도병원 몰락의 원인이 아니다. 몰락은 이인시의 경제적 파탄과 그로 인해 점차 비어가는 병실, 줄어드는 환자들로 인한 병원 수익의 감소에서 비롯된다. 사무장이 무주를 혁신위원회에 발탁했을 때, 병원의 수익을 높일 방안을 찾으라고 했을 때, 혁신위원회에서 무주의 동료 권이 기획한 요양시설 건립을 추진했을 때 몰락은 이미 도착했다. 이 결정에 무주가 끼친 영향은, 신사업 본부장이 되어 사무장 대신에 책임을 지게 될 이석을 잠시 병원에서 떠나게 했던 것에 불과했다.

4. 어떤 사람은 부당한 일을 거절하기도 한다

이석에 대한 무주의 두려움과 선도병원의 몰락이 어떤 연관도 없다는 점은 무주의 위기와 이석의 사건이 다른 면에 놓여 있음을 보여주는 경계선이다. 그리고 그 경계를 따라 접었을 때, 무주와 이석이 데칼코마니처럼 겹쳐진다. 무주가 이석의 비리를 고발하는데 개입한 생각의 면면들은, 그둘 사이의 관계를 돌이킬 수 없게 멀어지게 한 원인이지만 동시에 그들 사이의 공통점이기도 하다. 아내가 임신한 아이는, 무주가 병원의 비리에 동참했던 과거처럼 살지 않으리라 다짐하게 한 중요한 이유였다. 아이 앞에서 떳떳해야 한다는 생각이 아니었다면, 그는 이석을 고발하지 못했을 것이다. 한편으로 이석 역시 자신의 아이를 위해 헌신했다. 사람들이 이석의 비리를 두둔하게 했던 소문이 아이의 치료비에 대한 것이었음을 환기한다면 소설은 두 아버지 사이의 긴장처럼 읽히기도 한다. 하지만 아내의 유산으로 아이는 태어나지 못했고, 책임져야 할 아이 없이 무주는 병원의 적나라한 얼굴과 마주한다. 무주는 아이가 생긴 것이 대학병원을 떠나면서 그가 "치러야 할 대가가 끝났다는 신호"(p.54)라고 믿었지만 아이는 태어나지 않았으므로 대가를 치르지 않았다.

무주는 아이 때문에 자신이 대가를 치렀다고 믿었다. 반면 이석은 비리의 대가를 치르지 않았다고 생각한다. 이석 역시 자신의 아이를 살리기 위해 분투하고 있는데도 말이다. 이 치르지 않은 대가가, 무주가 이석을 고발한 또다른 동기다. 무주가 대가를 치렀던 것처럼, 이석 역시 책임을 감당해야 한다. 그런데 무주는 이석과의 관계 바깥에 있는 어떤 이에게도 책임을 물은 적이 있다.

> 이전처럼 원치 않는 삶으로 내몰리지 말아야 했다. 이번만큼은 모든 걸 자신이 결정하고 싶었다. 그렇게 마음먹으니 아직 치료가 필요한 환자를 병실 밖으로 내모는 일이 어려웠다.
>
> 그러나 환자만 두고 생각하자 결정을 내리기 다소 수월해졌다. 환자는 응당 치러야 할 책임을 미루고 병실을 무단 점거하고 있었다. 병원을 이익 추구 기업이 아니라 자선사업 단체로 여겼다. 병원 입장에서는 공정하지 못한 시각이었다.(163)

따돌림을 당하던 무주는 여러 부서를 전전하다가 미납된 입원료를 받는 업무에 투입된다. 그는 "응당 치러야 할 책임을 미루고 병실을 무단 점거"한 미납환자들의 병상을 비운다. 환자들의 치러야 할 책임이 병원이 이윤을 남기도록 하는 것이라면, 이석의 책임은 무엇이었던가? 그리고 무주의 대가는? 무주가 말한 대가는 그의 아이를 위해 치른 것이 아니다. 대학병원 비리의 동조자들을 위한 침묵과 인내였다. 이석도 병원이 불편하지 않은 방식으로, 어떤 침묵과 외면으로 자신이 감당해야 할 대가를 치른다. 내쫓긴 환자들처럼, 정산서에는 병원에서의 굴욕과 병원에 대한 굴종이 표기되어 있다.

　무주의 불안이 짙어질수록, 그는 병원에 밀착해가고 그렇게 점차 이석과의 차이가 옅어진다. 소문과 달리, 이석은 아이가 다치기 전부터 자금을 횡령해왔다. 이런 이석이 대가를 치러야 한다는 무주의 생각과 달리, 이석의 횡령이 바로 그 대가를 치르는 방식이었다. 이석은 병원과의 소송으로 빚더미에 앉은 친구의 아들을 구하기 위해 사무장의 도움을 받았고 "나만 눈감으면 되는 일"(p.189)을 해야 했다. 대학병원에서 무주가 했던 일들을. "생각해보니 무주 씨를 소개받을 때도 그런 말을 들었어요. 시키는 일은 뭐든 척척 해낸다고 합디다"(p.183)라는 사무장의 이죽거림에는 무주와 이석에게 같은 역할을 기대하는 그의 의중이 담겨 있다. 사무장의 기대처럼, 무주는 병원에서 버티기 위해서 무엇이든 해낸다.

　이석과 마주하는 장면마다 고발과 사고의 문제는 무주의 불안한 내면으로 밀려난다. 이석의 말은 무주의 현재를 짚어낸다. "그 사람이 어떤 병을 앓는지, 얼마나 고통받는지, 가족들은 긴 간호를 하며 어떤 기분일지……생각할 필요가 없"이 "병상과 비급여, 입원료, 입원 기간, 이런 것만 고려"하면서 조직에서 살아남으려는 "평범한 사람"(pp.134-135)이라는 병원 직원들에 대한 이석의 평이 실은 자신에 대한 것임을 깨닫고도, 무주는 병원을 떠나지 않는다. 무주는 오히려 '병원 입장에서 공정한' 방식으로 환자들을 대한다. 약품 사고를 은폐하는 사무장에 의해서 "병원이 바라는 건 병상이 비지 않는 것이지, 환자의 완치가 아니"(p.69)라는 사실을 알게 된 이후

였지만, 그는 병원의 공정함을 따른다. 환자가 '병상과 비급여, 입원료, 입원 기간'으로 환원되는, 살기도 하고 죽기도 하는 그들을 수익원으로 소유하는 병원의 공정함을 말이다. 관료적 조직은 달성해야 하는 목표들을 모두 이룰 수 없을 때, "감출 수 있는 기준을 포기하고 잘못하면 감출 수 없는 기준을" 지키려고 한다.[22] 살기도 하고 죽기도 하는 병원에서 치료의 실패는 숨길 수 있지만, 수익은 숨길 수 없다.

이석에 대한 무주의 두려움, 고발당한 자와 고발한 자의 차이는 희미해진다. 그들이 병원에서 살아남기 위해 굴종하게 된 과정은 달랐으나 이는 중요하지 않다. "하지만 그다음부터는 똑같아. 선후의 차이는 별로 중요한 게 아니야. 결국 같은 처지가 되니까."(p.131) 이 동질화의 불안은 전작 『재와 빨강』을 구성하는 서사의 중심축이기도 했다. 『재와 빨강』에서 C국 본사에 파견된 주인공은 출국 전에 전부인을 살해한 혐의를 받지만, 그 살인의 진실은 끝내 확인되지 않는다. 오히려 그 사건의 진실을 찾기 위해 도망치던 그는 우연하게 살인에 동참한다. 그가 숨어든 공원의 부랑자들은 전염병의 공포 때문에, 감염 증상을 보이는 다른 부랑자를 붙잡아서 소각장에 던져버린다. 그는 그 사건을 공모하지도, 희생자를 결박하지도 않았고 누군가에게 명령을 내리지도 않았다. "단지 누군가에게 떠밀렸고 2번이 피고름 섞인 팔로 붙들어 겁에 질린 나머지 걷어찬 것이며 오로지 두려움에서 벗어나기 위해 2번을 부둥켜안고 소각장으로 달려갔"(p.150)을 뿐이지만, 그가 살인에 가담했음은 명백해진다. 소설은 그가 아내를 살해했는가에 대해서는 끝내 침묵하면서 C국의 방역업체에서 일하던 그가 자신의 고객을 살해하는 과정을 건조하게 바라볼 뿐이다. 그가 아내를 죽였는지는 중요하지 않다. 마

22   어빙 고프먼, 위의 책, pp.62-64.

치 무주와 이석 모두가 동일하게 병원에 굴종한 사실이 밝혀진 뒤에는 그들 사이의 갈등이 더는 중요하지 않은 것처럼 말이다.

> "방역복을 입었다는 것은 남들과 똑같은 존재가 된다는 의미였다. 남들과 같아진다는 것은 자신에 대해 생각하지 않아도 된다는 뜻이었다."(『재와 빨강』, p.195)

편혜영 소설의 긴장감은 위태로운 사건이 만들지 않는다. 소설의 긴장은 사건에 의해서 연장되지만, 가장 끔찍한 두려움은 불투명하게 남겨진 사건의 진실에서 오지 않는다. 잔인한 현재에 자신이 복무하고 있다는 뒤늦은 깨달음에서 온다.[23]

사무장의 횡령 직후 권은 무주에게 전화를 걸어 묻는다. 그가 알고 있던 비밀이 이것이었냐고. 권은 병원 직원들이, '다들' 요양병원을 기획한 자신도 사무장과 한패가 아니냐고 몰아붙이고 있다고 말하면서 '우리'는 어떻게 살라고 하는 것이냐며 울음을 터뜨린다. "'다들'은 누구고 '우리'는 누구인지 알 수 없었지만 무주는 어느 쪽에나 속하는 것 같았다."(p.223) 직원들은 "병원을 거대한 거미줄이라 생각하고 거기에 자기가 유일하게 집을 지어야 한다고 믿"(133)으며 나뉘어 싸우지만, 사실은 모두가 병원이라는 거미줄에 붙잡혀 있는 '우리'이고, '다들'일 뿐이다. 거미줄에 붙잡혔다면 누

---

23 "나는 불완전하고 비도덕적이고 속물적인 화자에 끌려. 도덕적이고 각성할 각오가 되어 있는 화자에 대한 거부감도 있고, 스스로의 과오로 곤경에 처한 인물, 곤경에서 빠져나오려고 자기합리화를 하지만 결국 제 탓임을 깨닫는 인물에 끌렸어. 그런데 이런 인물들은 필연적으로 세계를 자기 식으로 오해하고 판단해버리니까 세계의 이면을 항상 비밀이나 어둠으로 간주하는데, 이런 지점이 서스펜스나 미스터리를 강화시키기도 하고." 편혜영 외, 「드라이플라워」, 『악스트』 19호, 은행나무, 2018, p.38.

구의 잘못이고, 누구를 원망해야 하느냐는 중요하지 않다. 붙잡힌 이들은 어떤 차이도 없기 때문이다. 선도병원에 있는 모두가 안전장치 없이 불타는 18층 건물에 고립된 꼴이라는 이석의 비관적 비유는, 서로가 다르다고 믿는 병원 직원들, 그리고 무주의 현실에 대한 차가운 직시였다.

병원 안에선 누구도 다르지 않다는 사실. 두려움 속에서 이석과 맞서던 무주가 사실 이석과 같은 종류의 인간이었으며, 둘 모두가 병원에 머문다는 같은 선택을 한 이상 그들의 대립은 전혀 중요하지 않다. 병원 안에서는 그 누구도 다르지 않다. 그런데 소설은 뒤늦게 한 사람을 불러낸다. 병원에 남지 않은 사람, 사무장에게 굴종하지 않은 사람이 누구였는가를 마지막 장(章)에서 밝힌다.

"무주 씨 전임자였어요."

"왜 그만뒀습니까?"

"그만두는 데 이유 있습니까? 일하기 싫었나 보죠."

"무슨 일이 그렇게 싫었답니까?"

"사무장이 시킨 일이오."

"……."

"나는 계속 양수 씨라고 부를 작정이었어요. 언젠가는 왜 그러느냐고 물어볼 줄 알았죠. 그러면 어떤 사람은 부당한 일을 거절하기도 한다고 알려줄 생각이었어요."(202)

무주의 부서 상사인 송은 그를 무시하듯 계속 '양수씨'라고 불렀다. 무주는 그게 단지 텃세라고 생각했지만, 실은 양수와는 다른 선택을 할지 모르는 무주를 향한 송의 경고였다. 양수는 소설 안에서 등장하지 않는다. 양수의 선택은 병원 밖으로 사라지는 것이었으므로 병원의 내부를 조망하는 서사에 그의 자리는 없다. 그러므로 양수의 선택은 그의 빈자리, 혹은 그 자리가 누군가로 채워졌다는 사실을 통해서만 알 수 있다. 무주는 병원 속에서 자신이 마주한 사건을 파헤치기 위해 망가져 갔지만 실은 가장 중요한 사건은 그가 양수를 대신해서 그 자리에 앉았다는 것이었을지 모른다. 부당한 일을 거절하기도 하는 어떤 사람의 자리를 "시키는 일은 뭐든 척척 해"(p.183)내는 이가 대신한 시점에 소설 속의 모든 사건이 결정되었기 때문이다.

선도병원에서 무주는 새로운 시작을 꿈꿨지만, 그는 대학병원의 비리에 가담했던 것과 같은 이유로 그 자리에 앉을 수 있었다. 그는 부당한 일을 거절하지 않았다. 환자를 내쫓기 위해 병실 앞에 섰을 때 그는 이전과 같은 일을 반복하는 거라고, "자신이 배제된 채로 행해지는 일들을 겪을 것"이고 "시간이 지나고 나서 자신이 배제된 것이 아니라 바로 그렇게 한 주체임을 깨닫"게 되리라는 걸 알면서도, "그럼에도 돌아 나가지 않았다."(p.162) 그는 그 자리를 지켰고, 그 자리를 지킨 '우리'와 함께 몰락한다. 무주는 비트만처럼 그 자리에 머물렀다. 양수처럼 돌아 나가는 사람만이, 비트만과 같은 가담자가 되지 않는다. 그 자리를 지켰다는 것, 무주의 돌이킬 수 없는 선택은 오직 그뿐이다.

무주는 선도병원에서 자신이 '다들'이고 '우리'였음을, 함께 그 자리를 지켜온 사람들이었다는 걸 깨닫는다. 선도병원 몰락 이후 무주는 다시 선택한다. 그 자리를 지키며 "같은 일이 반복될 줄 알면서도 다른 사무장이나 인수자를 기다리는 사람"(p.225)들을 뒤로 하고 "대학병원에서 있었던 일부터 모두 털어놓"(p.226)기로 한다. 선도병원을 계속 응시하던 서사는 마지막 순간에 선도병원에서 이탈하는 무주를 주시한다. 소설의 사건은 선도병원에서 시작하지만, 무주는 그보다 앞서 자리를 지키기 위해 침묵했던 자신의 선택에 매여 있었다. 무주는 모든 일이 결정된 선택의 순간으로 되돌아가서, 자리를 지키기 위해서 침묵했던 자신과 마주하려고 한다.

5. 그 자리에 있어라

왜 무주는 자신의 자리에서 벗어나지 못했을까. 이탈을 허락하지 않는 생활의 관성이, 잠시의 비움도 남겨놓지 않고 죄여오는 생계가 그를 붙잡은 것이었나? 고개를 돌려서 그를 옭아맨 선택의 순간을 본다면, 생활과 생계의 무게가 그를 끌어내리는 것이 아님을 알 수 있다. 무주는 '관행'이라는 동료들의 말에 점차 물들어갔다.

> 관행만큼 편하고 안전한 건 없었다. 문제가 불거지면 '관행'이 비난받을 것이었다. 자신 말고도 그렇게 한 선배와 지시를 내린 과장이 곁에 있다고 생각하면 다소 편해졌다.(p.75)

무주가 그런 선택을 한 건 곁에 있던 관계들을 지키기 위해서, 그들과 불편해지고 멀어지는 어떤 순간을 견디지 못했기 때문이다. 자신의 자리를 벗어나지 못하고 학살에 동참했던 '평범한 사람들'을 연구한 역사학자 브라우닝은 폭력에 동참하게 하는 동료들의 역할을 주목한다. 그는 동료 집단에 대한 동조가, 다른 사회적 관계의 단절 속에서 원치 않는 행위에 동참하게 하는 강력한 원인이라고 주장한다. 처형자의 행렬에서 "이탈한다면 단지 '궂은일'을 동료에게 미룰 뿐"[24]이라는 생각이 그 자리를 벗어나지 못하게 했다. 처형자에게 남겨진 사회적 관계는 오직 동료들뿐이었는데, 그들이 매일 마주했던 수백, 수천의 유대인들은 그들의 하루치 업무일 뿐이었다.

다른 사람들을 눈앞에서 마주하고도, 그들과 의식적으로 분리하도록 하는 조건은 동료 집단과의 동조를 더욱 강화한다. 사람을 "그 사람이 어떤 병을 앓는지, 얼마나 고통받는지, 가족들은 긴 간호를 하며 어떤 기분일지……생각할 필요가 없"이 "병상과 비급여, 입원료, 입원 기간, 이런 것만 고려"해도 일할 수 있는 병원의 제도에 의해 "인간적 근접성으로부터 자생적으로 발생한 도덕적 힘들이 탈정당화되고 마비되면 그것을 대체한 새로운 힘들은 유례없는 기동의 자유를 획득"[25]하게 된다. 자신의 의료기구를 처방받게 될 이들과 결코 만날 수 없었을 비트만처럼, 전문화된 지식과 기술적 관리에 의해서 의식의 거리가 만들어지고 "격려하듯 무주의 굳은 어깨를 툭툭"(pp.74-75) 치는 손과 능청스러운 웃음에 의해 그 자리에 다시 앉아서, 맡은 일을 계속한다.

그 자리를 지키라는 말은 계속 반복된다. 그렇게 그 뒷무대를 지켜온 말이, 책임을 은폐하기 위해서 바깥으로 내던져졌을 때 무엇이 침몰했는가를 우리는 보았다. 그 자리에 있으라. 우리는 4월의 바다로 떠나간 이들이 그 자리에 남겨졌다고 기억한다. 아니다. 그들을 그곳에 가라앉힌 자들이 그 자리에 남은 자들이다. 그들이 그 자리를 지키기 위해서 위험과 비리에 침묵하며 남아있던 자들이며, 어두운 구멍 속으로 사람의 삶을 가라앉힌 자들이다. 편혜영이 직시한 공포는 지금도 웃는 얼굴로 누군가의 어깨를 토

---

24   크리스토퍼 R. 브라우닝, 위의 책, pp.275-277.
25   지그문트 바우만, 위의 책, p.328.

닥이며 편안하게 그 자리에 앉도록 만드는 능숙한 일상의 기술이고, 그 적당한 압력에 의해 가닿은 심연의 어둠이다.

이토록 따뜻할 수 있는 세상,
따뜻해야 할 세상

− 2010년대 감정 교육 방식의 한 경향

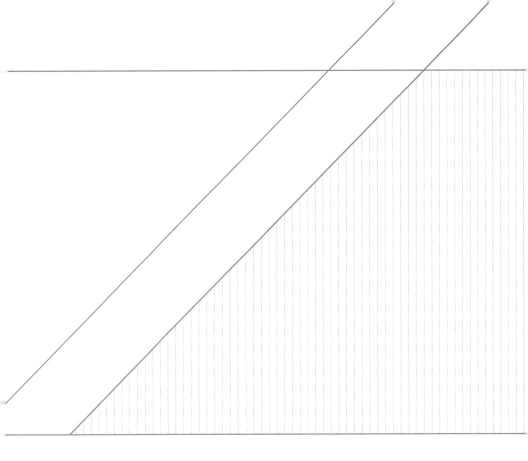

김주선

조선대학교 대학원 국어국문학과에서 박사 학위를 받음.
〈문학과지성사〉 신인문학상 평론 부문으로 등단.
〈문학들〉 편집동인으로 활동하고 있음.
rangrang9908@naver.com

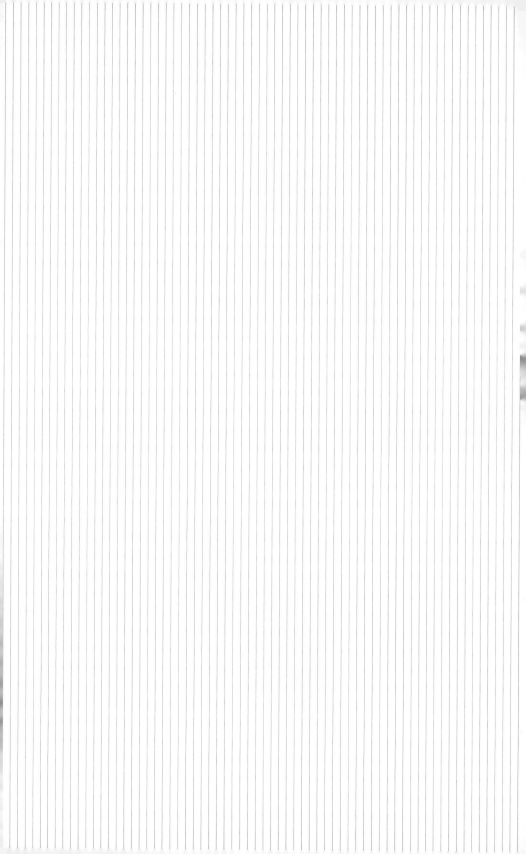

이토록 따뜻할 수 있는 세상, 따뜻해야 할 세상
― 2010년대 감정 교육 방식의 한 경향

브라이언 마수미는 기쁨이나 슬픔이라고 부르는 감정이 재현적 관념을 통해 정동을 규격화한 결과라고 본다. 그에게 감정은 언제나 항상 운동 중인 정동의 가장 수축된(가장 강렬한) 표현으로써 인식되고 고정된 것이다. 감정은 정동[1]의 복합적인 미시적 차원을 명백한 객관적 세계로 안내한다. 하지만 마수미가 감정을 완벽히 고정된 것으로 보는 것은 아니다. 정확히 말해 감정은 그 감정의 세계가 존재하기 위한 특질들의 흐름이 충돌하고 중첩되며 진동하는 상태다. 예컨대 슬픔은 '슬픔'이라는 사전적 정의로 환원되지 않는다. 슬픔으로 정의된 감정적 특질은 그것이 발생해서 지속되는 순간까지 표현된 말이나 행위를 통해 끊임없이 변화하며 이어진다. 우리가 슬픔이라고 부르는 것은 이와 같은 운동의 규정적 소실점이다.[2] 감정은 감

---

1   여기서 정동은 언제나 이미 움직이고 변화하는 전의식적 차원의 신체적 강렬도를 의미한다.
2   정동, 감정의 관계에 관해서는 브라이언 마수미, 『가상계』, 조성훈 옮김, 갈무리, 2011, pp.46-68; _____, 『가상과 사건』, 정유경 옮김, 갈무리, 2016, pp.119-120. 참조.

정 상태에 대한 규정적 표현이다.[3]

따라서 감정 교육에 관해 말할 때 그 감정은 변화 중인 감정 상태에 대해 말하는 것이지 연민, 슬픔, 분노와 같은 명사에 대해 말하는 것이 아니다. 교육을 통해 연민과 슬픔을 배웠다면 그것은 교육받은 자의 사유에 의한 것이다. 감정에 대한 이해는 자신의 생각이나 상대와의 대화 속에서 복합적인 방식으로 스며들어 오는 것이고, 그런 방식의 이해만이 공감각적인 배움을 얻을 수 있다. 감정 묘사에 집중하는 좋은 문학 작품은 감정에 관해 설명하지 않는다. 그것은 결국 감정의 다기한 차원을 축소시킨다.

지금까지는 일반론이다. 이와 같은 논지에 해당되는 작품은 수없이 많다. 작품을 통해 감정적 특질을 느끼지 않는 경우는 존재하지 않는다. 아무리 사변적인 작품이라 할지라도 정동은 발생한다. 칸트 역시 순수 이성의 쾌를 말하지 않았던가. 우리에게 낯선 정감을, 혹은 익숙한 정감을 새로운 방식으로 접근하게 만드는 것이 감정 교육의 선결 과제라면 그 요건을 충족하지 않는 작품은 거의 없을 것이다. 그런데 왜 지금 감정 교육에 관해 살펴야 하는가.

2010년대 작품의 경향을 여기서 다 거론하는 것은 불가능에 가깝지만 (나는 아직 그럴 준비가 안 되어 있다) 그 중 하나가 감정 교육임은 명백하다. 이 감정 교육은 이전 시기의 감정 교육과 상당히 다르다. 90년대의 작품과 2000년대의 작품을 둘러싸고 있었던 헤게모니적 담론은 각각 내면성의 탐구와 작품의 정치성이었다. 다시 말해 작품에서 나타나는 감정적 특질의 흐름은

---

3 이에 관해 다음의 책을 참고할 수 있다. 제니퍼 로빈슨, 『감정, 이성보다 깊은』, 조선우 옮김, 북코리아, 2015.

내면성과 정치성이라는 차원에서 판단되었다.[4] 그러니 사실 감정 교육 방식 그 자체에 집중해서 작품이 해부된 적은 없다시피 하다.[5] 2010년대에 감정 교육으로서의 작품이 두드러지게 나타난 가장 중요한 이유는 단연코 타자 덕분이다. 타자 문제는 2000년대부터 시작된 것이었지만 타자의 고통에 대한 이해와 공감이 감정적인 차원에서 집중적으로 다뤄진 것은 2010년대다. 가령 「다시 한 달을 가서 설산을 오르면」의 김연수는 『네가 누구든 얼마나 외롭든』에서 우리 모두가 별자리처럼 이어져 있다는 벤야민적 통찰을 보여줬는데, 이 같은 연결의 모티프는 다른 작가들에게서도 갖가지 방식으로 변주되었다(물론 김연수에게 '사랑'은 중요한 것이었다). 모두가 모든 것이 이어져 있고 이어진 모든 것들은 저마다의 이야기를 갖고 있으며 그것은 무한하다고 했다. 이야기의 무한 증식은 분열된 세계를 이어주는, 혹은 대타자의 결여에 대응하는 한 가지 방식이기도 했다. 우리는 이야기를 통해 상징적으로 연결되어 있었다.[6] 하지만 다른 일군의 작가들은 상징적 연결에 문제를 제기했다. 타자의 고통을, 타자에 대한 이해를 상징적인 방식으로 알아간다는 게 가능한가. 언어의 한계는 자명하지 않은가.[7] 그래서 감정이 필요했다. 감정은 타자와의 관계를 상상적 차원에서 연결해주고 타자의 고통

4   이에 관해서는 황종연, 『비루한 것의 카니발』, 문학동네, 2001; 서동욱, 「감정 교육」, 『익명의 밤』, 민음사, 2010. 참조. 신경숙의 소설이 갖는 감정적 특질에 대해 면밀히 분석한 글은 정과리, 「타인의 아이를 향한 꿈」, 『글숨의 광합성』, 문학과지성사, 2009. 참조. 이때의 작품에 나타난 감정 교육에 관해서는 또 다른 큰 글이 필요하다.

5   권희철, 「감정교육—김애란의 『두근두근 내 인생』」, 『창작과비평』 2012 봄호는 예외적이다.

6   김형중이 밝힌 소설의 '브리꼴라주' 형식을 참고할 수 있다. 김형중, 「프랑켄슈타인 박사의 소설 쓰기」, 『살아 있는 시체들의 밤』, 문학과지성사, 2013.

7   언어에 대한 절망 역시 2000년대부터 시작된 것인데 이를 실재(라캉)를 향한 열망이라 해도 과언이 아니다. 이 역시 하나의 경향으로 정리할 수 있겠지만 대표적으로 한유주의 작품이 있다는 것만 첨언한다.

에 통감하게 하며 언어를 뛰어넘는 직관을 통해 또 다른 깊은 이해를 만들어준다.

　사실 감정은 분열된 사회의 혼란을 넘어서기 위한 기제 중 하나이기도 하다. 균열과 반목, 갈등과 맹목, 갑질과 냉소, 모멸과 무시, 경쟁과 계산 등을 만들어내는 사회는 구성원들을 이기적 개인주의로 내몬다. 사회의 헤게모니적 질서가 구성원들의 관계를 호혜적으로 만들기 위한 제도적 장치를 만들지 않는다면 공감이나 동정 등의 감정적(상상적-라캉) 자질을 통한 연대는 필연적이다. 인간에게 근원적 비의가 있다고 믿었던 90년대 이후 우리는 얼마나 방황했는가. 파국의 상상력은 또 얼마나 끔찍하고 절망적이었는가. 크게 주목받지 못했지만 2000년대 초중반의 이신조와 오현종은 병리적 애착 관계를 그림으로써 시대적 문제에 부응했다. 그들은 2000년대 유행했던 소위 '쿨함'의 정반대편에 있었다. 그들에게 감정의 강렬함은 잃어버린 완전성을 대체하기 위해서라도 필요했다. 감정을 통한 상상적 관계(라캉)는 그들로부터 시작되었다고 해야 한다. 이 글은 감정 교육의 차원을 강력히 드러내는 2010년대의 대표적 작품 세 편을 분석할 것이다. 이를 통해 2010년대 감정 교육 방식의 한 경향, 곧 '상상적 관계(라캉)의 전면화'와 그 한계를 드러내겠다.[8]

◇◇◇◇◇◇◇◇◇◇◇◇

8　이 글에서 다룰 작품과 순서는 다음과 같다. 조해진, 『로기완을 만났다』, 창비, 2014; 최은영, 『쇼코의 미소』, 문학동네, 2016; 김금희, 『경애의 마음』, 창비, 2018. 이하 제목과 쪽수만 표기.

1.

　연민은 논란이 많은 감정이다. 한쪽에서는 타인이 부당한 일을 당했다는 것에 대한 깊은 공감의 감정이라고 주장하지만 다른 한쪽에서는 상대적으로 나은 자신의 처지에서 안도감을 느끼기 때문에 발생할 수 있는 자기만족적 감정이라고 본다. 사실 자신의 연민이 둘 중 어디에 속하는지 정확히 구분하는 건 쉽지 않은 일이다. 물론 진심이나 진정성이라는 낱말을 쓰려면 전자의 연민에 가까워야 할 것이다. 하지만 불행히도 2011년에 출간된 조해진의 『로기완을 만났다』에 등장하는 '나'는 그렇지 않았던 것 같다.

　'나'는 어려움에 처한 환자를 촬영해서 ARS후원금을 받는 다큐멘터리 방송 작가다. '나'는 출연자 중 한 명인 '윤주'와 개인적인 친분이 생긴다. 그녀의 처지에 깊은 연민의 감정을 가진 '나'는 '윤주'에게 예정된 수술 날짜를 미뤄가며 방송 스케줄을 조정한다. 추석 때 맞춰서 방송을 내보내면 더 많은 후원금을 받을 수 있으리라고 생각했기 때문이다. 한데 기이하게도 '윤주'의 종양은 그 사이 악성으로 변했다. 죄책감은 '나'를 도망치도록 만든다. 이후 '나'의 행적은 우연히 잡지에서 읽은 로기완의 탈북기를 체험하는 것이 된다. 타인에 대한 자신의 연민이 진정으로 타인을 염려하는 마음에서 온 것인지 다분히 자족적인 자기만족의 차원에 가까운 것이었는지 확인하기 위해 로기완의 일기를 따라 그의 삶을 고스란히 겪어 소설을 써보기로 한다. "진짜 연민이란 감정을 느껴보기 위해서."(p.57)

　여기서 '나'의 감정 교육의 핵심은 체험 또는 경험에 있다.[9] 로기완의 일기를 최대한 몰입해 읽는 것을 넘어 로기완이 체험/경험했던 일들, 시간들,

<hr>

9　여기서 체험은 의식화 이전의 차원, 경험은 언어화 가능한 의식적 차원을 말한다.

장소들에서 그가 되어 보자는 것이 '나'의 생각이다. 텍스트가 가지고 있는 한계, 곧 언어라는 매체를 통한 간접적 경험이 얼마나 많은 것들을 놓칠 수밖에 없는지 우리 모두가 알고 있지 않은가. '나'는 독일의 베를린으로, 벨기에의 브뤼셀로, 브뤼셀 루이즈 역에서 꼭시넬 역으로, 굿 슬립이라는 호스텔로, 한국 대사관으로, 브뤼셀의 길거리로, 브뤼셀의 고아원으로 향한다. 와중 로기완의 체험/경험은 일기에 쓰인 그대로 행동하는 '나'에 의해 하나하나 섬세하게 되살려진다. 핵심은 로기완의 온갖 감정적 처지다. 무국적 난민의 외로움, 불안, 두려움, 어머니의 시체를 판매한 돈으로 피신해 왔다는 죄책감 등의 명시적 감정을 비롯해 정확히 정의하기 어려운 감정적 특질이 온갖 곳에서 나타난다. 감정적 묘사는 정말 너무도 많아서 아무 곳이나 짚어도 전혀 상관없을 것 같지만, 로기완이 묵은 호스텔에서의 체험/경험을 똑같이 반복하려는 '나'의 모습은 타인에 대한 구체적이고 총체적인 이해에 도달하려는 비의적 체험/경험이라는 점에서 특별하다. 다음 인용문은 로기완이 대사관에서 쫓겨난 이후 묵었던 굿 슬립에서의 체험/경험을 똑같이 체험/경험하는 '나'의 모습이다. 다소 길지만 인용하겠다.

> 오늘밤도 이 호스텔은 술 취한 여행객들의 웃음소리와 지나치게 볼륨을 높인 음악소리로 시끄럽다. 젊다는 것을 그렇게밖에는 표출하지 못하는 그들을 나는 지금 내게 할당된 도미토리룸의 침대에 앉아 진심으로 경멸하고 있는 중이다. 젊음을 목적 없는 흥분으로 소비하는 것에 대한 경멸이 아니다. 자신의 만족을 위해 경계 밖에 서 있는 타인을 함부로 대한 것, 존엄하게 대하지 않은 것, 그 사람이 아프다는 것을 눈치채지도 못한 것, 나는 그런 것 때문에 화가 나 있다. 보드까 병을 들고 예의 없이 이방 저 방 기웃거리던 백인 남자가 드디어 내가 앉아 있는 방문까지 열어본다. 우리의 눈빛이 마주친다. 같

이 마실래? 나는 냉정하게 그를 쏘아보며 고개를 젓는다. 그는 어깨를 한번 으쓱해 보이더니 조용히 방문을 닫는다. 견딜 수가 없다. 견딜 수가 없어서 뒤늦게 벌떡 일어나 그 백인 남자를 쫓아간다.

"헤이! 스톱!"

술에 취한 남자는 느릿느릿 뒤를 돌아보고 나는 다짜고짜 그에게 달려가 그의 가슴을 머리를 친다. 탄탄한 체구의 백인 남자는 끄떡도 하지 않는다.

"뭐야, 당신!"

백인 남자가 소리를 지르고,

"왜 이렇게 예의가 없지?"

나도 지지 않고 쏘아붙인다.

"지금 무슨 말을 하는 거야? "너 말이야. 너! 그리고 너!

나는 술병을 들고 복도를 돌아다니던 여행객들을 함부로 손가락으로 가리키며 점점 더 커지는 목소리로 악을 쓴다. 지목당한 자나 지목당하지 않은 자나 모두 의아한 눈빛이긴 마찬가지다.

"너희들은 눈도 없고 귀도 없어? 누군가 아파서 빈방에 누워 앓고 있었어! 그런데 아무도 몰랐어, 아무도! 오히려 너희들은 그를 내쫓았지!"

"뭐?"

"이래도 되는 거야? 너, 이렇게 해도 되는 거야?"

온힘을 다해 소리를 내지르다가 결국 나는 주저앉아 아아아, 신음을 내뱉는다. 논리적이지 못한 고통은 내 안에서 저절로 생성되어 포화되고 있는 중이다. (『로기완을 만났다』) pp.108-109.

인용문에서 짐작할 수 있듯이 로기완은 심한 몸살을 앓고 있었다. 하지만 흥청대는 외국인에게 밀려 자신의 도미토리 룸에서 쫓겨나 화장실로 기어들어가야 했다. '나'는 대사관에서 쫓겨난 로기완, 단 1유로도 남아 있지 않았던 로기완, 누구와도 소통할 수 없었고, 병원에 갈 수도 없었던 로기완의 외로운, 처절한, 비참한, 안쓰러운, 절망적인, 미칠 것만 같은 두려움, 불안, 고통 등의 감정적 특질과 공명한다. 이것은 로기완의 체험/경험을 언어화할 수 있는 한도 내에서 얼마든지 늘어날 수 있다. 감정적 상태는 사전적 의미에서의 감정에 종속되지 않는다. 바로 그렇기 때문에 '나'는 로기완의 삶을 고스란히 반복하려 노력한 것이다. 언어화 할 수 없는 부분까지 다 체험/경험하고자 했던 그녀는 로기완과 융합한 상태다. 그녀는 낯선, 로기완과 전혀 관계없는, 자신에게 큰 피해를 끼친 것도 아닌 여행객들에게 로기완을 왜 보살피지 않았느냐고 소리친다. 이것이 가능한 이야기인가? 로기완과 단 한 톨의 접촉조차 없었던 여행객들에게 로기완이 아픈 것을 눈치채지 못한 잘못을 추궁할 수 있는가? 상징적 세계에서는 불가능하다. 그냥 말이 안 된다. 하지만 상상적 세계에서는 가능하다. 라캉이 밝힌 바 상상적 세계에서 우리는 자신과 타자를 구분하지 못한다. 대상이 누구든, 존재하든 존재하지 않든, 타인의 마음과 직접적으로 교통하는 게 가능하다는 뜻이다. 지금 그녀는 온몸으로 로기완과 교통하고 있다. 로기완을 최대한 이해하고자 했던 그녀의 노력은 로기완에 대한 투사로 이어져 로기완 대신 로기완의 아픔을, 외로움을, 슬픔과 고통을 표현하고 있다. 어쩌면 이것이야말로 타자에 대한 진정한 이해 중 하나가 아닐까. 타자의 고통에 대한 온몸의 반응과 그에 따른 감정적 특질을 감각적이고 직접적으로 이해하는 것이야말로 타자와의 관계에서 보여줘야 할 윤리적 태도 아닐까(이는 박과 '나'의 관계에서도 나타난다).

이 모든 과정, 그러니까 상상적 차원에서 이루어진 로기완에 대한 깊은 이해가 어떤 배움을 얻게 했는지 정확히 알 수는 없지만, 어쨌거나 그녀는 일종의 용기를 얻는다. 그녀는 자신과 연관된 윤주의 상처를 정확하게 대면할 수 있게 되었다. 그녀는 자신의 연민과 죄책감에 대한 개인적인 차원의 상념 때문에 로기완처럼 혼자인 시간을 견뎌야만 했던 윤주에게 국제전화를 건다. 전화기 너머로 침묵이 흐르고 미안하다는 말이 고요하게 넘어가자 서로 울음이 터진다. 여기서 둘 간의 대화는 거의 서술되지 않지만 그들은 서로 모든 것을 이해했다는 듯이 공동-존재한다. '나'는 그 완전한 이해가 환상임을 알고 있지만 상관하지 않는다. 그것으로 충분하기 때문이다.

독자의 감정 교육은 화자인 '나'의 감정 교육과 함께 간다. 1인칭 소설의 특성상 독자는 화자인 '나'에게 쉽게 감정이입 하게 되고 덕분에 화자의 감정적 변화를 쉽게 체험/경험한다. 소설의 문법에 충실히 따라갔다면 '나'의 죄책감, 로기완의 감정적 특질들, 로기완을 따라가며 겪는 '나'의 감정적 특질들, 그리고 마지막에 이르러 '나'가 변화하게 되는 지점까지 '나'와 엇비슷한 감정적 특질을, 그리고 공동-존재함에 대해, 지성을 넘어 이해했을 것이다. 그러니 '나'의 경로는 독자의 감정 교육의 경로다.

2.

2013년 겨울 새로운 목소리가 하나 더 도착했다. 2014년 문학동네 젊은 작가상에 선정된 최은영의 등단작 「쇼코의 미소」이야기다. 등단작으로 상을 받은 그녀가 곧잘 받는 평은 다음과 같다. 근래 보기 드문 정통적인 서사의 문법, 맑고 진실한 목소리, 작가의 진정성, 감동적인 소설 등.『쇼코의 미소』에 실린 서영채의 해설을 읽으면 이와 같은 평이 결코 수사에 불과한 것이 아님을 알 수 있다. 상찬의 비결은 많은 사람이 짚어냈듯이 정서의 드라마다. 작품의 주요 인물은 5명인데 그들 모두가 가까운 사람과 애증의 관계를 맺고 있다. 정확히 소유-쇼코, 소유-할아버지, 소유-어머니, 어머니-할아버지, 쇼코-쇼코의 할아버지의 관계가 그렇다. 그 중 소유와 쇼코의 관계는 복합적이고 전면적이다. 관계가 복잡해진 이유를 크게 네 가지로 정리해 볼 수 있다. 첫째는 소유와 그녀의 어머니에게 평생 냉담했던 할아버지가 갓 만난 쇼코에게는 굉장한 애정을 보인다는 점이고, 둘째는 밝고 어른스러워 보였던 쇼코가 소유에게 자기와 자기 할아버지와의 불행한 관계에 대해 오랫동안 편지를 보냈다는 점이며, 셋째는 근사한 삶과 자기 미래에 대한 굳건한 이야기를 할 줄도 알았던 쇼코에게서 정반대의 삶만이 이어지는 모습을 본 점, 마지막으로 소유의 허영심과 인정욕구다. 일일이 설명하자면 한없이 길고 길어질 수밖에 없는 이 모든 것이 얽히고 섞이는 과정은 소유와 쇼코의 상상적 관계, 즉 사랑과 증오의 관계로 나타난다. 둘은 서로가 서로에게 전부 혹은 특별한 존재인 듯이, 존재여야 하는 듯이 구는 한 편 서로가 서로에게 아무것도 아님을 지속적으로 표현한다. 둘은 서로에게 사랑받거나 인정받기 위해 감정을 소모하고 서로를 비하하기 위해 감정을 소모한다(이 역시 상상적 관계의 특징이다). 이때 둘의 관계가 갖는 감정적 성격은 충분한 인과적 설명의 부재로 나타난다. 그럴 수밖에 없다. 감정의 언어는 한 마디 내에 백 마디를 응축하기 때문이다. 이런 식이다.

삼 일에 한 번씩 할아버지를 데리고 병원에 가는 쇼코의 모습, 와세다 대학의 입학 허가증을 버리는 쇼코의 모습, 아마 이틀 이상은 여행도 못했을 쇼코. 쇼코에게 느꼈던 서운함과 이상한 죄책감이 하나의 아파트에서 모두 사라져버렸다. (「쇼코의 미소」, 『쇼코의 미소』) p.21.

인용문 이전의 내용 어디를 뒤져도 쇼코에게 서운함과 죄책감을 느낀 합리적 이유는 설명되지 않는다. 서운함과 죄책감이 사라진 이유도 설명되지 않는다. 최은영은 독자가 짐작할 수 있을 감정적 정황을 슬그머니 묘사하고 다음 상황으로 넘어간다. 「쇼코의 미소」에서 이와 같은 문장이나 장면은 흔하다. 작가는 많은 것을 숨기는데, 드러내더라도 감정적인 것에 대해 언급한다. 장편 소설의 틀을 가지고 있음에도 중편 소설이 되었어야 하는 이유가 여기 있다. 만약 관계에 대해 합리적 설명이 많아졌다면 소설의 감동은 줄었을 것이다. 설명은 정동의 운동을 규격화하기 때문이다. 이는 소설이 정서의 드라마가 되는 방법과도 관련이 있다.

브라이언 마수미에 따르면 정동(강도)은 언제나 어떤 것과 어떤 것 사이에서(가령 개인과 이미지 사이에서) 비의식적 수준의 감각들이 서로 참여하고 있음을 함축한 채 초기발생 하는 것이고, 초기발생의 작용이자 표현이며 선택의 기원이다. 감정적 특질을 고정시키는 형식/내용적 차원의 의미론적 분석은 정동을 감산하고 제한한다. 잠재적 상태인 정동은 의식에 의해 걸러지며 현실화된다. 때문에 의미화 질서와 정동(강도)의 사이에는 단절이 있다고 할 수 있다. 이는 둘의 관계의 부재를 뜻하지는 않는다. 둘의 관계는 의미화 질서에 대한 순응과 불응의 관계가 아니라 공명·증폭 혹은 저해·방해의 양상을 띤다. 의미화 질서가 형성한 감정의 차원은 이와 다르지만 비슷하다. 앞서 언급했듯이 감정emotion은 정동의 가장 강렬한 표현이다. 감정은 체험의 질적 차원을 객관적 실재로서의 재현적 관념에 의해 고정하는 것이다. 그것은 인식되고 고정된 강렬함이다. 하지만 감정을 형성한 포괄적인 분위기나 느낌feeling, 즉 재현적 관념으로 환원되지 않은 미분화된 '감정적' 특질의 '복합성'을 만들어낸 내용, 혹은 내용의 흐름은 그들끼리 충돌하고 중첩되며 진동한다. 가령 슬픔으로 파악된 감정은 그것을 끌어가는 현실적인 말이나 제스처 같은 것들이 만들어내는 어떤 정동적 차원의 배경을 통해 미시적인 차원에서 다층적으로 충돌하며 유지된다. 즉 이미 고정되어 버린 감정 자체가 정동을 끌어내는 게 아니라 감정이 존재하는 배경, 지각 되지 않는 배경에 연속되는 어떤 잠재적 차원의 사건이 정동의 질적인 차원을 실어 나른다. 감정은 이 같은 이행의 경험적 소실점이다. 소실점에는 확장적 전이가 없다. 내러티브 속의 어떤 말이나 상황이 만들어낸 감정적 특질이 자신의 상태를 등록하기 위해 기존 내러티브의 연속성을 어떠한 방식으로건 깨트릴 때만 감상자의 정동은 증폭된다. 감정적 특질은 내러티브의 선형적 진행을 순간적으로 정지시킬 만큼의 강도를 가짐으로써 감상자의 정동과 공명한다. 그때에는 어떤 기쁨이나 어떤 슬픔 같은 모순적인 감정의 공존도 정동을 배가한다. 감정적 차원이 내러티브 속에서 어떻게 존재하는지에 따라 감상자가 겪게 될 정동의 강도가 달라지는 셈이다.[10]

「쇼코의 미소」는 각 등장 인물들의 성격과 그들의 관계, 최은영이 이들을 묘사하는 방법, 내러티브의 흐름, 이 모든 것들이 독자의 정동을 자극한다. 쇼코-쇼코 할아버지, 소유-할아버지, 소유-어머니, 어머니-할아버지의 관계는 미움, 원망, 죄책감, 증오로 점철되어 있으며 작품의 후반부는 회한, 고마움, 공감, 위로, 미안함 등이 주를 이룬다. 내용도 내용이지만 플롯의 순서 역시 독자의 정동을 요동치게 만드는데 결정적인 역할을 하는 셈이다. 지면 관계상 소유와 쇼코의 애증 관계를 보여줄 수 있는 부분만 간단히 인용한다.

> "내가 널 보러 한국으로 갈 줄 알았는데."

---

10   브라이언 마수미, 같은 책 참조.

나는 쇼코의 옆얼굴을 보며 말했다.

"내가 먼저 와서 실망했지."

쇼코는 잠시 침묵하더니 입을 아주 작게 열고 한숨을 쉬듯 말했다.

"네가 그리웠어."

나는 쇼코가 조금 미워져서 나도 네가 보고 싶었다고는 말하지 않았다. 그런데도 내가 그리웠었다는 그 말에 눈물이 났다. (p.24)

왜 도쿄로 가지 않았느냐고 묻자 쇼코는 나를 똑바로 보고 웃으며 고개를 가로저었다.……

"불에 타다 만 발바닥."

"등이 꺼져버린 하이웨이 위의 가로등."

"썩었으되, 그것뿐인 씨앗."

"발을 맞춰 걷지 못하는 군인."

"의욕 없는 독재자."

"전형典型의 반대말."

"그러나…… 전형."

"이럴 줄 알았다는 말의 이상한 메아리."

"얼어죽기 직전까지 바닥을 찍는 비둘기."

쇼코는 그림들과 그 제목들을 다 소개한 후에 손가락으로 자신을 가리키며 말했다.

"나. 쇼코." (pp.25-26)

"나는 네가 네 고향에서만 살 줄은 몰랐어. 그것도 할아버지의 간병 때문이라니 너답지 않다. 삼 일에 한 번은 할아버지와 병원에 가야 한다지? 투석은 정말 힘든 거라고 하던데. 당사자에게도, 보호자에게도. 나는 네가 네 할아버지를 그만큼 아끼는 줄은 몰랐어." (p.27)

쇼코는 웃으며 말했다.

"난 네가 누군지도 몰라. 넌 누구니?"

쇼코는 죽은 물고기처럼 마루 기둥에 머리를 기대고 입을 약간 벌린 채로 무표정하게 나를 바라봤다. (p.30)

정동의 흐름을 설명한다는 것은 불가능하다. 정동은 의식 이전의 차원이기 때문이다. 하지만 단 6페이지의 짧은 인용문에서 느껴지는 둘의 관계에 온갖 감정적 특질들의 조용하고 과격한 부딪힘이 섞여 있다는 것은 손쉽게 알아챌 수 있다. 둘의 애정, 미안함, 쇼코가 자신을 가리키는 감각 인상적 비하, 그 말을 듣고도 잔인한 말을 내뱉는 소유, 쇼코에 대한 이상한 우월감과 인정 욕망이 작동하는 소유의 모습 등은 소설이 가진 정서의 드라마를 간명하게 보여준다. 소설은 소유-할아버지-쇼코의 관계에서 오는 정서적 차원과, 쇼코-쇼코의 할아버지에 얽힌 정서적 차원을 동시에 끌고 가며 서로에 대한 미안함이나 고마움을 후반부에서 다시 터트린다. 그러니 독자는 인물들의 감정 속에서, 소설의 진행 속에서 수많은 감정적 특질과 정동의 요동을 체험/경험할 수밖에 없다. 에피소드 하나하나에 인물들의 감정, 혹은 인물들 간의 감정적 접촉이 그려져 있고, 나중에는 거의 모든 갈등 관계가 해소되는데 어떻게 독자가 자기 정서의 새롭고 섬세한 미분화나 재구성, 정화, 고양 등을 느끼지 않을 수 있겠는가. 최은영 특유의 정서

적 울림의 비밀이 바로 여기 있는 것이다.[11]

3.

이와 같은 기법이 도드라지는 또 다른 소설이 바로 2018년 출간된 김금희의 『경애의 마음』이다. 이 작품 역시 보통 소설과는 달리 인물들의 감정 혹은 감정적 상태를 상세히 묘사하는 데 온 힘을 다 한다. 김금희는 이를 '마음'이라고 하는데 350여 페이지에 이르는 수많은 장면이 인물들의 마음을 그리고 있다 해도 과언이 아니다. 소설은 상처, 억울함, 상실, 애도, 죄책감, 부당함, 억울함, 분노, 위로, 공감, 우울함 등으로 꽉 채워져 있다. 그 중 가장 크게 부각되는 감정적 특질은 위로와 관련된 것들이다.

경애와 일영은 죽이 잘 맞았고 처음부터 서로를 스스럼없이 대했다. 둘의 대화는 테이블 위의 강냉이 안주를 무심히 집어먹듯 끊겼다가 이어졌다가 했다. 경애가 상세한 설명을 하지 않아도 일영이 어, 그거 알아, 하면 경애도 알지 그거, 했고 그러면 그거, 그게 그런 거지, 하면서 최종적으로 일영이 간단하게 정리하곤 했다. 풍전이 등화라든가, 유비가 무환이네 하는—일영은 맞든 안 맞든 꼭 사자성어를 주어, 서술어로 나뉜 문장으로 바꾸곤 했다—그렇게 말이 안되는 조어로 일영이 상황을 정리하고 나면 경애는 자신에게 닥친 크고 작은 불행들이 우스꽝스럽게 부스러지는 기분이었고 거기서 힘을 얻

11   『로기완을 만났다』에서도 이와 같은 모습을 찾을 수 있다. 하지만 소설의 특징적인 차원을 더 부각하기 위해 상상적 융합의 장면을 분석했다.

었다. (『경애의 마음』), p.23.

　　"나는 아버지를 못 닮아서 이렇게 됐지만."
　　경애는 그 말을 가만히 듣다가 그렇게 생각하지는 말라고 당부했다.
　　"누구를 인정하기 위해서 자신을 깎아내릴 필요는 없어. 사는 건 시소의
문제가 아니라 그네의 문제 같은 거니까. 각자 발을 굴러서 그냥 최대로 공중
을 느끼다가 시간이 지나면 서서히 내려오는 거야. 서로가 서로의 옆에서 그
저 각자의 그네를 밀어내는 거야." (『경애의 마음』), p.27.

　　"일은요, 일자리는 참 중요합니다. 박경애 씨, 일본에서는 서툰 어부는 폭
풍우를 두려워하지만 능숙한 어부는 안개를 두려워한다고 말합니다. 앞으로
안개가 안 끼도록 잘 살면 됩니다. 지금 당장 이렇게 나쁜 일이 생기는 거 안
무서워하고 삽시다. 나도 그럴 거요." (『경애의 마음』), p.30.

　　단 몇 페이지에서 뽑아낸 인용문이지만, 이것도 추린 것이다. 첫 번째
인용문의 경애와 일영의 대화를 보라. "어어, 그거 알아, 하면 경애도 알지
그거, 했고 그러면 그거, 그게 그런 거지"라는 식이다. 서로의 상황이나 마
음에 대해 상세히 설명하지 않아도 감각적으로, 직관적으로 이해하고 공
감한다. 두 번째 인용문과 세 번째 인용문 역시 공감과 위로를 건네는 장면
이다. 두 인용문의 공통점인 비유의 위로는 특기할 만하다. 가령 산다는 건
"그네의 문제"여서, "각자 발을 굴러서 그냥 최대로 공중을 느끼다가 시간
이 지나면 서서히 내려오는" 것이고, 안 좋은 일이 생겼을 때 대처하는 방
법은 폭풍우를 두려워하는 서툰 어부의 태도가 아니라 안개를 두려워하는
능숙한 어부의 태도여야 한다는 것. 물론 이 간단한 비유는 삶을 단순화할

뿐이지 정확하게 정리하게 해줄 수 없고 실질적인 문제 해결법도 아니다. 하지만 복잡한 상황이나 감정을 단순화하는 것은 그만큼의 침착함과 여유를 찾을 수 있도록 도와준다. 게다가 경애와 일영, 경애와 조선생은 각별한 사이인데 정서적 유대의 관계가 강하면 강할수록 상대의 정서적 언어는 더 큰 효과를 미친다.

뭣보다 이 인용문 역시 2절에서 이야기한 내러티브 기법을 고스란히 갖고 있다. 첫 번째 인용문은 둘 사이의 대화를 강냉이 먹는 것으로 나타내고, 두 번째 인용문에는 삶을 시소로 비유하며, 세 번째 인용문에는 삶의 문제에 대한 태도를 일본 어부의 태도로 비유한다. 각각의 비유는 자신의 처지를 인지적, 정서적으로 다시 보게 만드는데 이 모두 정동의 증폭과 관계한다. 정동은 독자의 예상을 깨는 감정적 특질이 나타날 때 그 강렬도가 커지기 때문이다. 물론 정동의 증폭을 느끼는 것은 독자 수용의 차원이어서 모두에게 일률적으로 적용하기는 어렵지만, 적어도 위로를 할 때 상황과 처지를 분석하여 논리적인 방식으로 어떻게 해결해야 하는지를 알려주는 것보다 정서적으로 위로를 받는 게 정동을 더 증폭시킬 가능성이 높다는 것쯤은 알 수 있다. 『경애의 마음』은 온통 이런 방식으로 쓰여 있다. 강조를 위해 몇 부분만 더 인용해보겠다.

> 다른 사원들과 달리 상수는 그런 말들을 아주 귀담아 들었다. 정말 말 그대로 듣기 좋은 소리였다. 마음 어딘가에 쌓인 만년설 같은 것을 녹이는 소리였다. (『경애의 마음』), p.84.

> 그렇게 삼일이 지나는 동안 경애는 그 돈이 입금되는 시간까지 잠을 이루지 못했다. 자기가 그렇게 잠드는 건 어쩐지 옳지 못한 것 같아서 우마 서먼

이 노란 트레이닝복을 입고 복수를 해내는 「킬빌」을 여러번 보면서 밤을 새웠다. 우마 서먼이 장칼을 한번 휘두를 때마다 사람들이 죽어나갔는데 그렇게 엄정하게 치르는 복수와, 부천 어디에 있다는 작은 공장에서 산주와 대여섯명의 야간조가 모여 소켓을 끼워 작은 알전구를 밝히는 일은 뭔가 비슷한 맥락처럼 느껴졌다. (『경애의 마음』), p.108.

여기서도 감정적 언어와 비유가 상황이나 생각에 덧붙여져서 등장한다. "마음 어딘가에 쌓인 만년설 같은 것을 녹이는 소리"나 "우마 서먼이 장칼을 한번 휘두를 때마다 사람들이 죽어나갔는데 그렇게 엄정하게 치르는 복수와, 부천 어디에 있다는 작은 공장에서 산주와 대여섯명의 야간조가 모여 소켓을 끼워 작은 알전구를 밝히는 일은 뭔가 비슷한 맥락처럼 느껴졌다."는 문장은 자신의 마음이나 상대의 이미지를 감각 인상적이고 정서적인 방식으로 새롭게 덧씌운다. 그러니 소설은 내내 다양한 방식으로 정서를 흔들어 새롭게 와닿도록 만든다. 소설 제목에 '마음'이 들어 있다는 것도 의미심장하다. 일상적으로 마음은 논리적인 설명보다 감정적인 차원에서 쓰인다. 뿐인가, 상수의 영업 전략은 "감정적 접근"(p.10)이고, 상수가 운영하는 '언니는 죄다 없다'라는 페이스북 페이지는 상처받은 여성들의 마음을 다독여주는 곳이며, 경애와 피조의 이야기에는 사랑과 죄책감이, 경애와 산주의 이야기에는 복잡한 연애 정서가, 조선생과 창식의 이야기에는 조선생의 정서적 보살핌이 줄곧 펼쳐진다. 『경애의 마음』은 마음을 위한, 마음에 의한, 마음에 대한 이야기다. 그러니까 '상상적 관계'(라캉)의 긍정적인 면에 관한 이야기다. 이는 사실 김금희 소설에서 보였던 '인간적인 모습'의 연장선상이기도 하다. 수작으로 인정받은 「너무 한낮의 연애」와 「조중균의 세계」는 자본주의적 세계의 냉혹함과 대비되는 마음의 풍경을 그리지 않았는가. 『경애의 마음』의 창식은 자기가 소속된 회사와 조선생의 입장 사이에서 갈등하다가 조선생의 다정한 보살핌을 떠올림으로써 회사의 비리를 밝힌다. "계산하지 않으려는 아량이 넓은 마음씨는 터무니없는 공리주의적 질서에 맞서 나간다."[12] 결국 마음이 중요하다는 말이다.

4.

대타자의 구멍은 가시화되었고 극심한 개인주의가 널뛰며 자본에 메인 채 사람을 사물화하는 세상은 새로운 질서 찾기를 요구했다. 우리가 연결되어 있다는 의식은 여전히 공동체적 생각을 가능하게 할 수 있었을지 모르겠지만 그 이상으로 나아가지 못했던 것 같기도 하다. 어쩌면 2010년대에 발표된 감정 교육 소설의 활약은 바로 그 이성적 처방에 대한 한계에서 온 것이었는지도 모른다. 상호성, 유사성, 친밀감, 공감에 의한 결합은 서로에게 다정한 마음을 주며 이는 관계에 대한 절대적인 믿음으로 이어진다. 감정으로 인한 유대는 상징적 법에 의한 유대보다 훨씬 더 끈끈하다. 하지만 감정적 연결(상상적 연결)이 갖는 문제 역시 뚜렷하다. 그 유대는 가변적이고 보기보다 연약하다. 게다가 누구와 어디까지 정서적 연대를 맺을 수 있는지도 불분명하다. 이해관계가 걸린 갈등 해결에도 취약하다. 상징적 법이 정교하게 발달한 데에는 이유가 있다. 우리는 제도가 이데올로기적(지젝)임에도 얼마나 많은 사회적 문제를 해결하고 있는지 생각해야 한다. 이토록 복잡한 사회가 어찌어찌 굴러가는 이유는 법적, 제도적 역할이 크기 때문

<hr>

12   테리 이글턴, 『낯선 사람들과의 불화』, 김준환 옮김, 길, 2017. p.38.

이다. 감정은 평등과 계약을 보장해주지 않는다. 상징계의 문제 역시 무수하지 않냐고 묻는다면 그렇다고 하겠다. 상상계, 상징계, 실재계는 물리고 물린 보로메오의 매듭이다. 물론 우리 삶의 문제를 라캉의 도식으로만 해결할 필요는 없을 것이다. 하지만 삶에 가까이 다가가기 위한 가능성은 어디에나 열려 있다.

미래를 열심히 씹어 먹고 있습니다만

─ 스타벅스 시대, 신체적 공현존의 시쓰기

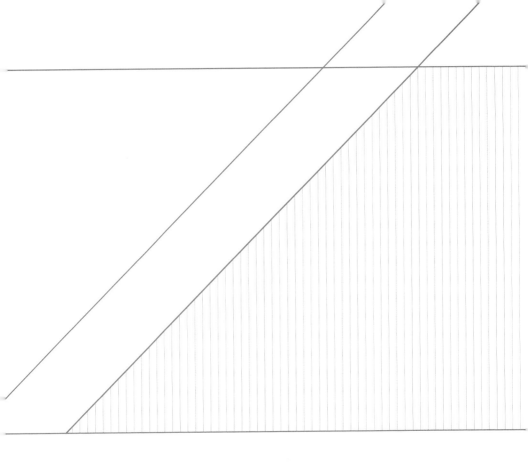

박상수

명지대학교 문창과 및 동대학원 졸업. (김혜순 시 연구로 박사 학위를 받음.)
2000년 〈동서문학〉에 시, 2004년 〈현대문학〉에 평론으로 등단.
현재 명지대학교 문예창작학과 강의전담교수로 재직 중.
시집으로는 『후르츠 캔디 버스』, 『숙녀의 기분』, 『오늘 같이 있어』가
있고, 평론집으로는 『귀족 예절론』, 『너의 수만 가지 아름다운 이름을
불러 줄게』가 있다.
현대문학상과 김종삼시문학상을 수상하였다.
이메일 주소는 susangpark@hanmail.net

미래를 열심히 씹어먹고 있습니다만

— 스타벅스의 시대, 신체적 공현존의 시 쓰기

1. 뿍뿍이와 솟구침에 대해

유계영의 시는 현실을 말할 때 머물러 있기보다는 늘 다른 현실을 꿈꾸었다. 이 말은 평범하여 두 가지로 부연돼야 하는데 첫째, 현실의 절망이 극단에 이르지 않고 환유적 이미지로 완충되어 있다는 점과 둘째, 다른 현실을 향한 꿈이 특유의 매력적인 상상력으로 솟구칠 준비를 하고 있다는 뜻이다. 관심을 갖고 유계영의 첫 시집 『온갖 것들의 낮』을 다시 읽어본다면 「시작은 코스모스」로 열려서 「녹는점」이라는 시로 닫히는 이 시집이 의식적 차원에서도 '현실(코스모스적인 질서)'에 '숨구멍(녹는점)'을 내기 위한 기나긴 의지 속에 구성되었음을 알게 된다. 「시작은 코스모스」에서 "모자 장수와 신발 장수 사이에서 태어났기 때문에/가끔은 갈비뼈가 묘연해졌다/죽더라도 죽지 마/발끝에서 솟구쳐"고 말할 때 우리는 그야말로 이 '묘연'한 이미지들 사이에서 잠깐 어리둥절하게 된다. 요모조모 상상력을 가동하다 보면 유계영은 아마도 출생의 이력을 서로가 엇비슷하게 닮은 두 존재의 결합으로 상상하지 않고 '모자(머리)'와 '신발(발)'이라고 하는, 신체에서도 가장 거리가 먼 두 개의 이질적인 존재가 만나서 비롯된 것으로 인식하고 있으며 그것이 자기 존재의 희미함과 불확실성에 기여한 것이 아니겠는가, 라는 독특한 생각을 "갈비뼈가 묘연해졌다"는 환유로 대신하고 있음을 이해하게 된다.

배후에는 다양한 현실의 에피소드가 응축되어 있겠지만 출생의 기원을 이와 같은 동화적이고 독특한 상상력으로 그려내면 날 것의 현실을 드러낼 때보다 훨씬 안정감이 생기고 푹신한 인상을 받을 수 있다. 그래서 미소 짓게 된다. "내가 지워진 것 같아"라고 말하지 않고 "갈비뼈가 묘연해진 것 같아"라고 말하는 어떤 사람. 그러니까 우리가 하고 싶은 말은 유계영이 현실의 절망을 드러내기 위해 자주 쓰는 이러저러한 환유적 이미지 속에는 제품의 파손을 막기 위해 사용하는 '뽁뽁이(에어캡)'가 내장되어 있어서 가장 극단적인 고통을 말할 때조차도 어쩐지 완전히 끝난 것은 아니며 여지는 남아 있고, 그래서 보호받는 듯한 느낌을 받는다는 것이다. 뿐만 아니라 다른 현실을 향한 꿈은 "죽더라도 죽지 마/발끝에서 솟구쳐"라고 말할 때의 의지 안에서 말 그대로 불현듯 솟아오른다. 절망의 고비에서 우울로 완전히 침잠해버리는 대신 어떻게든 묘수를 꿈꾸어본다고 할까. 유계영의 내면에서는 이처럼 생래적인 반발력이 가동되고 그것은 발끝에서 장난감 로켓이 쏘아지듯이 튀어나온다. 대기권 밖 궤도로 진입하기는커녕 김이 빠지는 소리를 내며 로켓이 금방 고꾸라진다고 해도 이 소동으로 어쩐지 절망은 멈추고, 내 갈비뼈가 없어졌다는 사실을 잠깐 잊게 될 것 같다. 그래서 한 번 더 웃게 된다. 두 번의 미소로 첫 시집에 등장하는 매력적인 상상 전부를 설명할 수는 당연히 없겠지만 맛보기 음식처럼 내장된 의지를 확인할 수는 있다.

하나 더 인상적인 것은 "발끝에서 솟구쳐"라는 구절을 읽으며 이 의지가 언어나 사유를 통해 출현하는 것이 아니라 '발'에서 실현된다는 점이다. '발'은 추상이 아니라 몸의 일부이며, 그런 이유로 구체적인 현존이고, 당장에 잘 보이지는 않더라도 지속적으로 움직여나가겠다는 유계영의 무의식적 선호가 담긴 유물론적인 환유이다. 물론 기대와 달리 이 시가 "젖은 얼굴이 목 위로/곤두박질쳤다"는 문장으로 끝날 때, 목이 잘리는 섬뜩한 이미지로 현실 질서의 우위와 시적 화자의 어쩔 수 없는 패배를 확인하는 것처럼 보이는 것도 사실이다. 다만 한 권의 시집, 한 권의 세계라는 관점에서, 시집을 닫는 맨 마지막 시에서 "문이 녹아 밖이 된다/밖이 녹아 물이 된다/단 것을 향하여//(…)//발밑의 벌레들이 종횡무진/나는 이를 신의 형상이라 믿었습니다"(「녹는점」)라는 구절을 일종의 대칭적인 구문으로 읽어본다면 어떨까. 땅에 떨어진 진득한 사탕에 잔뜩 달라붙은 개미들의 모습을 떠올리며, 이 작은 생명이, 힘없는(그러나 끈질긴) 벌레들이, 단맛에 도취하여 이리저리 금지선을 들락날락거리며 안과 밖의 경계를 무너뜨리고 무수한 구멍을 내는 모습을 상상할 때의 은밀한 기쁨까지 막지는 못한다. 높은 곳의 시선 차원에서라면 아무 것도 변한 것은 없어 보이지만 낮은 단위의 발밑에서는 변화를 위한 역동적 노력이 지속되고 있는 것이다. 유계영이 신뢰하고 끝까지 포기하지 않으려는 것이 바로 단단하고 딱딱하고 갑갑한 것들을 무르게 만들고 녹이고 구멍을 내는 일이다. 벌레들이 '발'밑에서 종횡무진 움직이는 모습을 "신의 형상"으로 믿으려는 장면은 어떻게든 솟구치려는 유계영의 에너지가 현실을 훌쩍 뛰어넘는 방식이 아니라 현실에서, 이 현실과 함께 어깨를 걸고, 함께 존재하려는 매력적인 한 사례이다.

2. 유쾌하고 건강한 자아-상반신은 구름이 되고 없지

유계영의 시의 매력 중에는 이런 것도 있다. 시인과 화자를 구분하여 화자의 편에서 말해보자면, 우리는 시 속에서 유계영이 주로 선택하는 화자들이 어쩐지 무리 없는 사랑을 받고 자란 것처럼 느낄 때가 있다. 이런 방식의 화자가 현실의 유계영과 어떤 긴장 관계로 맺어져 있는지 말하기는 어렵지만, 과잉보호나 과잉애정은 아니며 그렇다고 정서적 학대나 상처와도 거리가 먼, 적절한 수준의 관심과 사랑 속에 비교적 건강하게 자란 사람을 보고 있는 안정감이라고 할까. 어떤 경우에는 아주 예민한 사람이라면 금방 휩쓸리고 말 사건들 앞에서도 크게 휘청거리지 않는 든든함을 갖고 있는 것이 결국 타인에게 적절한 정서적 지지를 받은 경험 때문이겠다는 생각을 해볼 때가 있다. 정확하게 말하자면 꼭 부모가 아니더라도, 반드시 유년기로만 한정짓지 않더라도, 어떤 시기에 어떤 식으로든 누군가에게 받은 풍부한 '정서적 자원' 말이다. "괜찮은 부모를 가졌다는 건/게으름에 대한 핑계가 부족해지는 일"(「생일 카드 받겠지」)과 같은 구절이 그런 인상을 강화시켜주는 것이 사실이며, 그보다 더 선명한 것은 유계영이 첫 번째 시집의 '나'를 다루는 순간들에서다.

불가능해요 그건 안 돼요
간밤에 얼굴이 더 심심해졌어요

너를 나라고 생각한 기간이 있었다

몸은 도무지 아름다운 구석이라곤 없는데

나는 내 몸을 생각할 때마다 아름다움에 놀랐다

나는 고작 허리부터 발끝까지의 나무를 생각할 수 있다
냉동육처럼 활발한 비밀을 간직한 나무의 하반신을 생각할 수 있다

나무의 상반신은 구름이 되고 없다

어떤 나무의 꽃말은 까다로움이다

사람들은 하루를 스물네 마디로 잘라 둔 뒤부터
공평하게 우울을 나눠 가졌다
나는 나도 아닌데
왜 너를 나라고 생각했을까

의자를 열고 들어가 앉자
늙은 여자가 날 떠났다
나는 더 오래 늙기 위한 새 의자를 고른다
나에 대한 가장 아름다운 정의를 내리려고

-「생각의자」 전문

아이들이 벌 받을 때 앉게 되는 생각의자가 사유를 숙성시킬 수 있는 능동적인 공간으로 변신할 수 있다는 것이 신기하다. 이 시를 연애시로 읽든, 우정에 관한 시로 읽든 그것은 열려 있으며 분명한 것은 '너'의 요구가 나를 규정하려는 데서 실패하는 것으로 이 시가 시작한다는 점이다. 맥락

상 아마도 '너'는 '나'에게 얼굴 좀 활기차게, 표정도 풍부하게 하고 다니면 안 되겠느냐고 요구했던 것 같은데 화자는 노력은 해봤지만 "간밤에 얼굴이 더 심심해졌다"는 말로 실패를 알린다. 그런데 어째서 속이 시원해질까? 이어지는 두 연은 나와 네가 한 몸인 것처럼 사랑을 느꼈던 순간을 떠올리게 하고, 그래서 일면 감미롭지만, 아름다운 구석이 없는 내 몸까지 아름답게 느껴졌던 도취의 시절은 안타깝게도 지나간 것 같다. 이제 화자가 생각하는 것은 '환한 얼굴의 상반신'이 아니라 냉동육처럼 활발한 비밀을 가진 (곧 녹아서 변형될 수 있을 테니까) '나무의 하반신'. 발이 달린 것처럼 상대의 요구와는 딴 길로 새버리는 여기도 재미있지만 더 웃게 되는 것은 "나무의 상반신은 구름이 되고 없다//어떤 나무의 꽃말은 까다로움이다"라는 구절이 아닐까.

한 몸처럼 사랑했던 너의 요청이 나를 바꿀 수 있으면 좋으련만 그렇게 될 리는 만무하고, 아무리 사랑해도 그렇게 해서는 안 되는 거 아니니, 하는 반문을 담아 상반신이 구름이 되어 없어져버린 나무의 이미지를 슬쩍 가져 놓았다. 마치 너의 규정이나 요구로부터 거리를 두고 자유로워지겠다는 듯이. 끝내 가볍게 없어져버리겠다는 듯이. 게다가 "내가 아는 어떤 나무에도 꽃말이 있는데 그건 '까다로움'이래", 하고 말하는 것 같은 장면은 그야말로 상대방을 능청스럽게 한 방'멕이는'조근조근한 구강 액션이어서 유쾌하다. 안 심심한 얼굴을 갖지 못해서 미안해. 노력했지만 안 됐어. 까다롭다고? 원래부터 난 심심한 사람이었나 봐…. 능청에 더하여 유계영은 이런 고백도 한다. 내가 그런 사람인 줄을 나도 몰랐네. 나 자신도 모르면서 왜 널 안다고 생각했을까. 이제 난 나에 대해서 더 생각해 볼게. 안녕! 그러니까 여기엔 상대에 대한 원망이나 적대감은 예의바르게 중화되어 있고, 자신을 파괴하거나 학대하면서 상대를 붙들어두려는 비틀린 욕망 같은 건 아예 발을 들이지 못하며, 끝내 남게 되는 죄책감이나 짙은 미련의 흔적 또한 수거함 속에 들어간 지 오래다. 실수도 많고 부족하지만 그런 스스로의 모습까지 너그러운 마음으로 토닥여 줄 수 있는 사람만이 이런 문장을 쓸 수 있다. 튼튼한 자존감과 건강한 정서적 자원을 가진 사람만이 무심하면서도 고요하게 제 자리로 돌아와 더 아름다워질 자신을 꿈꾸며 의자를 고를 수 있다.

그래서 유계영의 시를 읽다보면 합리적인 단념과 적절한 거리두기, 타인과의 상호작용을 포기하는 것은 아니지만 그렇다고 절대적으로 그에게 기대지도 않으면서 스스로를 규정하려는, 자존감과 정서적 자원을 부족하지 않게 가진 사람의 건강하고 유쾌한 자아가 유연하게 작동함을 발견한다. 그런 이유로 우리는 이 시를 읽으며 이런저런 고민 끝에 "나에 대한 가장 아름다운 정의를 내리려고"라는 말을 내뱉는 화자의 부드러운 자기몰입, 그 안정감을 사랑하게 된다. 실은 이런 것이 유계영 시를 읽는 큰 즐거움이다. 다른 어떤 대목에서 "나를 벌레라고 부르자/사람들이 자세히 보기위해 다가왔다//오늘은 긴 여행을 꿈으로 꾼 뒤의 짐 가방/검은 허리를 무너뜨리며 떠다니는 새벽/그림자를 아껴 쓰려고 앙상하게 사는 나무"(「호랑의 눈」)라고 스스로를 규정할 때조차 이것이 온전한 비극으로 치달으리라는 불안함은 덜한 편이다. '내가 벌레 같아서 괴로워'가 아니라 '나'는 '벌레'였다가 또 '짐 가방'이기도 하고 '새벽'이며 '앙상하게 사는 나무'로 계속 모습을 바꾸어가며 규정된 세계의 포획에 구멍을 내고 계속 벗어날 것이니까. 유계영의 '나'는 계속 변신하고 이곳저곳에서 출몰할 뿐만 아니라 지속적으로 미끄러짐으로써 오히려 '살아 있음'의 감각을 발명해낸다. 그랬다가 구름이 되어 없어지기도 한다.

3. 신체적 공현존(共現存)-스타벅스 시대의 시 쓰기

어쩌면 유계영의 시가 생각처럼 쉽게 읽히지 않는 이유도 여기에 있겠다. 지켜야 할 1인칭 화자의 일관된 형상이 약화되어 있으며 아예 그것을 미끄러트리거나 지워나가는 것이 유계영의 꿈이기에 시적 화자를 중심으로 작동하게 마련인 시 속에서의 중력장이 보통의 시들보다는 훨씬 약화돼 있다고 봐야 한다. 일반적인 시라면 결이 다른 이미지나 에피소드라도 '일관된 상황' 또는 '일관된 화자'를 동원하여 묶어주기 마련이다. 상황이나 화자의 편에서 매듭을 만들 수 있는 시는 익숙하고 편하게 읽힌다(둘 모두의 매듭이 선명하다면 실은 뻔하게 정형화된 시라고 할 수 있다). 하지만 유계영 시의 화자는 모양을 바꾸는 구름처럼 계속 변신하고 있고, 감정을 직접 설명하지 않고 환유적으로 넌지시 드러낼 뿐만 아니라, 그래서 통일된 감정을 파악하기가 어렵다. 이런 상황에서 이미지와 에피소드마저 전혀 다른 기억의 시공간에서 불쑥불쑥 데려오기 시작하면 다 읽고 나서도 우리 자신이 뭘 읽었는지 쉽게 파악하기가 어려울 수도 있다.

하지만 사물과 이미지, 사건 사이의 어긋남과 겹침을 하나의 개성으로 즐길 준비가 되어 있는 사람이라면 이런 점이 오히려 유계영의 특기임을 순연히 인정하게 된다. 모던하게 단장한 한옥 집에 놀러가서 잘 먹고 잘 놀다가, 색감과 무늬가 모두 다르고 그래서 다채롭고 신기한 조각보들로 패치워크된 이불을 덮고 하룻밤 자고 일어났는데 한옥집이 아니라 광화문 광장 이순신 동상 밑에서 일어난 것처럼 어리둥절한 느낌이랄까. 때문에 유계영의 시를 선형적인 읽기가 아니라 방사형(放射形)적인 독법으로 읽어야 한다¹는 관점은 매우 유효하고 적절하다. 유계영의 시가 최근 퇴조하는 주체를 다시 불러내어 타인과 세계가 규정하려는 나로부터 벗어나 누구도 정의 내리지 않고 아무도 모르는 나를 건설하려는 새로운 노력이라는 해석², 유계영의 첫 시집이 "비인칭적이고 전개체적인 흐름들이 무수한 목소리들을 태어나게 하리라는 예감으로 가득"하다는 해석³까지 바로 이러한 첫 시집 해설의 관점을 적절하게 소화해 제출된 의견이라고 할 수 있겠다.⁴

만약 여기에 덧붙여 유계영의 스타일에 '스타벅스 시대의 시 쓰기'라고 이름 붙여본다면 어떨까? 앞서 「생각의자」를 분석하며 "합리적인 단념과 적절한 거리두기, 타인과의 상호작용을 포기하는 것은 아니지만 그렇다고 절대적으로 그에게 기대지도 않으면서 스스로를 규정하려는, 자존감과 정서적 자원을 부족하지 않게 가진 사람의 건강하고 유쾌한 자아가 유연하게 작동"하는 시로 유계영의 특징을 정리한 것을 되새겨본다면, 그리고 다음

---

1   "유계영의 시에서는 세계와 불화하는 온갖 '나'들이 구석구석에 숨겨 왔던 저 자신의 목소리를 직설적으로 터뜨리는 일들이 벌어진다고 해야 적합하다. 이는 마치 혼돈과 무질서로 가득 찬 세계에 시인의 말로 짜인 그물망이 쳐지고, 강제된 척도 속에서 답답해하던 각종 이미지들이 시인의 언어 그물에 걸려 저마다의 고개를 그물코로 내미는 형국과 같다. (⋯) 그물코에 걸린 이미지들이 각자의 자리에서 새어 나온다고 했거니와, 위의 시에 다가가기 위해서는 선형(線形)적인 읽기가 아닌 방사형(放射形)적인 독법에 대한 구상이 필요하다." 양경언, 「큰소리로, 홋!」, 『온갖 것들의 낮』해설, 민음사, 2015, pp.119-120.

2   박혜진, 「퇴조하는 주체에서 수렴하는 주체까지-2010년대 시의 주체와 그 비평」, 《포지션》, 2019년 여름호, pp.135-136, 참조.

3   안지영, 「무수한 구멍들 가운데 단 하나의 구멍이」, 《현대시》, 2019년 2월호, p.134, 참조.

4   뿐만 아니라 2010년대 시의 특이성을 '수행적 언어'에서 찾으며 주체를 중심으로 감정과 서사를 집약시키는 독법에서 벗어나 유계영의 언어가 만들어내는 모호한 출렁거림 그 자체에 주목해야 한다는 주장에까지 이르면 '구름이 되어 사라지려는 유계영의 화자'는 세계에 대한 인식론이기도 하며 스스로의 존재론이기도 하고, 시적 방법론이기까지 하다는 생각을 할 수 있다. 안서현, 「수행하는 언어-2010년대 후반 시의 새로움」, 《현대시》, 2019년 7월호, pp.90-91, 참조.

의 인용을 겹쳐 읽어본다면, 이처럼 조금 다른 논의가 가능해질지도 모른다.

사람들은 "타인의 비웃음과 혀를 두려워하지" 않아도 되며, "의심의 대상이 되지 않고 통찰할 수 있는 마음"을 갖기 위해 익명의 공간으로 떠난다. 그렇게 내면의 '자유'와 '보호'를 원하는 사람들이 궁여지책으로 찾는 곳이 스타벅스와 같은 공간이다. 그곳에서 사람들은 자유를 위한 '거리두기'를 실행한다. 바깥은 무시와 모멸의 거리이지만, 스타벅스에서는 자신의 실체는 드러내지 않으면서 자유롭게 행동하고 표현할 수 있는 '공공가면public mask'을 쓸 수 있어 자신을 보호할 수 있다. 자신을 보호하기 위해 필요한 것은 관심으로 인한 간섭이 아니라 무관심과 거리두기에 의한 존중인 것이다. (…) 역설적으로, 만남은 거리두기를 통해 이루어진다. '거리두기'는 홀로 내버려두기도 하지만 의외로 만남을 촉진하기도 한다. (…) 마음 맞는 사람을 찾아 나선다는 것은 나와 유사한 사람을 찾는 것이기도 하지만 나의 취향과 견해를 존중하면서도 나를 지배하지 않는 사람을 찾아 나선다는 뜻이다.[5]

앞당겨 말하자면 '스타벅스 시대의 시 쓰기'는 결코 부정적인 말이 아니다. 스타벅스라는 위계 없는 공간의 일부를 점유하고 느슨한 관계 속에서 하나의 점으로 존재하는 행위를 우리 시대 가장 현대적이고 산뜻한 존재 방식으로 이해할 수도 있겠다는 관점에서 하는 말이다. 한 사회학자가 스타벅스라는 글로벌 체인점을 사유의 대상으로 삼은 인용문을 읽다보면 스타벅스가 단순히 이러저러한 사람들이 모여서 차를 마시는 공간에 그치는 것이 아님을 알 수 있다. 스타벅스는 19세기의 살롱이나 커피하우스와

---

5   유승호, 『스타벅스화』, 따비, 2019, pp.38-42.

는 다른 공간이다. 그 시절의 커피하우스가 사회적 이슈에 대한 시민들 간의 자유로운 토론과 상호작용으로 일종의 공론장 역할을 했다면 현대의 커피하우스인 스타벅스에는 신경과민의 상태에서 주어진 일을 수행하던 사람들이 잠시나마 긴장을 풀고 홀로 자기만의 시간을 갖되 비슷한 취향을 가진, 그러나 억압하지 않는 타인의 존재를 느슨하게 공감각하면서 공존하는 익명의 공간이다. "파편화된 일터와 불안정한 노동은 (⋯) '조각난 시간경험'을 부여했으나, 이에 대항해 시간경험을 온전히 복원하고 스스로의 것으로 만들어가려는 '간헐적 저항'이 수행"되는 공간, "내가 누구의 지시도 받지 않고 어떤 위력도 행사하지 않은 채 어떤 공간을 점유하고 있다는 사실이 일종의 자유감각을 불러일으키는" 공간이 바로 스타벅스이기도 한 것이다.[6]

비록 자본이 만들어낸 환영이기는 하지만, 이처럼 같은 브랜드의 커피라는 취향을 공유하되 홀로 있지만 같이 있고, 같이 있지만 적절한 거리를 유지하며 또한 홀로 있는 자유로운 존재 방식에 '신체적 공현존(共現存)'[7]이라는 이름을 붙여볼 수 있다면 유계영 시의 화자가 견지하고 있는 존재 방식도 같은 맥락에서 읽어볼 수 있지 않을까? 인용문에서 특히 무시와 모멸의 세계로부터 내면의 보호와 자유를 추구하는 사람들이 자신을 보호하기 위해 필요한 것은 결국 관심으로 인한 간섭이 아니라 '거리두기에 의한 존중'이라는 지적은 인상적이다. 그러니까 유계영도 타인과의 관계에서 일정 정도의 거리두기를 통해 자신의 일관된 내러티브를 지키고, 뿐만 아니라 자기 자신과의 관계에서도 역시 같은 방식의 무심한 거리두기를 통해 계속

---

6   위의 책, pp.46-49, 참조.
7   위의 책, p.61.

스스로를 변신시켜 나감으로써 역설적으로 존중을 획득하고 자기를 지키는 자유감각을 만들어낸다고 할까?

예를 들어 두 번째 시집에 실린 첫 번째 시에서 "안색이 왜 그 모양이냐/바깥에서 형형색색이 묻는다/잠든 사람의 감긴 눈꺼풀 속에서/눈동자가 바라보는 곳에서/내가 거의 완성될 것만 같은 기분을 느껴요//꼭 길이 아닌 곳으로만 가려는 개와 어린이가/수풀 속으로 뛰어든다/검정색 스카프를 목에 두르고/사라지면서 휘날리면서"(「언제 끝나는 돌림노래인 줄도 모르고」, 『이제는 순수를 말할 수 있을 것 같다』, 현대문학, 2018)와 같은 구절을 읽어보자. 화자를 규정지으려는 형형색색 바깥의 질책에 오히려 잠든 사람의 눈꺼풀 속에서 마치 꿈을 보고 있는 것 같은 상황을 대답으로 제시하며 이렇게 모호하고 손에 잡히지 않는 꿈속에서 오히려 "내가 거의 완성될 것만 같은" 자유로운 기분을 느낀다고, 온화하지만 분명하게 대꾸하는 화자의 모습을 떠올리는 일은 이제 더 이상 낯설지 않다. 이것이야말로 상대방의 간섭에 거리두기를 요청하는 행위이며 연이어 길이 아닌 곳으로만 가려는 개와 어린이가 수풀 속으로 뛰어드는 이미지와 자아상을 겹쳐 읽게 되면 자기 계발의 주체로 스스로를 지배하려는 의지 또한 없음을 확인할 수 있다. 이를 통해 유계영은 사라지고 휘날리면서, 자신이 점유하는 공간, 그리고 마침내 내면까지도 누구의 지시도 받지 않고 어떤 위력도 행사하지(되지) 않는 신체적 공현존의 자유로운 공간으로 만들어가려는 노력을 한다. 그래서 우리는 유계영의 시를 읽으며 슬프지만 아주 무거워지지는 않고, 우울하지만 곧 다른 방식의 변신 가능성을 유쾌하게 기대하게 된다. 당신과 나, 우리 서로가 늘 거기 적절한 거리 안에 있으면서 위계로 서로를 지배하는 법이 없이 유사시에는 버팀목이 되어줄 가능성을 기대하며 위로받는 것이다.

4. 아직 서른네 살밖에 안 먹었는데

하지만 앞서 인용한 두 번째 시집의 첫 번째 시 「언제 끝나는 돌림노래인 줄도 모르고」가 "나의 내부에 더 깊고 긴 팔이 나를 끌어안고/강바닥을 향해 가라앉는 돌/여섯 아니 일곱, 외롭지 않게"라고 끝날 때, 이 돌림노래는 간헐적 저항과 자유를 획득했다는 산뜻한 기쁨으로만 읽히지는 않는다. 자기 내부의 아득한 긴 팔이 화자를 깊은 강바닥 속으로 끌어안고 가라앉는 어둡고 불안한 느낌. 이쪽으로 와. 너는 여기 있어야 해. 이 깊은 바닥으로. 입으로는 "내가 거의 완성될 것 같은 기분을 느껴요"라고 말하고 있지만 내면의 구석에서는 강에 던진 돌이 계속 바닥에 쌓이듯이 아래로, 더 아래로 스스로가 끌려들어가는 것 같은 섬뜩한 절망도 공존한다. 그런 의미에서 같은 시집, 마지막 작품에 "유모차에 누운 아기는/바퀴를 떠미는 손을 기다리며/웃고/겨드랑이 사이를 파고드는 손을/기다리며 운다"(「잘 도착」)라는 돌연한 이미지가 등장할 때, 이것은 어쩐지 일종의 '피로감'과 '불안감'이 드러나는 장면으로 읽힌다.

세 번째 시집이 나오기 전, 유계영의 최근 시에 대해 "어떤 선택을 했을 때의 책임이 오롯이 나의 몫으로 주어져버리는 세계에서 주체는 스스로의 선택으로 불안과 우울증에 시달릴 수밖에 없다."[8]는 평이 있었음을 상기해본다면 어떨까. 뜨겁고 촘촘한 관계라고 하는 구시대의 중력장이 상당 부문 해체되어 있는 현실에서 대체로 모든 일을 스스로 감당해야 하는 우리는 외로움과 불안에 시달릴 수밖에 없다. 생각의자에 앉아 스스로에 대한 아름다운 정의를 내리는 것도 자신이고, 내가 거의 완성될 것 같다고 선언

<hr />

8   안지영, 앞의 글, p.138.

하는 것도 화자 자신이지만 그렇다고 '나 자신'이 '신'이 될 수는 없다. '스타벅스 시대의 시 쓰기'에는 어쩐지 평화로운 거리두기와 상호존중, 자기 규정의 자유감각만 존재할 것 같지만 문을 열고 한 발만 밖으로 나가면 익명의 누군가가 나를 무례하고 밀치고 지나갈지 모른다. 게다가 우리는 너무 예의 바르게 타인과의 거리를 유지하고 있으며(타인도 나에 대해서 마찬가지이며), 자기 자신에 대해서도 온화하게 수용적이고 너그러워진 것 같지만, 그것은 서로가 서로를 최선의 타인으로만 설정한 착각의 결과일 수도 있다. 타자 혹은 타자성이란 언제나 최선일리 만무하고 때로는 상상을 뛰어넘는 악행과 폭력의 공포가 찾아올 수도 있다. 때문에 스타벅스 안에 앉아 자유 감각에 빠져 있을 때조차 마치 스스로가 무력한 아기처럼 느껴질 수도 있으며 여기에는 어른이나 신과 같은 어떤 존재가 나타나 이 답답한 상태를 떠밀어주거나 겨드랑이에 손을 넣어 솟구쳐 오르도록 해주기를 바라는 무의식적인 마음이 함께 작동할 수도 있는 것이다.

　그런 이유로 일종의 미끄러지기와 거리두기를 통한 신체적 공현존이라는 유계영의 산뜻한 꿈이 세 번째 시집 『이런 얘기는 좀 어지러운가』(문학동네, 2019)에까지 그대로 이어지고 있다고 말하기는 쉽지 않다. 이번 시집에서 유계영은 "여러가지 스타일로 말해보았다/죽고 싶다는 말을/비장하게도 어리석게도 아름답게도/다만 죽고 싶게도 그러다/웃음이 터져나올 때까지"(「겨울에 쓰는 여름 시」)라고 말한다. 죽음을 말할 때조차 특유의 건강한 에너지로 유쾌한 방식의 해소를 추구하는 것처럼 보이지만 이상하게도 '죽고 싶은 마음'이 좀 더 도드라지게 자주 출현하고 있음을 부정하기는 어렵다. "태양이 가장 높이 떠오르도록 깨어나지 않는 나는/잠 속에서 애써 혼잣말중이다/난 살아 있지, 살아 있구나/외워놓지 않으면 잊어버릴 수 있는지"(「잠을 뛰쳐나온 한 마리 양을 대신해」)와 같은 구절은 또 어떤가. 세 번째 시집은 앞의 시집들에 비해 삶에 대한 절망감이 상당한 정도로 강화되어 있음을 알 수 있다.

이 절망감은 특히 '미래'를 말하는 시편들에 제 흔적을 드러낸다는 점에 주목할 필요가 있다. 「미래일기」, 「미래는 공처럼」, 「맛」과 같은 시편들을 보자. 미래를 떠올리는 일기에서 화자는 어디에도 잘 도착하지 못하고 숨이 찬 상태로 계속 걷거나 종말의 흰자위를 마주볼 뿐이며, 잔뜩 침잠하여 아래로만 가라앉는 어떤 날에는 미래라는 것이 공처럼 튀어 다니다가 결국 손에 잡히지 않는 저 먼 어딘가로 날아가 버리는 걸 지켜본다. 또한 미래의 맛을 꿈꾸며 그것을 기다려보지만 결국 사과벌레가 사과 밖으로 나왔다가 다시 사과 속으로 다시 들어가는 것처럼 아무 것도 기대할 것은 없다는 체념에 사로잡히는 순간들도 있다. "큰일났다 나 있지 다 죽은 것처럼 보여 인간이기를 포기한 것처럼 미소를 잃어버려/아직 서른네 살밖에 안 먹었는데"(「시」)와 같은 구절은 시에 대한 알레고리이자 삶에 대한 알레고리이기도 할 텐데, 미래라는 지평과의 연관성 속에 지금 현실을 보았을 때, 자신이 이미 죽은 것처럼 느껴진다는 마음을 특유의 뽁뽁이도 없이 고백한 것이다. 그렇다면 이제 뽁뽁이와 솟구침, 건강하고 유쾌한 자아, 거리두기를 통한 신체적 공현존의 꿈은 사라진 것일까?

5. 미래라구요? 돌을 씹어먹고 있습니다만

먹는 내가 있습니다
사람들은 실로 대단한, 돌도 씹어먹을 나이지 하고 찬사를 아끼지 않습니다

또다른 사람들은 실로 범상한, 돌도 씹어먹을 나이지 하고 심드렁해합니다 나는 으적으적 씹으며

생각합니다 사람을 녹이면 무슨 색깔일까요 염소를 고아 먹고 더 많은 염소를 위해 쓰겠다는 사람도 있었어요 찰랑거리는 나의 뿔 속에 부유물이 많은데요 손에 쥐고 있던 것들이었습니다

너 모자 크니까 빌려줘

너 손이 크니까 잡아줘

그런 이야기들이 다정합니다 더 많은 것을 먹고 더욱 많은 것을 위하려는 것 같았어요

둘밖에 없었지만 저요? 제 손요? 자꾸 한번 더 묻게 되는 겁니다

사람들은 두 번씩 우는 나를 대단한 염소야 하고 격려를 아끼지 않습니다 한번 더 묻는 나를 말귀도 어두운 멍청이 같으니라구 하고 걷어찹니다 나는 마른 잔디를 으적으적 씹으며

별 뜻 없어요 습관이에요 부끄러워합니다

-「웃는 돌」 부분

아마도 사람들과 밥을 먹을 때마다 "너 몇살이라구? 아직 젊잖아! 돌도 씹어 먹을 나이지!!"라는 의례적인 인사말을 들었던 에피소드에서 출발했을 인용 시를 읽는 즐거움은 역시 담담하지만 자존감이 있고 건강한 화자가 심드렁한 이 범용구를 자기 존재의 '공공가면public mask'으로 전환해내는 과정에 있다. (아마도) 밥을 먹던 화자는 엉뚱하게도 이 말을 계기로 서로 다른 맥락에서 이 말을 해오는 사람들을 다 녹이면 무슨 색깔일지 상상하고, 이 상상은 다시 건강보조식품으로 팔리는 흑염소엑기스를 먹고 (건강해

져서) 더 많은 염소를 위해 (글을) 쓰겠다는 말을 했던 어떤 사람에 대한 연상으로 넘어간 것 같다. 각 상상에 유계영 특유의 솟구침과 패러독스한 유머 포인트를 내장하고 있다는 것이 흥미롭다. 더 재미있는 것은 상대의 말을 통해 어느덧 자신이 염소가 되었다고 상상하며, 이제는 반은 인간이자 반은 염소가 된 것처럼 화자가 말하기 시작하는 점이다.

"너 모자 크니까 빌려줘/너 손이 크니까 잡아줘"라는 말은 "돌도 씹어 먹을 나이지"라는 말보다 구체적이고 다정한 인상을 전해주지만 상대가 보는 '내'가 진짜 '나'인지 의문을 품게 하다는 점에서 여전히 오리무중이다. 내가 모자가 크다고? 내가 손이 크다고? 그런 사람이 되면 좋겠다는 바람과 현재 내가 그런 사람이라는 것은 다른 문제이다. 그래서 선뜻 상대방의 요청에 응답하지 못하고 "저요? 제 손요?"라고 반문한다. 이처럼 유계영은 타인의 요구에 자신을 포기한 채로 쉽게 응답한다기보다는 역시 적절한 반발력과 거리두기를 통해 상대의 규정으로부터 미끄러지면서 자유 감각을 확보한다. 그렇다고 타인의 오해에 강한 공격을 돌려주지도 않는데 "저요? 제 손요?"라고 두 번 반문하는 자신의 습관에 사람들이 '왜 너는 두 번씩 우니?'라고 비난할 때에도 오히려 잔디를 씹으면서 예절 바르게도 "별 뜻 없어요 습관이에요"라고 말하는 장면을 보면 드러나는 반발 대신 부드러운 딴소리에 빠지는 것처럼 보인다.

하지만 이것이 전부는 아니다. 염소이지만 생각하는 염소이고, 뿔은 뿔이지만 단단한 뿔이 아니라 찰랑거리는 액체성의 뿔이며, 상대방을 곧바로 들이받는 대신 해변의 커다란 바위를 향해 액체성의 뿔을 들이받는 독특한 시간차 공격과 거리조정이 수행된다. 앞선 인용문에서, "바깥은 무시와 모멸의 거리이지만, 스타벅스에서는 자신의 실체는 드러내지 않으면서 자유롭게 행동하고 표현할 수 있는 '공공가면(public mask)'을 쓸 수 있어 자신을 보호할 수 있다. 자신을 보호하기 위해 필요한 것은 관심으로 인한 간섭이 아니라 무관심과 거리두기에 의한 존중"임을 기억해보자. 유계영은 특유의 상상력과 시 쓰기를 통해 타인의 규정과 간섭이 작동하는 현실의 공간을 적절한 무관심과 거리두기에 의한 존중이 가능해지는 공간으로 뒤바꾼다. 같이 있지만 홀로 있으며, 홀로 있지만 같이 있으려는 이러한 태도를 우리는 신체적 공현존으로 이해할 수 있으며, 이때 '염소'는 일종의 타인의 몰이해에서 오는 억압이기도 하지만 자기 정체성을 드러내는 가면일 수도 있다는 점에서 일종의 타협물, 즉 '공공가면'으로 이해할 수 있다. 그렇다면 스타벅스화 된 공간에서 염소 가면을 쓰고 있는 유계영의 화자는 이제 무엇을 하려는 것일까? 이를 이해하기 위해 인용시의 후반부를 더 읽어보자.

먹는 내가 있습니다 커다란 바위 하나는 다 먹을 겁니다
찬사와 야유를 퍼붓던 사람들 모두 나의 건강을 염려하기 시작합니다 돌
이라니 어쩌자고 그런 것을 먹으려는 거야? 죽으려는 거야? 하고 울고 있습
니다 사람을 녹이면 무슨 색깔일까요
생각을 멈추지 않습니다 오래된 돌의 기억이 머리 위로 쏟아집니다
부유물이 많고 투명합니다

돌을 씹어먹는 다른 사람이 나타날 때까지 해변에 남기로 합니다
누군가 나를 향해 미소 짓는다면
저요? 저 말이에요? 혼자 열심히 쪼개지면서요

　　　　　　　　　　　　　　　　　　　　　　　　　-「웃는 돌」부분

첫 번째와 두 번째 시집까지 미니 로켓과도 같은 솟구침의 기능을 씩씩

하게 담당했던 신체 기관이 '발'이라고 한다면 세 번째 시집에서 중요해진 것은 이제 '이빨'이다. 예를 들어 "거울 속에서 이상한 사람을 만났습니다. 흰 치아를 딱딱 부딪치며 비춰보고 있었어요."(「맨드라미」)라든지 "푸주간의 창밖에 비가 오는 것은 모른다/빛을 향해 자라나는 토끼의 앞니를 모른다"(「치(齒)」)와 같은 구절들은 개별적인 시편들의 다른 장면에서 읽으면 그 자체로 너무 기이해서 역시 광화문 이순신 동상 밑에서 깨어난 것처럼 영문을 모르고 우리를 어리둥절하게 만든다. 하지만 세 번째 시집 마지막에 실린 인용 시를 읽다보면 이번 시집에서 이빨들이 등장하는 이유를 유추해볼 수 있다. 이 염소는 뿔이 단단하지 못하고 찰랑여서 바위를 들이받지는 못하지만 바위 하나를 씹어먹을 수는 있다. 발이 '여기'에서 '저기'로 공간의 이동을 전제로 한다면 이빨은 '여기'에서 '여기'를 뒤바꿀 수 있는 섭식의 최전선 기관이다. 이빨은 항상 그 자리에 있지만 언제든 먹은 것을 내부에 보존하되 전혀 다른 물질로 만들어낸다. 그러니까 세 번째 시집에 이르러 유계영의 현실 인식은 다른 곳을 꿈꿀 수 없을 만큼 더 절망인 것이 되었지만 그만큼 더 끈질기고 오랜 생존 의지를 불태우는 쪽으로 바뀌었다고 말할 수도 있겠다.

염소가 바위를 씹어먹기 시작하자 사람들은 이번에도 간섭을 한다. 왜 그걸 먹니, 죽으려는 거니? 그 말들의 구석구석을 씹는다. 돌을 씹듯이, 말을 씹는다. 유계영은 마침내 사람들의 간섭이 희미해진 해변에 남아 "뱃속에 돌을 모아 작은 해변이 될 계획"(「해는 중천인데 씻지도 않고」)을 세우는 것인지도 모른다. 자신과 같은 사람이자 염소인 누군가가 나타나 같이 돌을 씹어먹기를 기다리며. 이 해변을 신체적 공현존의 공간으로 만들기 위해. 또 누군가 나타나 혀를 쯧쯧, 차며 그게 가능하겠니? 라고 묻겠지. 유계영은 "저요? 저 말이에요?"라고 두 번 반문하면서, 미끄러지면서, 혼자 열심히 쪼개지면서, 그리고는 마침내 미소 짓는다. 미래라구요? 불안하지 않냐고요? 저는 지금 미래를 씹어먹고 있습니다만.

기지(旣知)와의 조우

― 모두가 알고 있는 SF를 위한 첨언

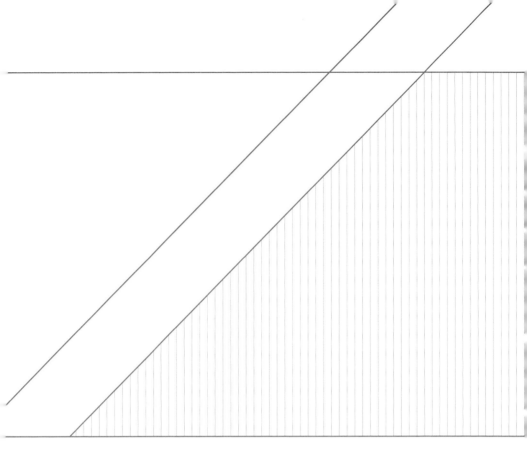

박인성

서강대학교 국어국문과 졸업. 동대학원에서 박사학위를 받음.
〈경향신문〉 신춘문예 평론 부문으로 등단.(2011)
현재 부산가톨릭대학교 인성교양학부 조교수.

기지(旣知)와의 조우
― 모두가 이미 알고 있는 SF를 위한 첨언

SF는 무엇으로 이뤄지는가

나는 SF에 대한 지지부진한 개념 정의와 범주적 이해에서 벗어나 좀 더 직관적이고 기술적인 이해에서 출발하려 한다. 특히 SF를 '과학소설'과 같은 번역어에서부터 정의하려는 케케묵은 시도와 그에 따른 개념 정리의 문제에서도 그만 벗어날 필요가 있다고 생각한다. 최근 들어 SF에 대한 본격비평을 요구하는 일각의 분위기와 달리, 어쩌면 더욱 중요한 것은 SF라는 정식화된 장르를 우선 직관적으로 받아들이고 정확하게 이해하려는 태도일 수 있다. SF는 개념과 범주를 통해 손쉽게 이해되는 장르라기보다는, 일단 독자들에게 받아들여진 텍스트들을 구체적으로 비교·대조·교차하는 작업에 의해서만 조금씩 실감되는 장르이기 때문이다. 그러므로 이 글에서는 우선 그러한 작업을 효과적으로 수행하기 위한 전제들부터 검토하고자 한다.

구체적인 사례를 먼저 살피고 설명을 이어가기 위해서, 테드 창의 소설집 『숨』(김상훈 옮김, 엘리, 2019)에 수록된 첫 번째 작품 「상인과 연금술사의 문」을 살펴보자. 이 텍스트는 일반 독자들이 느끼기에 외견상 SF라고 부르기 어려워 보인다. 배경은 중세의 이집트 일대이며, 이야기의 전개에서도 어떠한 과학적 매개물도 활용하고 있지 않기 때문이다. 현대적인 과학 기술 대신 연금술의 산물인 '세월의 문'이 등장할 따름이다. 물론 연금술이 중세의 과학이라고 말하면 그뿐이지만, 현대인의 기준에서 보자면 연금술은 무지몽매한 중세의 초자연적 미신에 불과하지 않은가? 하물며 세월의 문이라는 오버 테크놀로지에 대해서는 더더욱 황당해할 수도 있다. 그렇다면 이 텍스트는 SF가 아니라 판타지가 되는 것일까? 그러나 문제는 그렇게 단순하지 않다.

대중 독자만이 아니라 SF 마니아들조차도 공유하고 있는 오해 중 하나는 SF가 성립하기 위한 조건으로써 과학 기술의 역할을 과대평가하는 것이다. 흔히 판타지와 SF 사이의 구분이 이야기 전개를 위해 활용하는 구체적인 매개물의 차이일 뿐이라고 조악하게 이해하는 것도 마찬가지 이유다. 단순히 소설적 도구로 과학 기술을 이용하면 SF, 마법적이고 초자연적인 힘을 이용하면 판타지가 되는 것일까? 우리는 그러한 단순한 구분법을 단호히 거절하고 당연히 「상인과 연금술사의 문」을 SF의 범주에 넣어야 한다. 왜 그럴까? 테드 창이 사람들의 인식 속에 SF 작가라고 구분되어 있기 때문인가? 아니다. 오히려 「상인과 연금술자의 문」이 SF로서의 구성 요소를 완벽하게 가지고 있는 작품이기 때문이다. 그 구성 요소들을 하나씩 차근차근 살펴보자.

우선 「상인과 연금술사의 문」은 시간여행이라는 SF의 하위 장르와 일련의 관습들을 명확하게 이해하고 있으며 영리하게 활용한다. 소설의 주인공-서술자가 칼리프를 향해 자신의 경이적인 경험을 고백하는 구술적인 상황 속에서, 주인공에 앞서 세월의 문을 이용해 시간여행을 경험했던 다른 인물들의 일화를 먼저 제시하는 이유가 그렇다. "행운을 만난 밧줄 직공의 이야기"(p.20) "자기 것을 훔친 직조공 이야기"(p.28)는 모두 사람들이 흔히 생각할 만한 시간여행의 관습적 판본들을 제시한다. 이러한 사전 맥락의 제공을 통해서 이 이야기가 특정 장르의 전통과 관습 속에 있다고 독자를 안심시켜주는 과정은 중요하다. 장르 문학의 독자들은 자신도 모르게 관습을 익숙해진 사람들이며, 따라서 관습의 변형과 해체에도 민감하다. 흔히 시간여행 서사는 '우리가 과거의 선택을 바꿀 수 있다면?'이라는, 누구나 한 번쯤을 해봤을 질문 안에 포함된 과거에 대한 후회, 노스텔지어, 역사의 가정법을 통한 대안적 현실을 서사적 주제로 활용한다. 바로 이러한 관습적 이해 속에서 「상인과 연금술사의 문」이 나아가고자 하는 진짜 주제로의 단계적인 진행이 독자들에게는 더욱 선명하게 이해될 것이기 때문이다.

두 번째로, 이 텍스트에서 '세월의 문'은 타임머신의 도상적 변형이다. 그 원리가 과학적이지 않다고 할지라도 독자들은 그 원형이 타임머신이라는 사실을 즉각 인지할 수 있다. 세월의 문은 타임머신의 비유 수준이 아니라 거의 축자적인 변형이며, 달리 받아들일 만한 여지가 없다. 여기서 핵심은 SF의 구성물로서 과학적 매개물이 필수적이라고 말하기 어렵다는 점이다. 구체적인 과학적 매개물의 유무가 중요한 게 아니라 축자적인 방식으로라도 동등한 '기능'을 수행할 수 있는 매개물의 유무가 중요하다. 즉, 독자들이 공유하는 일련의 스키마는 별다른 어려움 없이 과학적 매개물을 다른 사물로 대체한다.[1] 오늘날 대중화된 시간여행 및 타임리프 서사들을 떠

---

1   "SF는 재현에 대한 의심과 양심의 가책으로 인해 손상되지 않았다. 오히려 SF는 재현에 대한 딜레마가 문학에 침투하기 시작한 순간에 장르로서 발돋움하는데, 전통적인 리얼리스트에게서 불안정해지는 것과는 다른 종류의 재현적인 도구를 소유하기 때문이다. (……)

올리면 이해는 더욱 편리해진다. 누가 드라마 〈나인〉(2013)의 향, 〈시그널〉(2016)의 무전기, 〈아는 와이프〉(2018)의 동전을 보고 '저게 말이 되냐'고 진지하게 질문할까? 마찬가지로 이 텍스트에서 '세월의 문'은 독자의 스키마를 통해 타임머신의 위상과 기능을 대신한다. 다만 세 개의 세월의 문이 제한적인 타임머신의 여러 버전일 따름이다.

마지막으로 이 텍스트는 시간여행 서사의 공식 혹은 문법을 전유하면서 정식으로 비튼다. 앞서 관습의 차원에서 기성의 시간여행 서사를 강력하게 환기했듯이, 테드 창은 흔히 시간여행 서사가 기본형의 공식으로 삼고 있는 '과거를 구원함으로써 현재까지 구한다'라는 전형적 공식과 문법에서 의도적으로 벗어난다. 「상인과 연금술사의 문」에서 액자 구성을 통해서 시간여행의 이야기를 반복할 때, 이미 이러한 주제 의식이 드러난다. 특히 테드 창은 자신의 일관된 관심사인 '자유의지'와 관련해서 역설적인 메시지로 나아가는데, 삶은 개인의 자유의지와 무관하게 거의 결정된 것이나 다름없다. 하지만 이 이야기가 삶의 결정론적인 필연성을 말하는 것이 아니다. 시간여행을 통해 아내의 죽음이라는 과거를 바꾸는 것이 아니라 그 죽음에 대하여 자신이 외면했던 것이 무엇인지와 마주하는 과정을 통해서만 자유의지는 긍정된다. 아이러니한 표현이지만, 모든 것이 결정되어 있기에 인간은 비로소 자유로울 수 있다. "과거의 잘못을 돌아볼 기회를 얻었고 알라가 어떤 방식의 구제를 허락하시는지 깨달았기 때문"이다. "그 무엇도 과거를 지울 수는 없습니다. 다만 회개가 있고, 속죄가 있고, 용서가 있습니다. 단지 그뿐이지만, 그것으로 충분합니다."(p.58) 과거를 바꿀 수 있는 것이

SF에는 스키마가 있다. 우리가 축자성이라고 부르는 것, 세계를 재현하는 것이 아니라 세계에 대한 우리의 사유를 재현하는 시각적 물질성을 사용하는 것이다." 프레드릭 제임슨, 「하이퍼공간에서」, 박인성 옮김, 『자음과 모음』 2016년 봄호, pp.160-161.

아니라, 과거를 더 잘 이해할 수 있게 되었을 때 삶 전체에 대한 수용의 태도는 의미가 있다.

　나는 지금 정형화된 차원에서 장르를 구성하는 요소를 언급하고 있다. 토마스 샤츠의 논의를 빌리자면 오늘날의 장르란 사회와 문화를 포괄하는 시스템에 의해 구성된 정형(定型)이지, 그럴듯한 분위기나 스타일이 아니다.[2] 따라서 장르란 복잡하고 기기묘묘하게 정리되어야 하는 이론적인 개념이 아니라, 텍스트가 발생하고 유통되며 다시 피드백을 획득하는 전체 '시스템' 위에서 기술적으로 형성된 관습의 체계다. 좀 더 세부화한다면 장르는 통상 '관습'(convention)과 '도상'(icon), 그리고 내러티브 문법 혹은 '공식'(formula)과 같은 구성물들의 결합으로 만들어진다. 이때 관습과 도상이 범주적인(categorical) 장르 개념에 부합한다면, 공식과 문법이란 기술적인(descriptive) 장르 개념에 부합한다. 더욱이 공식 혹은 문법의 영역이 흔히 플롯을 포함하는 서사 전략의 영역임을 환기한다면, SF라는 포괄적 장르 내부에서 하위 장르를 특징짓는 것은 큰 틀의 관습에서 파생된 서사적 공식과 그 문법적 변주라고 말할 수 있다.

　여기까지 살펴봄으로써 테드 창의 「상인과 연금술사의 문」이 왜 SF로 구분되기에 하등의 문제점이 없는지를 선명하게 이해할 수 있다. 중요한 것은 이 텍스트가 일반적인 시간여행 서사의 관습을 참조하고 있음에도, 도상에 있어서는 중세적 연금술이라는 변형된 이미지를 활용하며, 서사 공식과 문법에 있어서는 기존의 관습을 의식하면서도 세련되게 갱신한다는 사실이다. 장르란 관습적 원칙들에 대한 이해와 준수를 통해서만, 거기에서 파생된 문법과 공식이 얼마나 갱신되는지 혹은 퇴보하는지를 독자들에

2　토마스 샤츠, 한창호·허문영 옮김, 『할리우드 장르』, 컬쳐룩, 2014, pp.41-51.

게 명확히 전달한다. 테드 창은 소위 하드 SF 작가로 분류되지만, 그처럼 손쉽게 SF의 관습과 문법을 명징하게 이야기 내부에서 녹여내는 작가를 나는 알지 못한다. 그리고 마찬가지로 굳이 이상적인 모범 독자를 상정하지 않더라도 대중 독자 일반은 자신이 읽어온 지금까지의 텍스트들을 통해 관습이나 도상, 공식화된 이야기 논리를 은연중에 학습하고 꽤 정확하게 이해하고 있다.

이러한 구성물들을 통해서 장르를 이해하는 방식은 장르 문학 일반에 대해서도 유사하게 활용할 수 있다. 그러나 여전히 SF를 설명하는 논리로서는 충분하지 않은데, SF라는 포괄적인 장르를 단번에 정리할 수 있는 관습이나 도상, 공식이란 존재하지 않기 때문이다. SF에 대하여 많은 사람들은 각자 여러 가지 내용들을 떠올리겠지만, 실제로 대화를 나눠본다면 그 대부분은 서로 상이한 것들일 수밖에 없다. 데이비드 시드에 의하면 "SF가 한마디로 정의되기 어려운 속성을 지니고 있으며 여러 다른 장르들이나 서브 장르들이 서로 교류하는 방식이나 영역으로 이해하는 것이 더 도움이 될 것"[3]이다. 더욱이 오늘날의 모든 문화콘텐츠에서 장르의 위상은 고전적이고 규범적인 형태로 실재한다기보다는, 메인 장르와 서브 장르 사이의 적극적인 혼합을 통해서 구성된다. 일차적인 장르에 대한 이해는 사실 수용자들의 손쉬운 접근을 위한 사실상의 입구를 제시할 뿐, 실제 텍스트는 언제나 일차적인 장르 이상의 혼합적인 양상을 띤다. SF 텍스트들은 가장 구체적이고 다양한 장르 결합을 통해서 자신의 관습적 구성물들을 새롭게 갱신하고 있다. SF는 능동적으로 경계를 해체하는 장르라기보다는 '경계선

---

3   David Seed, *Science Fiction: A Very Short Introduction*, Oxford University Press, 2011; 장정희, 『SF장르에 대한 이해』, 동인, 2017, p.12 재인용.

의 장르'이며, SF 하위 장르 사이의 '구별 짓기' 혹은 서로 다른 독서 과정의 경험을 통해 장르의 경계선을 좀 더 정교하게 확장하는 장르다.[4]

다형 장르이자 하위 장르로서의 SF

앞서 나는 관습과 도상, 그리고 공식을 장르 이야기의 핵심적인 구성물들이라고 언급했으나, SF라는 장르의 실제 텍스트를 살펴볼 때 이러한 구성물들의 결합이 매끄럽지는 않다. 물론 SF를 구성하는 조건들은 다른 주변 장르들과 언뜻 크게 달라 보이지 않는다. 그러나 좀 더 구체적으로 살펴보게 되면 전혀 그렇지 않다는 사실을 알게 될 것이다. SF는 주변 장르와 마찬가지로 자신만의 관습, 도상, 공식들을 확보하지만, 실제로 그 결합 방식에서는 좀 더 예외적인 특징을 가진다.

일단 SF의 관습은 지나칠 정도로 복잡하고 여러 갈래로 나뉘어 있는데, 이는 SF의 하위범주의 다양성과 직결되어 있다. SF의 하위범주는 지나칠 정도 다양하며, 무엇보다도 하나의 SF라고 도저히 인정하기 어려울 정도로 서로 구별된다. 혹자는 하드 SF의 전통과 소프트한 대중적 SF의 차이를 우선 떠올리겠지만, 하드 SF라는 규정은 하위범주로 이해하기 어려울뿐더러 어느 범주에서나 존재하는 일부 작가주의적 경향으로 이해하는 것이 편리하다. 앞서 나는 작가주의적 전통이 아니라 토마스 샤츠가 강조하듯 '시

4 　"분명 같은 SF 계열의 작품임에도 불구하고 코맥 매카시와 조나단 레넘의 작품이 필립 K. 딕의 작품과 동일한 장르인 것은 아니다. 부르디외가 말한 '구별 짓기(distinction)' 과정에서도 서로 각각의 몫들이 존재하듯, SF 작품들 사이의 차별성 또한 서로 다른 독서의 공공성을 요청하는 방식으로 열려 있는 것이다." 프레드릭 제임슨, 앞의 글, pp.158-159.

스템' 중심의 장르 구분을 내세웠다. 오늘날의 SF에 대한 대중적 이해는 특정한 작가 개인의 텍스트가 아니라 SF 텍스트들이 수용자 일반에게 철저하게 통용되는 과정 중에 사회화되는 힘에서 비롯되기 때문이다.[5] 순수문학의 전통과는 다르게 결국 장르 문학이란 소수의 정전화된 작가 개인이 아니라, 사회적 체계 속에서 구성된 장르적 전통을 통해서만 정확하게 지시될 수 있다.

우선 SF의 관습은 꽤 보편적으로 인정받는 하위범주들을 통해서만 구체화된다. ① 스페이스 오페라 ② 시간여행과 대체역사 ③ 외계인 ④ 사이버펑크 등이 그것이다.[6] 문제는 이들 각각의 하위 장르들이 너무나 제각각의 방식으로 관습과 도상 및 공식을 형성하고 있다는 점이다. 특히 관습과 도상 차원에서는 전통적인 내용을 서로 간에 공유할 수 있겠지만, 세부 이야기 공식의 차원에서는 그러기 힘들다는 점이 SF 하위 장르들의 특징이다. 오히려 이들 하위 장르들의 이야기 공식은 SF 내부의 다른 하위 장르와 호환되기보다는 오히려 별도의 인접 장르와 더 잘 호환되는 모습을 보인다. 예를 들어 스페이스 오페라의 이야기 공식은 SF의 공통적 요소로 확장되기보다는 좀 더 고전적인 인접 장르와 긴밀하게 연관되어 있다. 달리 이야기하자면 SF는 관습과 도상에 있어서는 둘째치고라도 이야기 공식에 있어서 지나치게 나이브한 장르라고도 말할 수 있을 것이다.

확장하여 정의하자면, SF란 보통 '공식'보다는 '관습'과 '도상'으로 쉽

----

5   "천재는 시스템이다"라는 토마스 샤츠의 말은 비단 헐리우드 장르 영화에 국한되지 않고, 오늘날의 온갖 장르적 전통을 이해하기에 더할 나위 없이 중요하다. 개개인의 작가가 중요한 것이 아니라, 그러한 관습 및 도상, 공식을 공유하며 점점 더 세련화시켜나가는 전체 작가군, 그리고 그에 대한 피드백을 통하여 더 많은 장르적 변화들을 요구하는 독자 및 관객의 존재에 의해서만 장르란 실체화될 수 있다. 앞의 책, pp.19-36.

6   장정희, 앞의 책.

게 대변되는 장르라고 말할 수 있다. 그러나 이때 '공식'은 단순히 부재하거나 해체되는 것이 아니다. SF 하위 장르들은 각기 다른 인접 장르의 이야기 문법이나 공식들을 차용함으로써, 그것을 SF 특유의 관습과 도상에 맞추어 좀 더 개성적인 이야기 논리로 재활용한다. 다소 폭력적으로 들릴지도 모르겠지만, SF라는 장르는 자기에게 부재하거나 약소하게 존재하는 서사 전략상의 공식을 기타 주변 장르에서 강탈하듯 손쉽게 가져오는 경향이 있다. 가장 대표적으로 대중적 장르로 발전한 SF의 하위 장르인 스페이스 오페라 역시 우주여행과 우주선이라는 도상에 '활극'이라는 대단히 나이브한 이야기 공식을 결합한다. 이때의 활극이란 물론 정확한 이야기 공식은 아니며, 더 구체적으로 말한다면 아주 고전적인 신화에서부터 그리스 비극이나 서사시, 중세의 멜로드라마, 근대의 서부극에 이르기까지 다양한 이야기 공식을 포괄하는 손쉬운 표현이다.

　예를 들어 스페이스 오페라의 대표적인 텍스트로 꼽히는 〈스타워즈〉의 경우, 이제는 전설이 되어버린 각종 도상적 이미지들을 새롭게 선보였으나 이야기 공식에서는 고전적인 영웅담을 그대로 가져왔음이 분명하다. 조셉 캠벨의 『천의 얼굴을 지닌 영웅』(이윤기 옮김, 민음사, 1999)이 그것이다.[7] 하지만 〈스타워즈〉의 이야기는 영웅담에 그치지 않고 멜로드라마적 공식 또한 전유한다. 멜로드라마의 이야기 공식은 이분법적인 선과 악의 대결구도를 통해서 세계를 의도적으로 압축하고 갈등을 재현하며, 최종적으로는 사회를 정화하고 재구성한다. 이 텍스트가 특히 결말에 있어서 멜로드라마를 참고하고 있다는 사실은 분명한데, 〈스타워즈 에피소드 6: 제다이의 귀환〉

〰〰〰〰〰〰〰

7　"조지 루카스도 캠벨의 영향을 받았음을 인정하였다. 영웅은 출발, 입문, 귀환의 3단계를 거치는데, 자신의 세계에서 벗어나 힘의 원천에 대해 통찰을 거쳐 자신을 발견하고 자신이 속한 세계를 구원하는 것으로 귀결된다." 장정희, 앞의 책, p.41.

(1983)에서 최종적인 승리를 거두고 나서, 승리의 축제를 즐기는 장면은 아주 전형적 멜로드라마적 결말의 반복이다. 이러한 세레모니의 가장 큰 특징은 결과적으로 도덕적인 선의 승리로 사회가 정화됨에 따라, 선과 악의 이분법적 대립은 물론이고 산 자와 죽은 자 사이의 경계가 무화되면서, 이미 죽은 악인들까지도 아무런 위화감 없이 축제에 참여할 수 있다는 사실이다. 과거의 은원마저 극복하고 다스 베이더(아나킨 스카이워커)가 요다 및 오비완 케노비와 나란히 서있는 장면처럼 말이다. 이렇게 고전적인 이야기 공식의 효과적인 전유와 결합을 통해서 누구나 알고 있는 익숙하고 뻔한 이야기가, SF의 관습 및 도상과 효과적으로 결합하면서 새롭고 창조적인 텍스트로 변모한다.

〈스타워즈〉는 너무나 보편적인 한 가지 사례일 뿐이다. 스페이스 오페라 장르는 필요하다면 그처럼 『오디세이아』와 같은 영웅적 서사시(《우주선장 율리시스》)나 도덕적 우화로서의 멜로드라마를 전유하기도 하고, 서부극을 전유하기도 하며(《우주해적 코브라》,〈가디언즈 오브 갤럭시〉), 복합적인 로드 무비가 되거나(《은하철도 999》), 더 나아가 온갖 장르가 마구 뒤섞인 혼성 장르가 될 수도 있다(《카우보이 비밥》, 『덴마』). 이처럼 한 가지의 하위 장르 아래에서도 서사적 공식 혹은 문법의 전유 양상에 따라서 수많은 인접 장르가 SF와 교류하며 교차하게 된다.

이러한 혼성적 특징을 가지고 있는 또 다른 하위 장르의 대표주자는 사이버펑크다. 사이버펑크는 흔히 〈블레이드 러너〉(1982)가 보여주고 있는 마천루의 도상을 통해서 이해된다. 홀로그램 광고 이미지와 비행형 자동차의 어지러운 움직임을 통해서 화려한 스카이라인을 보여주고 나면, 사이버펑크는 천천히 화려한 커튼을 거두듯 어둡고 습한 도시의 뒷골목으로 서서히 시선을 옮긴다. 유토피아적 이미지 아래 여전히 진창에서 벗어나지 못한 사람들의 피폐한 현실을 폭로하기까지는 오랜 시간이 걸리지 않는다. 이러한 공통적 도상과 그에 따른 주제 의식을 구체화하면서 구성된 관습을 잘 보여주기만 한다면 사이버펑크 장르는 미래 도시의 명과 암을 비추는 온갖 형태의 소재들을 자유자재로 활용할 수 있다. 인공지능과 사이보그, 가상현실과 환각제, 유전공학과 복제인간, 계급과 투쟁, 인간 존재를 되묻게 만드는 온갖 이야기 공식을 활용하면서 사이버펑크는 온갖 폐기물(Punk)을 뒤섞어 새로운 장르적 분위기로 연출한다. 윌리엄 깁슨 같은 사이버펑크 장르의 대표 작가들 역시 자신만의 분위기를 형성하기 위해서 '문화적 콜라주'를 수행한다.[8]

여기까지 오면 오늘날 또 다른 혼성 장르로 발전 중인 아포칼립스나 포스트-아포칼립스와 같은 하위 장르는 굳이 언급할 필요도 없을 것이다. 이제 SF란 단어는 현기증 날 정도로 많은 장르적 구성물들이 교차하는 일종의 양자역학적 터널에 가깝다는 사실이 분명해 보인다. 따라서 SF 텍스트를 규범적인 차원에서 SF라고 애써 규정하는 이론적 행위에는 사실 별다른 이점이 없다는 게 분명해진다. 오히려 SF 텍스트를 논할 때는 그 기술적 특징에 따라, 실질적인 하위 장르의 차원에서 따질 때만 장르적 관습에 따른 독서 과정과 그 의미에 도달할 수 있다. 이러한 경향은 최근 들어 SF의 하위 장르들이 아예 SF라는 큰 틀의 규정으로부터 점점 벗어나, 거의 독립적인 장르로 받아들여지는 상황과도 무관하지 않다.

---

8 "여러 스타일의 혼성인 파스티셰(pastiche)를 만들어내는 포스트모던 작가들의 영향으로 깁슨은 다른 장르들의 양식을 빌려 와서 SF를 하드보일드 탐정 내러티브, 특히 레이먼드 챈들러와 대실 해밋에 의해 완성된 하드보일드 탐정 내러티브와 혼합시킨다. 주변을 둘러싼 폐기물들을 이용해서 강력한 예술 작품을 창조해내는 정크 예술가들처럼 깁슨은 과거 문학의 조각들과 파편들을 재조합해서 문화적 콜라주를 만들어내고 그 과정에서 과거 장르들을 장난스럽게 전복시킨다." 장정희, 앞의 책, pp.96-97.

대표적으로 시간여행 서사는 SF의 하위 장르 중에서도 오늘날 가장 대중적인 차원에서 독립적으로 수용된 장르다. 최근 이 장르의 수용자들은 시간여행을 소재로 한 영화나 드라마들을 보면서 SF라는 단어를 떠올리지 않는 상황에 이르렀다. 시간여행의 주된 이야기 공식이 미래 사회도, 과학 기술도 필요로 하지 않는 편의적인 타임리프 장르로 점차 집약되면서 일차적인 의미에서의 SF의 관습과 도상은 그 영향력이 약화하기 시작한 것이다. 어쩌면 먼 미래에 SF가 가장 대중화되는 순간, 더이상 포괄적인 의미에의 SF라는 단어는 거의 기능하지 않을지도 모르며, 제각각의 하위 장르들만이 실재할 수도 있다. 그것은 미래의 SF에 대하여 비관적인 전망이라기보다는 차라리 낙관적인 전망일 것이다.

그러한 전망을 고려하면서 현재의 SF에 대한 포괄적인 정의는 '다형 장르'라는 표현으로만 가능하다. 물론 원론적으로 모든 장르는 다형 장르일 수밖에 없으나, SF는 더욱 본질적인 장르의 구성적 차원에서 주변 장르 사이의 적극적인 혼성성을 내포한다. SF는 자신의 관습과 도상에 대한 참조 속에서 공식에 대한 교류를 통해 시시각각 자신의 장르적 경계까지도 재구성하는 데 익숙하다. 따라서 SF는 단순히 그 구성요소를 타 장르를 빌려 온다기보다는, 전략적으로 자기 주변 장르와 함께 결합하고 교차할 수밖에 없다. 구심적으로 자기를 확장하기 위해서 주변을 빨아들인다기보다는 오히려 원심적으로 확장하면서 서로를 발전시키는 장르, 그렇기에 SF란 자신의 규범과 공식에 충실할수록 하위 장르로서는 반드시 다른 장르와 연결될 수밖에 없는 장르다.

별자리에서 출발하여, 다른 별자리로

앞선 논의를 전제로 했을 때, 비로소 오늘날의 독자들은 주목할 만한 한국의 SF 문학 텍스트들을 마주하고 있는 것 같다. 2010년대 초반 순문학장에서 호들갑을 떨며 '장르 문학적 상상력'이니 '문학의 경계 가로지르기'를 운운하며 SF를 도구적으로 활용하여 폐쇄적인 순문학의 외양을 확장하기 위한 시도로 받아들이고자 했던 소모적인 시기는 지나갔다. 이제 SF를 포함한 장르 문학 각각은 독립적이면서도 생산적인 방식으로 자신을 발음해야 하는 시기다. 무엇보다도 오늘날의 현상을 지켜본다면, 과거 순문학장의 기대와는 정반대로 우리가 SF에게 손을 내민 것이 아니라 거꾸로 SF가 우리에게 먼저 왔다는 게 더 정확한 표현이다. SF가 가지고 있는 다형 장르로서의 성격 때문에 문화콘텐츠의 일반 수용자로서의 우리는 어떤 형태로든 SF와 필연적으로 만나게 되었기 때문이다.

현재 한국 SF는 순문학과는 구별되는 독립적인 문학장을 구성하고 있는 것처럼 보인다. 하지만 SF 문학장에 필요한 것은 고전적인 비평의 형태는 아닌 것 같다. "이제 한국 SF의 위상이 예전보다 높아졌으니 그에 걸맞은 담론과 비평이 필요하다?" 글쎄, 오히려 그 주장은 순문학이 과거에 SF를 편의적으로 포섭하려 했던 시도만큼이나 공허해 보인다. 장르에는 장르의 논리가 우선한다. 문제는 SF의 위상을 높이기 위한 그럴듯한 '해석'이나 '의미' 부여를 위한 담론이 아니라, SF가 가지고 있는 확장력만큼이나 그에 대한 독서와 이해를 동시대의 현실과 나란히 가져가려는 시도일 것이다. 그리고 그 과정 중에서 SF 작가들에 의해서 수행되는 실천적인 시도들을 정확하게 바라볼 수 있는 관점들을 생산하는 것이다.

SF라는 복잡한 장르적 복합체에 효과적으로 접근하기 위한 방식은 다양하겠지만, 우선 나의 주장은 단순하다. 장르는 장황한 해석을 덧붙인다고 해서 더 설득력을 얻는 것이 아니라, 자신의 개별적인 관습과 공식에 정확해질수록 더 보편적인 설득력을 얻는다. 개별적 텍스트들은 밤하늘의 별처럼 많으며, 장르는 마치 성좌 구조처럼 형성된다. 하지만 그것은 단순히 모든 작가가 제각각 개별적 장르나 다름없으며, 모든 텍스트가 고유한 장르로 인정받아야 한다는 말이 아니다. 하나의 텍스트의 개별 장르가 되기 위해서는 수많은 별 사이에서 자신만의 성좌 배열을 확보해야 한다. 그리고 그것은 장르에 대한 엄밀한 이해만큼이나 복잡하고 어려운 작업이다. 따라서 나는 단순히 장르라는 레테르를 달고 있는 개별 텍스트가 그저 자유로운 창작법 속에서 자연 발생적으로 독립적인 장르가 된다는 말을 믿지 않는다. 더 나아가 하드 SF나 작가주의적 SF가 소프트하며 대중적인 SF보다 더 독창적이라거나 순문학과 비등한 고유의 해석적 가치를 인정받는다고도 생각하지 않는다.[9] 장르 문학의 진정한 독창성은 영리하게 장르의 관습을 알고 적절한 도상과 소재를 활용하되, 거기에 조금 새로운 이야기 공식과 문법을 결합하면서 형성된다.

비평의 언어가 SF 텍스트를 순문학만큼이나 숭고한 영역으로 가져가기 이전에, 더 정확한 장르적 이해를 형성하기 위한 더욱 손쉬운 언어와 접근

---

9   서사 장르 일반에 해당되는 것이겠지만 특히 훌륭한 장르적 이야기가 장르 관습에서 벗어나려는 시도에 있다고 여기는 태도에 대해서는 로버트 맥키의 경고를 참조하는 것이 가장 생산적이라고 생각한다. "절대로 독창성을 얻기 위해 기이한 시도를 하는 실수를 저질러서는 안 된다. 오직 남과 색다르게 보이기 위해 색다른 방식을 택하는 것은 상업적인 요구를 노예적으로 수용하는 것만큼이나 공허할 뿐이다. (……) 현명한 예술가라면 단지 관습을 깨뜨리겠다는 이유만으로 그럴 만한 여지가 있는 어떤 일도 절대로 하지 않는다." 로버트 맥키, 『스토리 : 시나리오 어떻게 쓸 것인가』, 고영범·이승민 옮김, 민음인, 2011, p.18.

법이 필요하다. SF는 누구에게나 쉽게 읽힐 수 있으며 접근성이 좋지만, 장르적 복잡성 때문에 다양한 오해를 불러일으키는 경우도 많다. 따라서 그 장르적 논리를 정확하게 이해하는 일의 중요성은 아무리 강조해도 부족하다. 한 편의 독립적인 장르 텍스트가 오랜 역사를 통해 형성된 장르적 관습과 도상, 그리고 이야기 문법을 준수하며 쓰였다는 사실을 알아차리기 위해서는 독자들 역시 그만큼의 장르에 친숙해질 수 있는 이야기 생산과 소비의 시스템이 갖추어져야 한다. 그러한 시스템의 확보는 서브 컬처 문화에 깊숙이 파고 들어간 매니아적 능동성과는 결이 다른 것이다. 일반 관객과 독자들은 우주적 세계관이나 무수한 설정들, 의미의 무한한 확장이 즐거워서 장르를 즐기는 것이 아니다. 오히려 비슷하면서도 조금씩 다른 이야기들을 읽어나가는 과정에서 공통적인 관습이나 이야기 논리가 지향하는 관습적인 힘을 경험하게 해주는 것, 즉 이야기가 제시하는 사회적인 인식의 재미야말로 장르가 가진 힘이다. 우리는 요 10년 사이에 놀랄 만큼 빠르게 '마블 시네마틱 유니버스'(MCU)와 같은 미국식 히어로 무비의 관습과 문법을 완벽하게 파악한 대중 관객들의 적응력을 확인했지 않은가? MCU 역시 SF의 한가지 하위범주임을 생각한다면, 여기에서 배워야 하는 것은 SF의 관습과 도상, 문법이 좀 더 선명하게 독자들에게 스키마로서 확보될 수 있게끔 더 정확한 SF 텍스트와 SF에 대한 담화들(나는 비평이라는 표현을 애써 지양하려 한다)을 주고받을 필요가 있다는 점이다.

특정 장르 텍스트가 그 장르의 관습과 문법을 효과적으로 활용하고 자기 나름의 결과물에 이르렀다면 그것만으로 인정받는 풍토가 구성되어야 하는 것이 우선 필요하다. 그러한 텍스트를 뻔하고 진부한 이야기라고 회피한다면, 정작 장르 문학장이 앞장서서 장르 문학 자체를 소외하는 결과가 벌어질 것이다. 그렇게 된다면 장르적 관습과 문법을 제대로 이해한 것도 활용할 수 있는 것도 아니면서 다만 그것을 도구적으로만 소환해서 제멋대로 해체할 뿐인 유사-장르적 글쓰기들을 부정할 수 없게 된다. 그러한 시도가 마치 장르와 순문학 사이의 경계를 넘나드는 성취인 것처럼 손쉽게 말하는 비평적 언어에도 휘둘리게 될 것이다.[10] 특정한 텍스트가 장르 문학으로서 훌륭한 이유를 장르의 논리로 설명할 수 없다면, 역설적으로 그 텍스트를 비평적 언어로 확장해서 읽어야 하는 이유 역시 설명하기 어렵다. 마찬가지로 장르 텍스트를 정확하게 장르적 논리로 상찬할 수 있다면, 비평의 언어 역시 자연스럽게 장르적 논리가 작동하는 곳에서 함께 움직일 것이다.

이러한 논리를 그대로 가져온다면, 김초엽의 『우리가 빛의 속도로 갈 수 없다면』(허블, 2019)에 수록된 텍스트들은 단순히 문학적 해석 가능성이 풍성한 SF라서 좋은 것이 아니라 아주 섬세하고 정확한 장르적 시도를 수행하고 있기에 높게 평가하지 않을 수 없다. 이 텍스트들은 어설픈 하드 SF 류의 소설들과는 명백하게 구별되는데, SF를 온갖 복잡한 세계관과 자질구레한 설정들이 아니라 특정 하위 장르의 범주에서 정식화된 이야기 문법으로 독자에게 아주 선명하게 전달하고 있기 때문이다. 다른 이유에서가 아니라 SF의 관습과 도상, 문법에 충실하면서도 동시대적 현실과의 연결성을 통해서 능동적인 해석까지 유도하는 텍스트는 어느 때든지 드물다. 이 책

◇◇◇◇◇◇◇◇◇◇◇◇◇◇

10 물론 장르를 구성하는 논리들은 법칙(law)이 아니라 원칙(rule)의 문제다. 법칙이 반드시 준수해야만 하는 기준이라면, 상대적으로 원칙은 그것을 충분히 이해하고 활용하는 과정 중에 비틀거나 새롭게 갱신하는 것이 가능하다. 그렇다고 해서 원칙의 활용이 원칙의 해체나 변형으로만 이루어진다면, 그래서 장르 텍스트가 원칙과 논리에서 멀어져버린다면 그것을 장르 텍스트라고 말하기 어려워진다. SF를 그럴듯한 분위기의 액세서리 정도로 활용하는 순문학과 하드 SF는 사실상 점점 구분하기 어려워질 수밖에 없는 것도 사실이다.

의 수록작들은 우선 좋은 이야기일뿐더러, 좋은 SF라는 이중 과제를 매끄럽게 달성한다.

수록작 「스펙트럼」은 SF의 하위 범주인 퍼스트 콘택트(First Contact)의 관습에 있는 장르다. 미확인비행물체 혹은 관련 생명체와의 '근접 조우'(Close Encounter)와 관련된 원칙을 포함하여, 외계인과의 포괄적인 접촉을 다루는 퍼스트 콘택트 장르는 머리 라인스터(Murray Leinster)의 동명소설이나, 스티븐 스필버그의 〈미지와의 조우〉(1977)와 〈E. T.〉(1982), 그리고 〈스타트렉〉 세계관의 설정 및 에피소드로도 유명하다. 특히 〈스타트렉〉에서 설정의 핵심은, 광속을 돌파하는 고도의 기술력을 가진 행성인은 그렇지 않은 문명의 행성인들에게 함부로 접촉해서는 안 된다는 제약과 금기의 논리다. 이 논리는 당연히 서사적인 방식에서는 언제나 예외적인 접촉을 야기한다. 퍼스트 콘택트 장르는 그 관습에서부터 서사적 공식이 모두 선명하게 정해진 장르다. 그렇다면 김초엽의 「스펙트럼」은 소설 서두에 이미 이러한 장르의 관습들을 모두 환기하고 있으며, 그러한 관습을 준수하면서도 영리하게 벗어날 수 있는 이야기 공식으로 진입한다. "하지만 지금은 원칙이 무의미했다. 희진은 무력했고, 가진 도구도 장비도 없었으며, 죽어가고 있었다."(67쪽)

퍼스트 콘택트 장르에서 '접촉'이란 단어는 이미 이 장르의 이야기적 공식과 문법을 암시한다. 외계인과의 접촉이란 인간성으로 환원할 수 없는 타자성과의 조우, 언어를 극복하는 의사소통, 동시에 공동체적 의식 등등의 주제로 구체화된다. 따라서 이야기의 전개 논리 역시 상대방에 대하여 알아가면서도, '인간'에 대해서는 부주의하게 너무 많은 정보를 제공하지 않는 것이다. 이러한 논리의 극화는 이질적인 인물들 사이의 심리적 긴장 상태를 부풀리고, 불가피하게 발생하는 의사소통상의 장애나 오해를 제거해 나가는 방식으로 전개된다. 물론 그 결과가 언제나 긍정적인 것은 아니며,

퍼스트 콘택트 장르는 일정 부분 스티븐 스필버그의 〈미지와의 조우〉와 조지 웰즈의 소설 『우주전쟁(The War of the Worlds)』(1898) 사이의 미묘한 경계에 있다. 즉, 우호적인 환대 혹은 공포스러운 외계인 침공(alien invasion) 장르를 동시에 의식하고 환기한다. 이러한 장르적 공식은 테드 창의 저 유명한 「네 인생의 이야기」(『당신 인생의 이야기』, 김상훈 옮김, 엘리, 2016)에서도 크게 다르지 않다. 핵심은 외계성과의 접촉이 근본적으로는 인간 자신을 낯설게 보기 위한 새로운 발견의 순간이 된다는 점이다.

「스펙트럼」은 해당 장르를 일부 충실하게 따르면서도 정교하게 구체화된 주제와 이야기 공식으로 그것을 다듬는다. 이 텍스트는 미지성과의 접촉에 따른 의사소통과 이해의 과정을 복잡하게 설정하기보다는, 아주 선명한 행위 차원으로 옮겨놓는다. 바로 약자에 대한 '돌봄'이라는 윤리적 행위 말이다. 이러한 비약에 가까운 행위가 가능한 이유는 희진이 만나게 되는 '무리인' 가운데 희진을 돌봐주는 '루이'라는 개체의 존재 방식 때문이다. '루이'는 무리인 사회에서 말조차 통하지 않는 약자로 겨우 받아들여진 희진을 보살피는 보호자로서의 역할을 자임하고 심지어 개체를 이어서 떠맡는다. 10년간 4대에 걸쳐 희진을 돌본 '루이들'은 결코 동일한 개체의 반복이 아니라 서로 다른 개체임에도 불구하고 자기 자신에게 남긴 '색체 언어'의 전달 속에서 그러한 책무를 이어받을 뿐만 아니라, 결단을 통해서 타인의 삶을 자신의 것으로 기꺼이 받아들인다. "그들은 결국 같은 루이가 되기로 결정했다. 여기에는 어떤 초자연적인 힘도 작용하지 않는다. 루이들은 단지 그렇게 하기로 했다. 그들은 기록된 루이로서의 자의식과 루이로서의 모든 것을 받아들였다. 경험, 감정, 가치, 희진과의 관계까지도."(p.91) 이러한 루이의 존재 방식은 물론 비약적이다. 그리고 김초엽은 바로 그 비약이야말로 접촉의 핵심임을 주장하는 셈이다.

「스펙트럼」은 퍼스트 콘택트의 미지성을 이해하기 위한 도구는 과학이 아니라 언어이며, 설정이 아니라 행위라는 사실을 환기하며 SF라는 장르를 구체적인 현실로 밀어붙인다. 그리고 '퍼스트 콘택트'가 미지성에 대하여 손쉽게 전제하고 있는 '불확실성'을 오히려 '확실성'으로 뒤바꿔 보여준다. 희진이 사실상 "무력하고 유약한 이방인이었기에 환대받을 수 있었던"(p.94) 것처럼 무리인들 중에서도 루이는 이미 자신의 삶이 그러한 외계성에 대한 비의도적인 환대 속에서 형성되었음을 알고 있는 존재이다. 이 소설의 주제는 외계와의 접촉과 의사소통이라는 차원에서, '루이'가 자기 자신에게 이어지는 삶 자체를 확실성으로 이어받는 과정에서만 정당화된다. 다음 루이가 앞선 루이라는 온전한 타인(외계성)을 자신의 삶으로 받아들이는 총체적인 과정을 통해서만 루이의 삶은 개성적으로 구성되고, 다시 이어진다. 인간성을 선천적인 것이 아니라 하나의 구성적 개념으로 이해하는 것이 보편화된 오늘날에도 김초엽의 시도는 새로운 역설이다. 바로 그러한 구성 자체가 '선천적으로' 외부로부터 온 것이라고 말하고 있기 때문이다. 한 명의 루이가 그전 루이의 존재(외계성)를 받아들이는 순간에 앞선 루이가 기록한 희진의 존재 역시 루이에게는 자기 내부의 실체로 이어진다.[11] 심지어 희진이 무리인들을 떠나 지구로 돌아온 이후에도, 아마 계속해서 이어질 루이의 삶에는 희진이라는 외계성이 빠질 수 없을 것이며, 그것은 희진에게 있어서도, 그녀의 손녀에게 있어서도 마찬가지 운명을, 아니 운명보다 강한 결단을 예고하고 있다.

「스펙트럼」에서 퍼스트 콘택트 장르의 활용은 김초엽에게 있어서 아주

---

11 루이가 루이에게 대를 이어 전달하는 색체 언어의 기록은 라캉이 정신분석적 언어로 이야기하는 주체의 '외밀함'(ex-timité) 자체라고도 말할 수 있을 것이다. 한 개체의 존재를 구성하는 내밀한 본질이란 언제나 외부에서만 출현한다는 의미에서 말이다.

중요한 주제 의식처럼 보인다. 하나의 삶이 가능하기 위해서는 통제할 수 없는 외계성이 이미 내 존재의 일부라는 사실을 받아들이지 않으면 안 된다. 심지어 그것은 하나의 허구처럼, 혹은 온전히 기억할 수도 기록될 수도 없는 영역에 있으며, 언제 사라져도 이상하지 않은 방식으로 가까스로 잔존할 따름이다. 하지만 이러한 외계성이 없다면 인간성은 성립하지 않는다는 검증 과정이야말로 SF의 관습과 문법을 통해서 김초엽이 그려내는 예리한 질문이다. 그렇다면 더 엄밀하게 김초엽이 선보이고 있는 장르적 시도는 퍼스트 콘택트라기보다는 오히려, '지나간 접촉'이며 '잊힌 접촉'이다. 따라서 「스펙트럼」의 이야기는 할머니(희진)에게서 '나'에게로 전달될 뿐인 개별적 이야기이며, 공식적으로 인정받지 못하고 "한 줌의 재"(p.96)가 되는 기록이기도 하다. 그런데도 그것은 필요한 허구이며, 이미 지나가버린 만남에 대한 기록이기에 소설의 형태로, SF라는 장르적 공식으로 발음될 가치가 있는 기록이다.

김초엽의 다른 텍스트 「공생 가설」 역시 마찬가지다. 이 이야기는 「스펙트럼」의 '접촉'에 대한 이해를 더 선명하게 밀어붙인다. 인간의 유아기 언어를 해석하면서 아이들의 목소리가 아닌 다른 존재의 목소리를 번역하게 되었다는 상황이 그것이다. 그 목소리의 주인공들이 이미 머나먼 과거에 사라진 외계 행성의 존재라는 가설을 통해, 「공생 가설」은 퍼스트 콘택트란 이미 우리의 삶 속에서 발생한 과거의 기억임을 다시 한번 강조한다. 그리고 이러한 강조를 통해서 인간성의 원본은 외계에 있으며, 실제로는 재현할 수 없는 퍼스트 콘택트라고 할지라도 그 접촉은 이미 이루어졌다는 사실을 받아들여야 한다고 말한다. "수만 년 전부터 인류와 공생해온 어떤 이질적인 존재들이 있다"(p.128) "우리가 인간성이라고 믿어왔던 것이 실은 외계성이었"(p.129)다는 도발적인 주제를 통해서, 김초엽은 SF가 결국 미래에 대한 전망이 아니라 과거에 대한 정확한 인식과 현재의 운명적 결단 사이에 있는 장르임을 보여주는 것 같다. 그리고 그 결단이란 물론 과거 우리에게 인간성을 제공한 외계인들이 기꺼이 우리에게 그랬던 것처럼, 우리 또한 외계에 있는 누군가를 위한 공생을 기꺼이 선택하도록 요구하는 결단임은 말할 것도 없다.

만약 김초엽의 텍스트가 타자성에 대하여 이야기하는 기성의 순문학 텍스트처럼 환대와 관련된 윤리적 사유나 그럴듯한 언어에만 묶여 있었다면, 나는 이 텍스트를 굳이 장르 문학으로서 상찬할 이유는 없다고 판단했을 것이다. 그러나 이 텍스트는 정확하게 SF가 할 수 있는 방식으로, SF의 관습과 문법을 통해서 환대에 대한 윤리적 사유와 그에 대한 손쉬운 주장들보다도 경험적인 발견을 제공한다. 우리는 이 텍스트를 통해서 타자에 대한 절대적 환대란 어떤 이론적 개념이 아니라, 이미 지나가버린 환대의 경험임을 깨닫는다. 그것은 우리가 잃어버린 과거이며, 동시에 마주하고 있는 현재이자, 미지성이라는 이름으로 거리를 두는 미래이기도 하다. 따라서 우리가 김초엽의 텍스트에서 보게 되는 것은 인류의 '오래된 미래'가 잊힌 기억으로부터 현실로 복귀하는 과정이다. 마치 모두가 잊어버린 먼 과거의 탐사 우주선이 외우주로의 오랜 여행을 마치고 자신을 잊어버리고 살아온 무정한 지구인들에게 되돌아오는 것처럼 말이다. 그렇다면 우리가 할 수 있는 가장 중요한 행위는 외우주 탐사가 가져올 미지의 미래를 상상하는 것보다는, 우선 예의를 다해서 그 귀환에 대해 환영의 손짓을 보내는 것이 아닐까? 김초엽은 미지가 아니라 기지와의 조우를 오늘날의 SF의 하위 장르로 정확하게 제시했다.

마찬가지로 내가 마지막으로 주장하려는 것은 지금 한국 문학장에 필요한 건 'SF적인 것'의 허울 좋은 확장이 아니라, 모두가 알고 있는 SF 장르에 대한 정확한 이해이며 결과적으로 더 다양해질 SF 장르에의 강조다. 앞서 언급한 것처럼 한 명의 작가가 고유한 하나의 장르가 될 수 있다는 사실이야말로 SF라는 불투명한 장르가 가지는 진정한 장점이다. 물론 그러기 위해서는 개별 작가들의 텍스트를 더욱 선명하게 구체화해줄 장르 공식과 문법들이 요구된다. 'SF적 상상력'이라는 나이브한 레테르가 아니라 더 정확한 SF 공식의 활용과 반복이 필요하다. 역설적이게도 장르 문학은 그저 기성의 장르 문학을 변주한다고 다양해지는 것이 아니라, 정확하게 반복하려고 하면 할수록 일련의 시스템을 획득하며 그 시스템이 자연스럽게 새로운 차이를 생산하기 때문이다. 그리고 독자는 반복 속에서 장르의 진정한 매력에 익숙해질 뿐만 아니라, 기꺼이 작은 차이를 발견하기 위한 모험을 시작할 용기를 얻는다. 그런 의미에서 나는 한국 SF 문학의 포괄적인 미래를 긍정하는 것이 아니라, 장르 작가로서의 자기 정체성 아래 정확한 장르를 시도하고 와중에 자기도 모르게 새로운 별자리를 그리고 있는 개별 작가들의 미래를 긍정한다. 그리고 아마도 그 미래는 언제나 그렇듯이, 이미 와 있는 미래임에 틀림없다. 달리 말하자면, 우리가 언젠가 도래하리라 기대하는 미래의 한국 장르 문학과의 퍼스트 콘택트는 기지와의 조우 속에 있다.

삶의 질문이
'문학'을 끌어당긴다

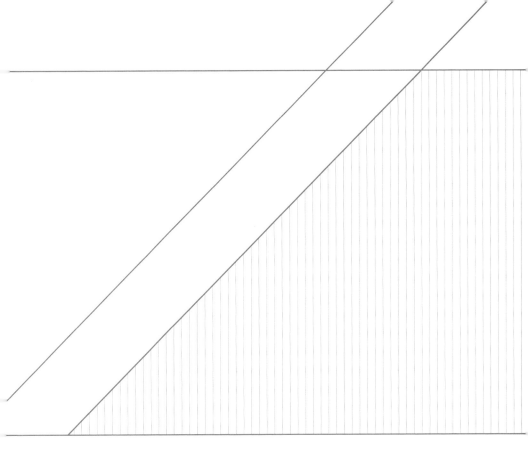

백지은

고려대학교 국어국문학과 및 동대학원 졸업.
「한국 현대 소설의 문체 연구」로 박사 학위 받음.
2007년 〈세계의문학〉 신인상으로 등단.
평론집 『독자시점』이 있음.
jienbaik@naver.com

삶의 질문이 '문학'을 끌어당긴다

문학(만)이 아니라 세상이

이 겨울 종간한 또 하나의 문학잡지(『21세기문학』, 2018년 겨울호)를 받아 든 서운함은 상실감이라 표현하기에도 벌써 멋쩍어진 느낌이다. 몇 년 새 종간한 문학잡지가 몇이며, 근래 스스로 혁신을 밝히지 않은 그것이 있던가. 문학의 범주와 기능을 시의성·시효성에 맞추어 포맷한 새 잡지들이 이미 여럿 생겨나서 주요한 문학 매체로서 활약 중이다. 한국문학 판의 각종 '문학-지(誌)'들이 (이미) 혁신하고 변화하고 새로워졌다는 얘기다. 문학잡지의 종간, 창간, 혁신 등의 현상이 가리키는바, 현재의 '문학-지(指)'는, 문학이 점차로 국지화된 문화적 국면에서 자연스럽게 혹은 필연적으로 감행한 일단의 대처 방안으로 여겨지지만, 한편으론 한국문학의 구태의연한 관행과 시대착오적 이념을 타파하려는 세간의 비판과 문학계의 의지가 끌어낸 성과라고 생각해도 된다. 한국의 '문학-지(地)'가 전보다 더 좁아졌다고 한탄할 필요는 없다. 근래 좀 크게 쿵쾅했고 그 바람에 쓸데없이 자리 차지를 하고 있던 낡아 못쓰게 된 어떤 것들이 떨어져 나가는 중으로 볼 수도 있다.

예컨대, 한 달 전쯤 공방이 오간 '강동수 작가의 「언더 더 씨」에 나타난 세월호 희생자에 대한 성적 대상화 논란'[1]은, 현재 ('성적 대상화' 혹은 '문학적 감수성'에 대한) 한국의 '문학-지(知)'가 이전 어느 때와도 같지 않음을 분명히 일러주며 '문학-지(地)'의 조정을 여실히 드러냈다.

그러니 이것은 "기존 문학장(場)이 무너지고 새 문학이 시작되었다"는 이야기인 것일까? 아니, 지금은 '문학(장)' 이야기만 할 수가 없다. 어느 시기에나 마찬가지지만, 근래 누군가 "공고했던 문학장의 규율과 기준이 무너졌다"고 한다면, 이는 새로운 문학을 위한 선언의 수행이라기보다 현재 목도되는 사실의 묘사로 들어야 한다. (실제로 그렇게 들린다.) 그리고 현재 목도되는 사실에는 그동안 큰 의심 없이 믿고 써왔던 '문학'의 용법을 재고하지 않을 수 없는 사건과 맥락이 연이어 불거져 나오는 사태들이 포함돼 있다. 예컨대, 앞에서 예로 든 최근 한 소설에서의 '성적 대상화' 논란은, 2018년 1월 29일 서지현 검사가 안태근 전 검사장의 성추행과 인사 불이익에 대해 폭로한 후 같은 해 4월 대법원 판결에서 '성인지 감수성'이란 단어가 처음으로 등장했다는 사실과 별개로 이야기될 수 없다.[2] 비교하여 말해보자면, 20세기 초 조선에서 '구-문학'이 물러나고 도래한 '신-문학'이라 한들,

---

1　『언더 더 씨』(호밀밭, 2018)에 수록된 동명의 단편에서 세월호 희생자 학생의 목소리로 발화된 다음의 부분이 회자되며 논란이 되었다. "지금쯤 땅 위에선 자두가 한창일 텐데. 엄마와 함께 갔던 대형마트 과일 코너의 커다란 소쿠리에 수북이 담겨 있던 검붉은 자두를 떠올리자 갑자기 입속에서 침이 괸다. 신 과일을 유난히 좋아하는 내 성화에 엄마는 눈을 흘기면서도 박스째로 자동차 트렁크에 실어 오곤 했는데…… 내 젖가슴처럼 탱탱하고 단단한 과육에 앞니를 박아 넣으면 입속으로 흘러들던 새큼하고 달콤한 즙액." 이런 문단이 '문학적 효과'를 위한 일종의 기교인 듯 말한 저자의 첫 대응은 오늘날 어디에서도 설득력을 얻지 못한 듯하다.

2　2019년 2월 1일, 안희정 전 충남지사의 김지은 씨 성폭행 사건 2심에서 1심의 무죄 판결을 엎고 3년 6개월의 실형이 선고되었음도 부기해둔다.

'문학(장)'의 변화를 가령 '한문체에서 국문체로'라는 식으로 설명하고 말수는 없는 것이다. 21세기 초 한국의 '문학지'가 알려주는 것은 이제까지 문학적 의미가 생성, 소통, 전수되어온 '장'이 사라지고 다른 '장'이 시작되었다는 듯 이해되어야 할 사실은 아니다. 백여 년 전 '구문학과 신문학의 교체'가 조선인들의 문화생활 중 일부의 변화가 아니라 물질세계와 정신세계의 지각변동이었듯, 근래 '문학'의 의미, 경험, 전달에 대한 재고의 불가피함은 문학(만)이 아니라 세계의 맥락을, 적어도 우리의 의식 세계가 겪은 돌이킬 수 없는 붕괴와 전환의 사정을 여느 때보다 긴박하게 참조해야 한다는 뜻이다.

너무 원론적인 얘기지만, 왜냐하면 '문학'은, 그것을 적절히 규정할 희소한 방법들 중에서나마 적실한 말로 '의미 또는 가치와 연관된 인간의 언어 행위'라 일컬어질 수 있기 때문이다. (물론 여기서 '의미 또는 가치'는 지극히 광범위한 뜻이겠다.) 말을 하며 사는 인간이 표현하고 이해하는 활동으로서 문학은 '의미'와 긴밀하고 '가치'를 의식한다. 의미 또는 가치는 역사적으로 결정되는 것이자 보편적으로 이해될 수 있어야 한다. 문학의 규율과 기준, 관행과 이념 등은 시의적으로 측정되고 역사적으로 접근될 수밖에 없으며, 그럼에도 그러한 측정과 접근이 보편적으로 이해되는 까닭이 이것이다. 그러므로 문학의 범주와 기능에 변화를 상정할 때, 이를 기존 문학과 단절하여 다른 문학으로 진입한다는 식으로 거칠게 알아들어서는 안 될 일이다. 요컨대 문학의 범주와 기능에 조정이 불가피하다는 것은, 말로 표현과 이해를 도모하는 우리의 삶 가운데 어떤 의문들이 생겨나서 그것을 둘러싼 투쟁이 이미 발생했음을, 즉 의미와 가치의 역사적 결정을 두고 보편의 경계를 (재)사유, (재)정립하는 모험에 들어섰음을 깨달았다는 것과 같다. 다시 말하지만, 문학이 아니라 세상이 변했다. 이를 아는 것이 문학의 변화이고,

혁신이고, 또한 지속이다.

문학비평은 왜

가장 최근에 종간한 문학잡지의 편집위원들이 "문학 환경과 문예지의 운명"을 주제로 나눈 대화를 읽으며 마치 나도 그 자리에 있는 듯 고개를 주억거리다 가로젓다 했다. "비평의 영역을 지워버리면서 문단의 혁신이 이루어지고 문학의 쇄신이 이루어질 것이라고 생각하는 방식이, 문단이 갖는 지금껏의 많은 문제들을 비평과 비평가의 문제로만 환원해버리고 있는 것은 아닌지"[3]라는 의견에 동의하면서, 문학비평의 기능과 작동 방식을 재고하는 일이 어쩌다 문학비평의 무용을 당연시하는 일이 되었는가를 또 한 번 짚어보지 않을 수 없었다. 우선, 비평이 쓸모없게 느껴지는 건, 사람들이 비평을 거의 안 읽기 때문이고 그건 재미가 없으니 당연한 거라고 많은 이들이 믿어서인 듯하다. 왜 재미없을까? 글이 재미없는 데는 여러 이유가 있다. 흔히 어렵다, 무겁다 등의 형용사로 표현하지만, 글을 어렵고 무겁게 만드는 실질적 요인들이 있을 것이다. 핀트가 안 맞거나 논리가 산만하거나 오류가 있거나 진부하거나 핵심 없이 장황하거나 지나치게 협소하거나 너무 심각하게 접근하거나 말투가 고답적이거나 잘난 체하거나 등등. 가령 전문적인 식견에서 나온 비평문이 재미없는 글이라면, 방금 열거한 여러 이유들 때문이지 그 글이 단지 '전문적'이기 때문이라고 할 수는 없다. '전

---

3 「특집좌담: 〈21세기문학〉과 함께한 한국문학의 표정들」, 『21세기문학』, 2018년 겨울호, p.272. 소영현의 말.

문적'이어서 불가피하게 재미없을 요인이라면 '협소함' 정도가 아닐까?

　재미없는 비평문을 줄곧 써온 한 사람으로서, 저 재미없는 요인들이란 읽는 이의 관점과 입장에 따라 글의 특장점이 될 수 있다고 주장하고 싶기도 하다. 재미가 없어도 유익할 수는 있으니 재미만 추구하지 말고 일단 읽어보시라 권하고 싶은 비평문들도 많다. 그런 한편, 언제어디서나 검색되는 산뜻한 단평, 사이다 같은 한 줄 평, 한 줄도 없는 별점 등등 각양각색 평가의 말들보다, 대개 수백 페이지짜리 문학잡지에 실린, 소위 '문학전문가'가 쓴 길고 자세한 비평문이 기능과 작동 면에서 부진하다면, 그리고 그 원인이 전문적 식견의 비범함이 아닌 다른 불민함과 부적절함에 있을 가능성이 있다면, 글이 잘 안 읽히는 일반적 요인들을 따져보고 신경 쓰는 것이 많은 이의 입맛에 자기 글을 맞추려는 헛된 노력은 아닐 거라고도 생각한다. (단, 노력의 결과가 어떨지는 확신할 수 없거니와, 만약 어떤 '전문적인 문학비평'에서 저 재미없는 요인들을 거의 뜻대로 막을 수만 있다면, 객관적(?)으로 재미있어진 그 글은 오늘날의 문학장 혹은 문화적 현실에서 과연 원활히 기능을 할 것인가?) 에둘러 얘기한 것 같으니 다시 말해보겠다. '전문적인' 문학비평이 그 기능과 작동 면에서 문제적이 된 데는 그것이 '전문적'이라는 사실보다 글을 재미없게 하는 여러 요인 때문일 가능성도 크다. 설사 재미없는 요인들을 다 걸러냈다 해도, 이른바 '전문적인' 식견이 갖는 그 깊이와 넓이의 현저함—이를테면 '문학(사)적' 지식과 이론의 전거들이나 '문학성'이라는 역사성의 콘텍스트 등—으로 인한 소통의 한계를 포함하겠지만, 이는 현대사회의 어떤 분야든 '전문성' 자체가 지니는 불가피한 협소성에 대한 얘기일 뿐, 오늘날 문학비평이 '전문적으로' (해야) 하는 일에 대해서도 똑같이 얘기할 수는 없을 것 같다.

　질문을 다시 해보자. 문학비평이 전문적으로 하는 일은 무엇인가? 한국의 문화적 상황에서 그것은 제 공부와 식견을 가지고 문학을 '직업적으로 (professional)' 읽는 일이라기보다 문학이 제기하는 의미와 가치를 '능숙하게 (proficient)' 읽어내는 일이라고 해야 할 것이다. 반드시 '문학 텍스트'에 대해서만 그렇게 하는 게 아니라 세상의 모든 말들을 마치 문학을 대하듯 그 의미와 가치를 읽어내는 일이라고도 할 수 있다. 그런데 그 일이 더 이상 잘 기능하지 않는다면, 이제 그만둬야 할 것인가, 아니면 이제까지 해오던 것과 다른 방식으로 해야 할 것인가? 어쩌면 그동안 문학비평이 스스로 '전문'이라고 생각하며 해온 일이 실은 그게 아니었던 게 아닐까? 혹은 전문적 문학비평의 의의가 사라진 게 아니라 문학비평의 전문성에 필요한 공부와 식견이 달라진 것일지도 모른다. 전문적 문학비평이 자주 어렵고 무겁게 느껴지는 건, 예컨대 근대 문학성의 규정에 기대고 세간에 덜 알려진 담론을 전용하는 '전문적' 관점이 문학의 의미와 가치를 '능숙하게' 읽어내는 데 별로 유용하지 않게 되었음을 방증하는 것이 아니었을까. 요컨대 전문적인 문학비평이 아예 필요 없어진 게 아니라, 예전엔 필요했는데 지금은 아닌 게 아니라, 새로 다른 측면의 전문성이 요청된 것이리라.

더욱 전문적인 비평을

다시 말하지만 문학비평은 문학 텍스트를 다루는 일만이 아니라 어떤 텍스트나 담론 혹은 언술들을 문학처럼 다루는 일이다. 어떤 말들을 '문학'처럼 다룬다는 것은, 그것을 서술된 정보 내용으로만 받아들이지 않는다는 말이다. 그리고 그렇게 한다는 것은, 그 말들이 드러내는 경험, 상식, 정설, 믿음, 합의 등에 대해 그 정당성과 적절성을 의문시하여 그것을 가치화하거나 무의미화하는 데까지 나아갈 수 있다는 뜻이며, 심지어 그것을 넘어서고자 할 때도 있다는 뜻이다. 이를 달리 말하면, 문학비평은 언제나 문학이란 무엇인가를 묻는 행위라고 할 수 있는데, 왜냐하면 세상 모든 말들 중에 문학은 말 자체보다 말할 가치를 추구하고 의미 자체보다 의미의 장소를 묻는 말들이므로 그러하다. 때문에 문학비평은 세상 모든 말들에 대해, 그 의미와 그것을 말하고 들은 사람에 대해, 그 말이 오고 간 사정과 그 환경 등등에 대해 질문을 제기하며 스스로 말하고 듣는 행위라고 할 수 있다.

그렇다면, 문학비평의 질문과 탐색을 '문학이란 무엇인가'라고 하기보다는 '무엇이 문학인가'라고 바꿔 말하는 편이 더 맞겠다. 문학비평이 알려하고 알리려 하는 것은 '문학'이란 이름으로 고정되는 내용이 아니라 인간의 불확정적인 말들이 이뤄내는 '무엇'일 테니 말이다. 세상이 변했다는 것도 마찬가지다. 세상이 달라진 건 인간(들)이 하는 일이 이전과 같지 않다는 뜻이고, 세상의 변화를 의식하는 건 인간(들)을 이전과 같은 틀 혹은 방식으로 바라볼 수 없음을 깨닫게 되었다는 뜻이다. 이를테면, 갈수록 더욱 세분화되면서 동시에 확산되어 가는 현시대 자본주의의 복잡한 국면에서 세상의 변화를 자각한다는 건 어떤 생각을 한다는 말일까. 체제의 변화는 물론, 체제가 손쉽게 포섭하지 못하는 무수한 계기와 그것이 산출하는 다양한 인간들의 삶을 파악하고자 하는 것이리라. 그에 합당한 인간의 조건, 위상, 경계 등을 고려하여 다시 인간을 보편적으로 이해하려는 것이리라.

이런 이야기는 아무래도 추상적이지만, 의도는 분명하다, 문학비평이 하는 일은 '문학'에 한정되지 않을수록 더 전문적일 수 있음을, 아니 '문학'에 전문적이기 위해 더욱 인간의 말과 삶으로 짜인 세상의 결에 닿아야 함을 강조하려는 것뿐이다. 이 점을 간과한다면 근래 '문학지'의 개편이 문학비평의 축소 혹은 배제를 통해 도모된 원인을 정확히 살피기 어려울 것 같다. 소위 문학전문가들의 비평문이 제 기능을 발휘하지 못하고 심지어 각종 매체를 통해 발송, 전달, 소통되는 단상이나 여론들에 밀린다는 느낌조차 떨치기 어려웠을 때, 바로 이 맥락에서 전문적인 문학비평의 부진함을 똑바로 바라봤어야 한다는 생각이 든다. 어쩐지 허겁지겁 변화에 대처하는 자세를 취하고 얼마 지나지 않아 "문학이 전반적으로 무장해제하지 않으면 안 되는 이상한 분위기"[4]였다고 회고할 수밖에 없다면 얼마나 더 이상한 분위기인가.

이 글의 서두에서 "한국문학 판의 각종 '문학-지(誌)'들이 (이미) 혁신하고 변화하고 새로워졌다고, 현재의 '문학-지(指)'는, 문학이 점차로 국지화된 문화적 국면에서 자연스럽게 혹은 필연적으로 감행한 일단의 대처 방안으로 여겨지지만, 한편으론 한국문학의 구태의연한 관행과 시대착오적 이념을 타파하려는 세간의 비판과 문학계의 의지가 끌어낸 성과"라고 말했을 때, 혹여 그런 판단에 회의가 있었다면 현재 우리 문학에서 가장 확연하게, 활발하게 들끓고 있는 지점이 '페미니즘'이라는 그 온당한 사실을 가리키고 싶다. 페미니즘은 여성들만의 문제가 아니고 여성혐오에 잠식된 일부 남성에 대한 규탄에 그치는 게 아님을, 지난하게라도 깨달아가는 도정에 우리 사회와 우리 문학이 들어섰다고 생각한다면 섣부른 낙관일까. 페미니

---

4   같은 좌담, 『21세기문학』, 2018년 겨울호, 268쪽. 신용목의 말. 이런 유감이 남은 까닭을 이해하는 데 다음과 같은 말이 도움된다. "문학을 향한 비판과 그로부터의 요구를 **내부적인 거름망**이 없이 너무 손쉽게 **승인해버렸던** 건 아닌가 하는 생각도 들어요. 그래, **우리가 잘못 했으니까 너희가 흐름이고 마땅히 주도해야지**, 라고 하면서 너무 빨리 **자리를 내어주는** 과정은 아니었을까 하는 거죠. 그런 과정이 역설적으로 필터링이나 비판적인 논의의 장을 완전히 지워버렸다는 느낌이랄까요."(강조는 인용자) 문맥상, '우리'가 문학장 '내부'이고 '너희'가 문학장 '외부'일 터인데, '문학지'의 변동을 '승인'하고 '자리를 내어주는' 행위로 인식하는 한, 문학이 기존에 '무장'하고 있던 무언가는 그야말로 '해제'되는 편이 나은 엘리트주의적 관점이 아닐까.

즘은, 세계의 체제로 관리되는 '인간'의 말과 삶을 둘러싼 권리 투쟁이자, 다양한 삶에 처해진 인간들의 조건, 위상, 경계 등을 직시하여 이 세계에서 '인간'이라는 보편을 조정, 이동해야 한다는 자각이다. 문학장의 내·외부를 분리하는 것이 이상하긴 하지만, '문학'의 이름이 달리지 않은 쪽에서 고발과 저항의 목소리로 시작된 이 자각과 분투가 '문학'의 이름을 달고 있던 쪽으로 번졌다는 사실은 부인할 수 없다. 또한 이것이 곧 "문학이 전반적으로 무장해제"되는 것이라면 이만큼 반갑고 다행한 일도 없을 것이다.

삶이 문학을 끌어당겨

근래 한국문학의 페미니즘 이슈가 먼저 문학 텍스트로부터 촉발된 게 아니었다는 사실을 새삼 짚어본다. 이 사회의 '여성혐오'에 대한 문제의식과 더불어 가장 직접적으로는 '#문단_내_성폭력' 고발로 그것은 터져 나왔고, 이로 인한 경각심이 '문학지'를 흔들었다고 말해도 될 것이다. 페미니즘 이슈들은 남성 중심적 세계의 가치와 의미를 재고하여 현실의 질서를 조정하려는 실천적 움직임이다. 현실의 질서란 곧 언어가 작동하는 맥락에 다름 아니고, 때문에 사회적 실천이란 언어가 유통되는 기존의 맥락을 더 이상 견디기 힘든 것으로 느끼는 데서 시작된다고도 할 수 있다. 세계의 변화를 원한다는 것은 기존의 질서/논리를 지겨워졌다는 뜻이자, 그것에 입각한 언어 대신 다른 질서/논리를 짜는 언어가 필요해졌다는 뜻이다. 즉, 사회적 실천은 다른 언어를 세우기 위한 투쟁이다. 요컨대 이 사회의 구성원들이 삶에서 느끼는 다양한 문제의식들은 언제나 다른 언어/의미/가치를 추구하는 작업과 별개가 아니므로, '문학적' 맥락의 변동 또한 필연적이다.

그렇다면 이렇게 말할 수 있다. 근래 '문학지'의 변화는 그 외부에서 발생한 페미니즘 이슈들을 반영한 결과라기보다, '문학지' 외부에서 당겨진 페미니즘 이슈가 문학으로 파고든 결과라고. '문학지의 외부'라 했지만, 문학지 변화의 시발점이기도 했던 '#문단_내_성폭력' 폭로가 특히 등단을 준비 중인 학생, 즉 문단에 관심이 많은 층에서 활발히 터져 나왔다는 사실은 더욱 의미심장하다. 삶의 질문은 반드시 문학을 연루시킨다.

그런데, 우리 삶에서 정당성 혹은 적절성을 물을 수밖에 없을 때 언어의 재정립과 더불어 문학성의 재정비가 필연적이라는 이 사실을 인지하는 것, 먼저 인지하고 다시 질문하여 조정을 이끌어내는 것, 이것이야말로 언제나 '무엇이 문학인가'를 묻는 문학비평의 핵심적인 임무가 아니었던가. 어쩌면 그간 이 임무를 성공적으로 수행하지 못했기에 문학비평의 기능 부진이 지적되었다고도 할 수 있다. 그러니까 문학비평이 질타당하는 건, 가장 필요한 때 충분히 작동하지 못해서이지 이제 불필요해져서가 아니다. '문학 텍스트'에 대한 직접적 논평으로 촉발된 것이 아니었을 뿐, '문학지'의 변동을 주도한 것 역시 결국은 문학비평이 한 일이 아니라고 할 수 없다. 가장 최근에 창간한 문학잡지가 '비평 전문 무크지'의 타이틀을 단 『크릿터』(민음사)라는 사실을 시사적으로 받아들여도 좋을 것 같다. '문학지'의 혁신과 변동 중에 최대한 축소/배제된 듯했던 비평의 자리를 다시 바로 보아, 실로 비평의 역할이 필수적이라는 자각의 표출로 여겨지기 때문이다. 나아가 『크릿터』 1호의 특집 주제가 필연적으로 '페미니즘'인 것 또한, 삶이 문학을 끌어들일 때 요청되는 비평의 위상을 투명하게 보여주는 듯하다.

문학이라는 언어 행위가 가치/의미를 추구하는 것이라고 했을 때, 이 가치/의미는 결코 관념적인 것이 아니(어야 한)다. 삶의 질문은 기어코 문학을 연루시키고야 만다는 얘기는, 문학이 삶의 가치를 추구한다는 것보다 삶에는 문학이라는 가치가 필요하다는 것으로 여겨져야 할 것이다. 이 시대 자본주의의 역능을 생각할 때, 삶에 필요한 세상의 모든 가치들은 그 역능의 바깥에 있기보다 차라리 그 역능의 세례를 정당하게 받기를 기대하는 편이 낫고, 그렇다면 "문학과 자본을 둘러싼 논의에 다른 프레임이 이제 필요하지 않나"[5]하는 데로 생각이 미치는 것이 당연하다. 어쩌면 우리는 현재까지도 문학이나 예술이 삶에 직접적으로 필요한 것은 아니라고 생각하고 있는 게 아닐까. 삶의 핵심에는 생계 또는 생활이 있다는 현실감각에 의해 문학이나 예술은 어디까지나 그다음의 가치로서 삶을 채우는 데 부차적이라고 여겨서 문학을 돈으로 계산하는 게 너무나 불편했던 게 아닌지. 누군가에게 문학은 생필품일 수도 있고, 또한 더 많은 이들에게 그렇기를 바라는 편이 시대의 흐름에 역행이 아닐 것이다. 모든 것이 상품화되는 '시장'에서 문학을 어떻게 '상품화'하고 많이 팔 수 있을지, 어떻게 시장에서 살아남아야 할지 고민해야 한다는 뜻일까? 삶에는 문학이 반드시 필요하다는 확신을 물릴 수 없고 그 확신에는 투자가 필요할 수도 있다는 뜻이다. 이미 돌이킬 수 없는 변동 이후의 '문학지'가 현재 조정 중인 문학의 위상을 생각할 때, 상업화와 관련한 지나친 걱정으로 시간과 지면을 쓰기는 이제 식

5　앞의 좌담, p.276. 이런 문제의식을 가지고 이 좌담의 뒷부분에서 소영현은 다음과 같은 의견을 개진했다. "문학과 시장을 대립구도로 놓는 논의와 그런 담론에 모두가 인지하지 못한 채 빨려들어가 있었던 상황과의 거리 두기가 필요하다는 생각인 거예요. 시장과 무관한 문학의 가치를 말하는 데에서, 나한테, 우리한테, 삶에서 문학이 갖는 의미와 가치, 그리고 위상을 얘기하는 쪽으로 움직여야 하는 게 아닌가 싶은 거죠. 책을 읽고 영화를 보고 공연을 관람하고 새로운 문학적 문화적 경험을 하는 것이 제 삶에서는 중요한데 그게 고급한 교양의 획득을 의미하는 것은 아니거든요. 사회의 관점에서 봐도 마찬가지라고 생각하고요. 그런데 그간 이런 지점에 대한 논의를 빼고 예술과 문학을 말해온 것은 아닌가, 이런 지점들에 대한 논의가 좀 더 많이 필요한 것은 아닌가 생각하는 거예요. 이건 예술과 문학이 갖는 시장적 가치의 유무와는 좀 다른 지층의 논의로 보여요."(p.297) 동의하는 입장에서 길게 옮겼다.

상해져버렸다는 얘기고, 이런 사태 또한 문학비평의 무용이 아닌 역설적인 공로로 볼 수도 있다는 얘기일 것이다.

비동일적 페미니즘을 위하여

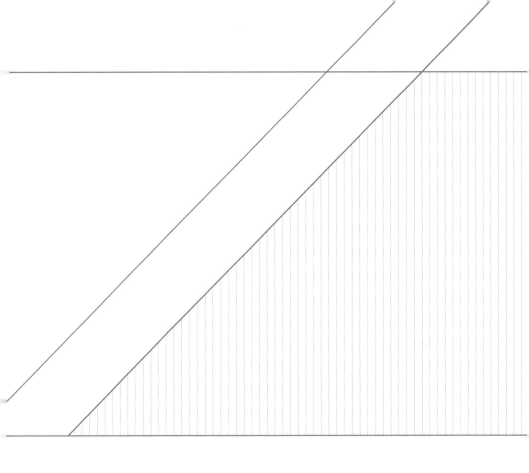

이은지

중앙대학교 독어독문학과 박사과정 수료.
2014년 〈창비〉 신인평론상으로 등단.
요즘비평포럼으로 활동 중.

비동일적 페미니즘을 위하여

1. 페미니즘 미쏘지니(Feminism Missoginy)

이 글은 최근 몇 년간 우리 사회에 격화된 젠더 갈등의 많은 부분이 '여성혐오'로부터 비롯되었으리라는 전제에서 출발한다. 나는 여기서 여성혐오라는 용어가 가리키는 현실, 즉 여성을 멸시하고 폄훼하는 사고 및 행동 전반을 전제의 대상으로 삼는 것이 아니다. 여성혐오가 오로지 그러한 것들만을 가리키는 용어가 되었기 때문에, 다시 말해 원어인 미쏘지니의 일본식 번역어였으나 원어의 의미 중 절반을 사실상 폐기하는 방식으로 미쏘지니를 대체해버린 여성혐오가 광범위하게 유통되면서 사태가 꼬이기 시작한 측면이 있음을 문제 삼는 것이다.

비록 원어로부터 일정 부분 탈락되긴 하였으나 여성혐오가 가리키는 현실이 가상이거나 허구인 것은 아니다. 그러나 여성에 대한 편견에 가득 찬 인식, 즉 우리가 '혐오'라는 용어에서 다분히 직관적으로 떠올리기 마련인 저열한 사고 및 표현만을 분리하여 개념화함으로써, 여성이 사회와 관계 맺는 방식의 일면만을 부각하는 과오에 이 번역어가 기여한 것은 자명해 보인다. 애초에 미쏘지니는 여성을 대상화하는 행위 및 인식 전반을 아우르기 때문이다. 미쏘지니는 여성혐오뿐만 아니라 여성을 배려하고 나아가 숭배하는 태도까지도 포함하는 양의적인 개념이다.

미쏘지니가 아닌 여성혐오라는 용어를 통해 혐오라는 부정적 정서가 전면화되면서 혐오를 발신하는 측을 향한 원한(ressentiment)의 감정 또한 자연스럽게 양산되었다. 이 원한을 해소하기 위해서 혐오를 부정하는, 즉 부정에 부정의 부정으로 대응하는 기류가 생겨난 것 또한 어찌 보면 너무나 자연스럽다. 여성혐오라는 용어의 발원지인 저서의 제목[1]처럼 여성혐오에 '여성혐오 혐오'로 응수하게 되는 것이다. 그러나 이러한 대립 구도 및 그 구도의 전복은 문제의 해결에 닿기보다는 개념의 지엽적인 수용에서 기인한 그릇된 이원 체계의 무한한 반복으로 수렴하기 쉽다. 니체가 제출한 바 있는 주인과 노예의 변증법이 그것으로, "이제까지는 강하고 지배적인 것이 선이고 약하고 지배받는 것이 악이었다면 이제 약하고 억압받는 것을 선한 것으로, 강하고 지배하는 자, 가진 자를 악으로 만든다는 것"[2]이다. 이는 주인을 노예의 자리에, 노예를 주인의 자리에 놓을 뿐 주인과 노예의 구도를 원천적으로 돌파하지는 못한다.

이러한 상황에서 표면화된 갈등의 프레임으로는 단연 가해자-피해자 구도를 들 수 있을 것이다. 이는 '#문단_내_성폭력'에서 '미투운동'에 이르기까지, 실로 광범위한 수준으로 번진 성폭력 이슈가 필연적으로 요청하게 된 것이기도 하다. 그리고 지난 몇 년간 그러한 구도의 가시화와 더불어 여기에 내장된 문제들 또한 비교적 활발히 논의되어왔다. 가령 피해자다움에

---

1   우에노 지즈코(나일등 옮김), 『여성혐오를 혐오한다』, 은행나무, 2012.

2   이경덕, 「탈식민주의와 마르크시즘」, 고부응 엮음, 『탈식민주의-이론과 쟁점』, 문학과지성사 2003, p.172.

대한 요구의 억압성뿐 아니라 피해자다움을 악용하는 것을 경계시키는 목소리가 있었고, 가해자와 피해자를 선명히 나눌 수 없는 상황의 복잡성을 읽어낼 필요 또한 요청되었다.

이러한 상황 속에서 함께 작동하고 있는 여성혐오라는 기표의 자리에 미쏘지니를 놓는다면 어떨까. 혐오에 한정하지 않고 여성을 대상화하는 행위 및 인식 일체를 가리키는 용어를 통해 상황을 재맥락화한다면 조금 다른 것을 볼 수도 있겠다. 여성혐오 및 가해자-피해자 구도에서 전면화되는 것은 여성을 악마화하는 프레이밍과 이에 대한 반발 및 저항 간의 첨예한 갈등이다. 반면 여성혐오가 아닌 미쏘지니를 통해 상황을 보았을 때 이 갈등은 그 자체로 성녀-마녀의 구도로 읽힌다. 이러한 구도에서 여성을 성녀화하는 측에 대해서는 여성을 약자이자 피해자로 단정해버려 개별 사안의 시비를 가리는 것을 불가능하게 만든다는 비판이, 여성을 마녀화하는 측에 대해서는 여성을 꽃뱀으로 취급한다는 비판이 가능해진다.

여기서 미쏘지니의 대상에 여성이 아닌 페미니즘을 놓았을 때 이 글의 논의는 좀 더 선명해질 것이다. 페미니즘-안티 페미니즘의 구도 또한 마찬가지로 페미니즘을 성녀화하거나 마녀화하는 성녀-마녀의 구도를 재생산하고 있기 때문이다. 여성혐오라는 용어를 미쏘지니로 대체하고, 그 용어가 가리키는 대상에 여성이 아닌 페미니즘을 놓았을 때, '페미니즘은 정신병'이라는 식으로 모든 문제의 근원을 페미니즘으로 환원하는 태도나, 페미니즘에 대한 비판을 무조건적으로 거부하며 페미니즘을 성역화하는 태도나, 모두 미쏘지니로 읽힐 수 있다. 그러니까 우리가 당면한 갈등의 근원에는 우리 모두 페미니즘을 미쏘지니하고 있다는 사실이 놓여 있는 것은 아닐까. 페미니즘-안티 페미니즘 구도가 불거지게 된 데는 여성을 대상화하고 주변화하는 태도 중 일부만을, 즉 성녀-마녀의 구도에서 여성을 악마화하는 태도만을 타매의 대상으로 채택한 까닭도 있지 않은가 하는 것이다. 요컨대 페미니즘의 이론적 대상인 여성에 대한 모순적 인식이 페미니즘을 굴절시켜 페미니즘 자체가 여성적인 것으로 '성별화'되고 있는 것이다.

2. 백래시는 퇴행인가

페미니즘 내부의 사유방식 및 페미니즘에 대한 외부의 인식이 성별화되는 상황에는 분명 불가피한 측면이 있다. 식민세력에 저항하는 탈식민세력이 식민세력의 정신에, 부르주아 사회에 저항하는 프롤레타리아가 부르주아의 정신에 예속되어 있듯이, 사회의 지배질서에 구속된 채로 지배질서에 저항할 때 발생하는 역설로부터 페미니즘도 자유로울 수 없다. "구속된 개인은 그의 주인과 지배자를 그 자신의 정신과정에 내사(內射)한다. 자유에 대한 투쟁은 억압된 개인의 자기억압으로서 인간의 영혼 안에 그 자신을 재현하며, 그의 자기억압은 또 다시 그의 주인과 제도를 지속시킨다."[3] 즉 페미니즘 미쏘지니는 페미니즘이 자기를 억압하는 한 사례로 볼 수 있다.

마르쿠제는 지배에 대한 저항에 내재된 이러한 역설을 프로이트를 통해 설명하고 있다. 문명사회의 지배체계란 오이디푸스 갈등의 구조가 개체발생적(개인적) 차원에서 계통발생적(사회적) 차원으로 객관화·제도화되어 되풀이되는 것이다. 아버지의 지배하에 있던 아들이 아버지를 제거하고 그 자리를 탈환함으로써 아버지를 극복하는 동시에 아버지의 자리를 되풀이하는 씨족사회의 전승 구조는 현대사회에서도 구조적으로 재현된다. 사회

---

3   마르쿠제(김인환 옮김), 『에로스와 문명』, 나남출판 2004, p.36.

는 '지배-반항-지배-반항'의 무한한 반복[4]을 내재화하고 있으며 "반항과 혁명은 반혁명과 복고(復古)로 이어진다." 혁명에는 "자기패배의 요소"가 포함되어 있으며 따라서 "모든 혁명은 배반당한 혁명"이다.[5]

지배-반항의 무한 반복으로부터 혐오-혐오 혐오의 굴레에 사로잡힌 현 사회의 갈등구도를 읽어내는 것은 큰 무리가 없어 보인다. 가부장제에 반발하는 페미니즘뿐만 아니라 페미니즘에 대한 반발로서의 '백래시'까지 이에 대입할 수 있다. 이러한 도식으로부터 백래시만을 개별적으로 분리하여 퇴행으로 규정하는 것은 사태를 근본적으로 해결하는데 도움이 되지 못한다. "저항이나 전복이라는 개념은 그것이 이항 대립을 전제로 하는 한 기존 체제를 더 강화하는 역설적이며 변증법적인 과정을 겪을 수밖에 없다."[6]

물론 사회가 낡은 구습을 극복하고 나아가는 매 국면마다 백래시, 즉 과거로 회귀하고픈 퇴행적 욕구가 끼친 폐해는 비교적 자명하다. 멀게는 시민혁명 직후 유럽을 장악한 왕정복고 세력이 민초들을 폭압한 역사가, 가깝게는 박근혜 집권 당시 87년 체제 이전으로 사회를 되돌리려는 구체적인 시도가 있었다. 그러나 최근 호명되는 페미니즘 백래시에 대해서는 얼마간의 의문이 있다. 첫째, 백래시라는 규정이 가능할 만큼 그 대상이 세력화되었는가. 둘째, 설령 세력화가 가능하더라도 이들이 우리 사회를 실질적으로 지배해온 세력이라고 단정할 수 있는가, 셋째, 단순히 백래시 세력을 규정하고 이들을 배제하는 것으로 페미니즘의 과업이 달성될 수 있는가 하는 의문이다.

---

4   물론 이 반복은 원환의 형태가 아닌 나선형을 띠고 있다.
5   같은 책, p.116.
6   이경덕, 위의 책, p.177.

위 세 가지에 부합하는 세력을 명쾌하게 규명해내기란 어려운 일이다. 예컨대 소위 안티 페미니즘 세력으로 최근 지목(혹은 프레이밍)되고 있는 20대 남성들의 주된 변론은 자신들은 이 (가부장제) 사회에서 혜택을 본 적이 없으며, 그 실질적인 수혜자는 4-50대 남성들이라는 것이다.[7] 이러한 변론을 완전히 무시할 수 없는 까닭은 여기에 나름의 타당성이 있기 때문이다. 사회 구성원들을 억압하는 모순이란 젠더적 차원뿐만 아니라 세대적 차원, 정치경제적 차원에 이르기까지 실로 다양한 요소들로 구성되어 있으므로, 페미니즘의 시각에 한정하여 규정하는 백래시는 부분적인 규정에 그칠 수밖에 없다.

같은 맥락에서 페미니즘을 거스르는 것은 곧 퇴보라는 인식, 혹은 페미니즘이 사회를 필연적으로 진보시키리라는 암묵적인 인식 또한 재고될 필요가 있다. 남성 중심의 젠더 위계가 고착화되어온 사회를 재조정하는 과정에서 페미니즘에 무게중심이 실려야 할 필요는 분명 있다. 그러나 그러한 중심 이동의 과정에서 사회 내 모순들을 복합적으로 고려할 다른 무게추의 존재를 부정하는 과오에 빠지지 말아야 한다. 페미니즘 백래시 세력이라는 것이 존재한다면 그 세력이 요구하는 것에는 사회의 모순을 극복하기 위한 논의의 무게중심을 다원화 내지 입체화해야 할 필요에의 요구 또한 없지 않다. 그러한 요구가 대두된 것은 남성중심사회를 가능하게 했던, 남성중심사회를 작동시켜온 논리를 여성적 판본으로 되풀이하는 것을 (그 단기적 효능감에 기대어) 페미니즘적 성취로 서둘러 환원해버린 데 있기도 한 것 같다.

---

7   백래시 세력으로 20대 남성을 군집화하여 겨냥하는 최근의 이러한 시각은 몇 년 전 회자되었던 이른바 '20대 개새끼론'의 페미니즘적 판본이라고 할 수 있다. 백래시에 대한 최근의 해석은 젊은 세대에 대한 중장년 진보지식인층의 낡은 상상력을 바탕에 깔고 있다.

나를 비롯한 몇몇 평론가들을 소위 '백래시 평론가'[8]로 규정하는 항간의 목소리에 대해서도 위와 비슷한 반론이 가능하다. '정치적 올바름'에 대한 논쟁을 중심으로 다소간 구부러지긴 하였으나, 백래시 비평(이라는 것이 있다면)이 요구하는 것은 비평 대상에 대한 복수(plural)의 미적 판단을 일면화하지 않을 것에 대한 요구와 무관하지 않다. 이는 비평 대상의 정치적 성취를 미적 성취로 서둘러 승격하지 않을 것에 대한 요구이기도 하다. 이러한 요청이 당대의 정치적 사안에 긴밀히 응답하는 문학적 작업 자체를 부정하거나 폄하하는 것으로 여기면 곤란하다. 그러한 작업의 수고로움과 진정성을 인정하는 것과, 그러한 작업이 얼마나 성취를 이루었는가를 따지는 것은 별개의 사안이기 때문이다.

예컨대 세월호 정신을 의식화한 모든 작품이 뛰어난 만듦새를 갖추고 있을 리 만무하며, 페미니즘적 문제의식을 체화한 모든 작품이 미적 성취에 닿아 있을 리 만무하다. 작품이 지향하는 문제의식과 작품의 완성도는 어느 정도 분리하여 논의될 필요가 있다. 어찌 보면 이것이야말로 비평으로부터 기대할 수 있는 가장 비평적인 실천일 텐데, 이는 특정 사안의 절박함에 붙들려 자주 망각될 뿐 아니라, 이를 문학에 대한 도전 혹은 반역에 가까운 것으로 여기는 배타적인 분위기 또한 없지 않다.[9]

이러한 맥락에서 보면 페미니즘 백래시를 호명하는 목소리 또한 페미니즘 미쏘지니와 무관하지 않아 보인다. 그렇지 않고서는 페미니즘과 닿아

---

8 그런데 백래시 세력으로 규정당한 평론가는 기껏해야 서너 명에 불과하다. 한편 한국문학평론가협회에서 회원으로 활동하고 있는 문학평론가는 450여 명이다.

9 이는 비평이 동시대 문학에 대한 담론과 시장성을 동시에 생산해야 하는, 즉 담론을 곧장 상품성으로 매끄럽게 매개해야 하는 이중의 역할을 짧지 않은 시간 동안 강제 당해온 상황과도 무관하지 않아 보인다. 비평 또한 비평이 근거하는 현재의 물리적 조건으로부터 억압당하고 있는 것이다.

있는 문학 작업에 대한 비평적 판단이 유독 극렬한 반발에 직면하는 까닭을 설명할 수 없다. 페미니즘 비판에 대한 비판은 페미니즘과 관련한 어떠한 공격도 용납하지 않으려는, 페미니즘을 성역화하고픈 욕망으로부터 완전히 자유롭지 않은 것이다. 특히 정치적 올바름과 관련한 논의를 중심으로 정치적 올바름을 말하는 이가 '누구'인지를 묻고 이들을 세력화하고 배제하려는 욕망[10]과 더불어, 이들의 비평으로부터 유효한 메시지를 구제해내기보다는 유효하지 않은 것을 적발하고 낙인찍기가 선행해온 점 등에서 그러하다.

인간은 자기 내면의 불안을 외화(外化)하여 외부의 타자에게 투사(project)함으로써 불안에 대한 합리적인 이해를 구하는 동시에, 불안이 투사된 대상을 증오하고 자신으로부터 분리시키는 방식으로 불안을 극복해 왔다. 이는 인간의 가장 기본적인 본성과도 맞닿아 있는데, 인간은 자기 내면의 오성, 즉 객관화된 주관성을 통해 타자 및 대상을 파악하고 그들과 대자적으로 관계맺음으로써만 자신에 대한 이해를 구할 수 있기 때문이다.[11] 문명사

◇◇◇◇◇◇◇◇◇◇◇◇◇

10 '누구'인지를 묻는 근거로는 정치적 올바름이라는 용어를 90년대 영미권 극우세력이 발명했다는 점, 정치적 올바름이 프레이밍으로 작동함으로써 사안에 대한 구체적 논의에 제동을 건다는 점 등이 제출되었다. 그러나 용어의 기원에 놓인 정치적 배경을 지금의 현실에 곧장 대입하는 것이야말로 성급한 일반화일 뿐만 아니라, 그러한 대입을 통해 정치적 올바름을 말하는 이들을 반동보수로 치환해버리는 오류야말로 프레이밍으로부터 자유롭지 못하다. 나아가 정치적 올바름을 말하는 이가 '누구'인지를 묻는 목소리에 내재한 배타주의와 분리주의에의 욕망이야말로 정치적 올바름으로부터 자유롭지 못하다. 요컨대 정치적 올바름을 말하는 이도, 정치적 올바름을 말하는 이가 누구인지 묻는 이도 각자 나름으로 정치적 올바름에 사로잡혀 있는 셈인데, 이쯤 되면 그냥 정치적 올바름이라는 프레임을 완전히 폐기해버리는 것이 생산적으로 여겨질 정도다. 어느 누구도 이 프레임으로부터 자유로울 수 없다면 말이다.

11 "사물들 자체(Ding an sich)를 알기 위해서는 인간은 그것을 인간에 대한 사물들(Dinge für sich)로 변형시켜야 한다. 다시 말해서 인간으로부터 독립해 있는 사물을 인식하기 위해서는 그것을 인간의 실천 속으로 끌어들여야 한다." 카렐 코지크(박정호 옮김), 『구체성의 변증

회의 지배체계가 지배에 대한 혁명과 반혁명까지 구조적으로 포함하고 있듯이, 페미니즘-백래시 대립 구도라는 개념적 상상력 또한 이러한 인간의 본원적 속성으로부터 그 물질적 토대를 찾을 수 있다. 이를 굳이 밝히는 까닭은, 페미니즘-백래시의 대립 구도를 비판적으로 바라보되 그러한 구도의 출처를 다시금 세력화하고 문제시하기보다는, 그러한 구도를 초월하여 모두에게 공통으로 적용되는, 인간적 차원으로부터 갈등의 원인과 해결을 모색하는 것이 좀 더 바람직하게 여겨지기 때문이다.

3. 모순 속에서 모순을 사유하기의 어려움

한편 페미니즘적 비평이 공통적으로 견지하는 '태도'는 페미니즘에 대한 특정한 비판적 견해가 존재함을 알고 있지만 "그럼에도 불구하고" 페미니즘은 관철되어야 한다는 당위의 서사이다. 이 "그럼에도 불구하고"의 반복은 외려 그것의 당위성을 점검할 필요를 요청한다. 그것은 그 어떤 비판적 저항에도 불구하고 페미니즘을 완수해야 한다는 논리, 즉 페미니즘이라는 하나의 '주의ism'가 자신을 완결하기 위해 동원하는 논리로 여겨지기 때문이다. 이 "그럼에도 불구하고"의 논리는 페미니즘을 완수하기 위해서는 페미니즘을 둘러싼 세부적인 논의 및 갈등들을 거세해도 좋다는 당위의 논리에 다름 아니다. 이는 이념 대립의 종말이 역사의 종말로 섣불리 선고되었던 시절 리오타르가 '거대 서사'로 비판적으로 총칭하던 것으로서, 거대 서사 이후의 시대와 더불어 호흡하며 사유되어온 페미니즘이 내용적으로

법』, 지식을만드는지식 2015, p.23.

법』, 지식을만드는지식 2015, p.23.

는 척결해야 한다고 주장하는 것이지만 페미니즘이라는 이론 자체를 작동시키는 보편 형식으로 잔존하고 있다. 이는 페미니즘뿐만 아니라 그 어떤 '주의'에도 공평하게 적용될 수 있는 혐의이기도 하다. '주의'는 생성 및 전개 과정에서 그 자체 완결된 서사의 꼴을 갖추기를 욕망하는 개별적인 유기물처럼 움직이는 경향이 있다.

이론이 서사가 되기를 욕망할 때 발생하는 치명적인 오류는 이론이 대상으로 삼는 현실을 서사화하는 것, 즉 현실을 서사에 부합하는 개연적인 것으로 치환해버리는 것이다. 이제는 고고학적 유물에 가까운 것이 되어버린 초기 맑스의 해방 '서사'가 그 대표적 예로서, 유산계급의 지배를 받고 있는 무산계급이야말로 세계를 진정으로 해방시킬 수 있다는 이 서사는 오늘날까지 실현되지 않고 있다. 지배를 받는 이들이야말로 지배체계를 끝장낼 수 있으리라는 주장은 그럴 듯하게 들린다. 그러나 이를 뒤집어 보면 지배체계를 끝장내려면 지배를 받아야만 한다는, 즉 지배를 필연적인 것으로 만들어버리는 오류에 봉착하고 마는 것이다.[12] 지배에 대한 극복을 "일종의 자연법칙으로서 전제"하여 "그것이 와야만 하고 그리고 그것이 심지어 곧바로 그렇게 올 수밖에 없다고 상정하는 것"은 역설적으로 "그런 기대를 가지고 시작한 실천들 모두를 무기력하게" 만들고, "상황 전체가 하릴없이

---

12 "한편에서는 이른바 지배의 원칙을 격렬하게 비판하면서, 다른 한편으로 제한되지 않은 영역에서는 그 지배원칙을 단순히 비변증법적으로, 굴절되지 않은 채, 실증적으로 받아들인단 말입니다. 진리는 오직 하나만 존재할 터인데요, 그렇다면 사람들이 그렇게 할 수는 없는 일이지요. 마르크스와 엥겔스의 가르침 중 나로서는 아무리 해도 납득이 되지 않는 부분입니다만, 만일 그 가르침대로라면 외부자연에 대한 지배가 수천 년에 걸쳐 사회적 지배관계 또한 필요로 했던 것인데, 사회적 지배관계 없이는 일이 진행되지 않을 것이기 때문이겠죠." 아도르노(이순예 옮김), 『부정변증법 강의』, 세창출판사 2012, p.131.

무의미해지는 결과를 초래"한다.[13]

같은 맥락에서 페미니즘이 사회의 진보와 해방을 필연적으로 추동하리라는 믿음은, 그러한 믿음의 대상으로서의 페미니즘을 추동한 가부장제의 억압 또한 필연적인 것으로 고정시키는 역설에 빠지고 만다. 페미니즘에 대한 그러한 믿음은 가령 페미니즘이 비판하는, 모성애가 자연발생적이라는 다윈주의적 신화만큼이나 미신에 가까운 것이다. 우리는 다가오는 것들을 액면 그대로 환대하되 신화화하거나 서사화하고픈 욕망으로부터 항시 거리를 두어야 한다. 그랬을 때 적어도 논의의 중심에 오는 것은 페미니즘에 문제를 제기하는 백래시 세력이 '누구'인가를 묻는 식의 무의미한 진영 논리는 아닐 것이다.

백래시가 구체적으로 실재하는 것이 분명하다면 백래시는 더더욱 배제되거나 간과되어서는 안된다. 백래시가 실재한다면 백래시야말로 페미니즘이 정면으로 사유해야 할 대상이다. 이와 동시에 백래시라는 정의가 포착하지 못하는 영역, 백래시라는 개념의 그물코를 빠져나가는 대상들 또한 더불어 사유되어야 한다. 그렇지 않았을 때의 페미니즘은 그동안 페미니즘을 배제함으로써 성립되어온 기성질서의 논리를 페미니즘적으로 답습하는 것에 불과하기 때문이다. 당면한 현상을 아예 부정해버린다면 그러한 현상을 함께 논의하고 극복할 가능성마저 영영 사라져버린다. 당면한 현실의 일부를 아예 부정해버리거나 왜곡함으로써만 이루어지는 이론적·비평적 논의가 대상으로 삼는 현실은 유사현실에 불과하다.

물론 이론 내지 비평이 대상으로 삼는 현실은 추상성으로부터 완전히 자유롭지 못하다는 점에서 언제나 얼마간 유사현실일 수밖에 없다. 비평은

---

13   같은 책, pp.107-8.

이를 '알지만 모르는 척'하는 태도를 동력으로 삼는다. 그러나 최근의 논의에서는 이러한 사실이 당위에 가려 쉽게 망각되는 경향이 있는 것 같다. 예컨대 『82년생 김지영』의 대중적 성공을 비평으로 다루는 과정에서 동원되는 논리는 독자중심주의이지만, 1) 『82년생 김지영』의 독자가 모두 『82년생 김지영』을 긍정적으로 읽은 독자인지, 2) 구매자를 곧 독자로 환원하고 있지는 않은지, 3) 많은 부수가 팔렸음에도 여전히 『82년생 김지영』을 사지 않고 읽지 않은 독자들의 존재를 삭제하고 있지는 않은지는 고려되지 않는다.

어떤 대상도 빠져나가지 않는 완벽하게 촘촘한 이론적·비평적 그물코는 존재할 수 없을 테지만, 그렇다고 그물코를 빠져나간 대상을 아예 염두에도 두지 않는 것은 또 다른 문제다. 칸트가 물자체의 영역으로 환원해버렸던 것, 프로이트가 무의식의 영역으로 정의했던 것, 라캉이 실재로 규정했던 것, 그것들을 완전히 포섭하지 못한 채로 작동하는 인식체계로부터 억압된 끝에 회귀하는 바로 '그것'. 기성질서에 대하여 페미니즘은 한때 '그것'의 자리를 차지했었고 그리하여 오늘날 회귀하기에 이르렀지만, 이 점은 페미니즘이 또 다른 '그것'을 만드는 과오를 정당화하지는 못한다. '그것'을 완벽하게 포섭하고 설명하지 못하는 한 그 어떤 이론도 유사현실을 대상으로 삼는다는 혐의로부터 자유롭지 못하다.

현실을 유사현실로 대체하는 최근의 경향은 "현실 자체를 현실에 대한 어떤 특정한 이미지로 대체"하여 "세계를 자기화하는 하나의 특정한 양식을 유일하게 참된 양식으로 조장"[14]하는 실증주의적 사고방식이 지배적이 된 오늘날의 상황과도 무관하지 않은 듯하다. 실증적으로 측량된, 즉 표면적으로 드러나는 각종 현상들을 우리는 '팩트'라는 무소불위의 이름으로,

---

14   카렐 코지크, 『구체성의 변증법』, p.28.

각자의 이념 및 체계의 진리치에 대한 거부할 수 없는 증거로서 거의 폭력적으로 '들이대고' 있다. 여기에서 『82년생 김지영』을 다시금 호명할 수밖에 없는데, 소설로서의 미학을 헤치는 요소로 지적된 바 있는 통계자료의 동원이 독자들에게 "이것이 현실이다"라는 실증적 체험을 불러일으켰고 이것이 엄청난 사회적 반향으로 이어진 점은 위와 같은 경향과 무관하지 않아 보이기 때문이다.[15]

비평이 아무리 현실을 체계적으로 추상화하려고 재주를 부려도 언제나 유사현실만을 대상으로 삼을 수밖에 없듯이, 문학 또한 아무리 현실을 대상으로 삼는다 한들 문학에 담긴 현실은 언제나 얼마간 유사현실일 수밖에 없으며, 이는 암묵적으로 합의되어 왔다. 그러나 최근 몇 년간 문학이 정치적 실천에 몰두해온 결과물은 유사현실을 현실로 대체시키는, 일견 혁명적으로 여겨질 수 있으나 한편으로는 위험하기도 한 사고의 정당화가 아닌가 하는 의문이 든다. 그러나 문학이 특정한 정치적 신념에 대한 특정한 실증적 근거로 기능하게 되는 것이 과연 덮어놓고 환영할 만한 일일까?

이것은 내가 페미니즘 리부트와 더불어 '문학이 곧 현실'이 될 수 있다는 낙관적인 전망이 지지받는 현 상황을 경계하는 이유이기도 하다. 그러한 낙관은 1) 문학이 현실의 실증적 반영물로 전락하거나 2) 저 문장 속의 '현실'이 문학과 교호하는 요소만을 추려 구상한 유사현실일 때에만 성립 가능한 것이기 때문이다. 그러나 오히려 우리에게 시급하게 요청되는 것은

15 　『82년생 김지영』의 독서체험이 통계적 사실에 근거한 '하나의 특정한 양식'으로서의 유사현실에 대한 실증적 체험으로 볼 수 있는 또 다른 근거는 『82년생 김지영 그리고 90년생 김지훈』(리얼뉴스 2018)이라는 작품의 출현에 있다. 이 작품은 『82년생 김지영』과 정확히 대립되는 현실에 근거하여 또 다른 양식으로서의 유사현실을 창안하고 있다. 두 작품 모두 각자가 채택한 실증적 사실로부터 유래하는 각자의 현실성을 주장하는 것이다. 우리는 둘 중 하나만을 '이것은 현실이 아니다'라는 식으로 부정할 수 없는 것이다.

'문학이 곧 현실'이 되는 것을 밀어붙이는 것이 아니라, 어째서 문학이 한낱 현실의 '증거'로 쪼그라들고 있는지[16], 무엇이 유사현실로 하여금 현실의 자리를 대체하게 하는지를 공동으로 사유하려는 노력이다.

4. 이분법과 환원주의를 경계하며

기성 사회의 변화를 열망한 결과 중 하나로서의 페미니즘에 담론의 무게중심이 쏠려 있는 현 상황에서 페미니즘이 모든 것을 대체하리라는 착시에 사로잡히는 것은 경계되어야 한다. 우리가 공통으로 염원하는 것은 페미니즘이 모든 논의의 상수 중 하나로 고려되는 것, 그리하여 종국에는 페미니즘이 의식적으로 고려될 필요가 없을 정도로 우리의 삶과 의식에 융화되어 상식이자 규범으로서 자연스럽게 작동하는 것이다. 이 실천의 도정에서 필연적으로 발생하기 마련인 갈등의 면면을 일개 반동으로 낙인찍고픈 내면의 욕망, 즉 극복해야 마땅하지만 기성사회의 구성원으로서 불가피하게 예속되어 있는 욕망과도 끊임없이 투쟁해야 한다.

테리 이글턴은 아카데미즘에 경화된 맑시즘 비평에 반해 페미니즘 비평은 (맑시즘 비평이 나아가야 할 방향으로서의) '혁명적 문학비평'의 최전선에 놓여 있음을 고무적으로 진단한다. 동시에 그는 페미니즘 비평이 "반(反)이론

16 　이는 90년대 이후 문학연구 및 문학비평이 전통적인 문예학의 터울을 벗어나 문화학 내지 사회학 연구의 일환으로 확장되어 온 사정과도 무관하지 않아 보인다. 이러한 방향 전환은 문학 내재적 비평에서는 간과되기 쉬운 문학-사회 간의 역학을 풍부하게 조감하게 해주었지만, 한편으로는 문학을 사회에 대한 여러 분석자료 중 '하나'로 축소시키는 데 일조한 것 같기도 하다.

적이고 걷잡을 수 없이 관념론적이고 빈번하게 파별적"[17]인 급진주의에의 유혹을 물리칠 필요가 있다고 조언한다. 이글턴은 급진페미니즘의 분리주의를 프티부르주아 이데올로기라는 계급적 관점으로 분석하고 있는데, 나는 여기에 또 다른 관점을 더하고 싶다. 그러한 분리주의는 페미니즘이 사회적 규범의 층위에서 배제되어 온 세월동안 불가피하게 갖게 된 배타성의 결과이기도 한 것이다. 즉 페미니즘의 급진성은 결코 절대적인 것이 아니며 어디까지나 역사적 산물이다. 역사적 조건이 변화한다면, 혹은 역사적 조건을 변화시키려면 그로부터 유래한 성향 또한 조정되어야 한다. 그리고 지금 우리가 당면한 모순은 자신을 배타적으로 조건지어온 역사를 변화시키려 하면서도 여전히 배타적 성격에 붙들려 있는 페미니즘이 처한 모순에 다름 아니다.

나아가 페미니즘은 "오로지 그것이 여성 또는 여성주의자의 시각으로부터 도달되기 때문에 정당화"되는 것이 아니라, 그것이 "전통적 인식론에서는 상상할 수 없었던 개혁을 위한 통찰과 가능성을 제공한다"[18]는 점에서 정당화되어야 한다. 이는 페미니즘을 그 자체 통약불가능한 것으로 고정하지 않아야 하는 근거, 사회적 규범을 구성하는 여러 인식들과 끊임없이 부딪쳐 해체하고 재구축하기를 두려워하지 않아야 하는 근거이기도 하다. 그렇게 페미니즘이 더는 페미니즘이지 않게 되는 어딘가(atopos)야말로 페미니즘이 도달해야 할 곳이다. 지금의 충돌과 갈등을 겪으며 우리의 내면과 사회의 표면에 내려앉는 흉터야말로 온전히 우리의 것이 될 수 있을 것이다.

---

17 테리 이글턴(김정아 옮김), 『발터 벤야민 혹은 혁명적 비평을 향하여』, 이앤비플러스 2012, p.179.

18 테드 벤턴·이언 크레이브(이기홍 옮김), 『사회과학의 철학』, 한울아카데미 2014, p.269.

후지이 다케시는 한 칼럼에서 정치적 실천으로서의 운동과 이 운동을 위해 구성된 조직을 분리해서 다룰 필요가 있음을 역설한 바 있다. 그는 베트남전 당시 참전을 거부하며 탈영한 미군들의 탈출을 도왔던 일본 시민단체 '자텍(JATEC, 반전탈영미군원조일본기술위원회)'을 사례로 들고 있다. 대부분 평범한 시민들이었던 자텍 조직원들은 미군의 수사요청을 피해 탈영병들을 가정집에 숨겨주는 지하활동을 통해 여러 명을 탈출시켜주었다. 그러던 중 미군에서 탈영병으로 위장한 스파이를 보내고, 대부분이 그가 스파이라는 것을 직감하지만, 단 1%라도 그가 진짜 탈영병일 가능성을 위해 숨겨주게 된다. 결국 비밀경로는 발각되고 같이 탈출하려던 미군은 체포되었으며 이로 인해 조직은 사실상 와해되었다.

그로부터 30년 뒤 당시 조직의 책임자였던 구리하라 유키오(栗原幸夫)는 그때의 판단이 옳은 것이었다고 회고한다. "조직의 파괴를 두려워하는 까닭은 그 조직을 대체 불가능한 것으로 생각하기 때문"이며, "조직을 지키기 위해 탈영병들을 의심하기 시작했다면 오히려 탈영병을 지원하는 운동 자체가 붕괴"했으리라는 것이다. 그의 말대로 당시 조직은 파괴되었지만 몇 달 뒤 재건되었을 뿐만 아니라, 조직을 구성하던 과거와 달리 전국 각지에서 자생적으로 더욱 활발한 활동이 이루어졌다. 이 사례는 "조직의 파괴가 운동의 끝이 아니며 조직을 지키려는 행위가 오히려 운동을 파괴할 수도 있다"[19]는 것을 보여준다.

촛불 정신을 어떻게 지속할 것인가에 대한 모색에서 제시된 자텍의 사례는 페미니즘 운동의 지속가능성에 대한 모색에도 중요한 참조점이 되어준다. 운동이 지향하는 바는 현실의 구체적인 상황과 맞물려 위기와 갈등

---

19   후지이 다케시, 「조직을 지키는 것과 운동을 지키는 것」, 한겨레칼럼 2017.11.12.

을 겪을 수밖에 없으며, 이 때 운동을 실천하는 조직을 구제하는 행위가 반드시 운동을 구제하는 행위로 귀결되는 것은 아니다. 페미니즘에 대한 이항 대립의 구도를 통해 서로간의 적대와 갈등이 고착화되어 가는 상황 속에서 페미니즘 운동은 온전히 구제될 수 있을까? 어느 한쪽을 개화시키거나 소멸시키지 않고서는 해소될 수 없는 이러한 이분법적 구도 자체를 의문시하고 탈피하려는 노력과 상상력의 부재가 아쉽다.

지방-여성의 장소

 – 김세희의 「현기증」과
  이주란의 「넌 쉽게 말했지만」을 중심으로

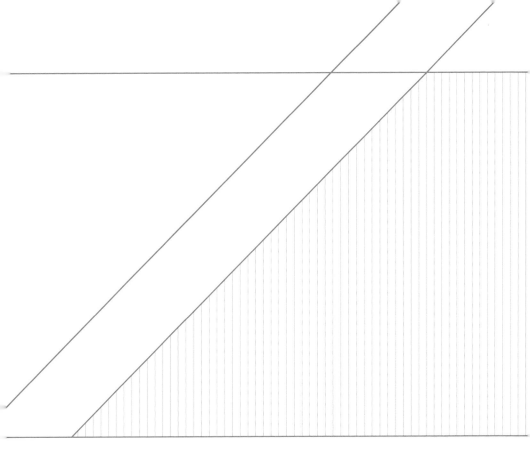

이지은

국가 경계에 놓인 여성의 삶에 관심이 많고, 이와 관련된 글로는 「조선인 '위안부', 유동하는 표상」(2018), 「'교환'되는 여성의 몸과 불가능한 정착기」(2017) 등이 있다. 최근에는 동료들과 함께 『난민, 난민화되는 삶』(공저)(갈무리, 2020)을 출간했다.

rararra01@naver.com

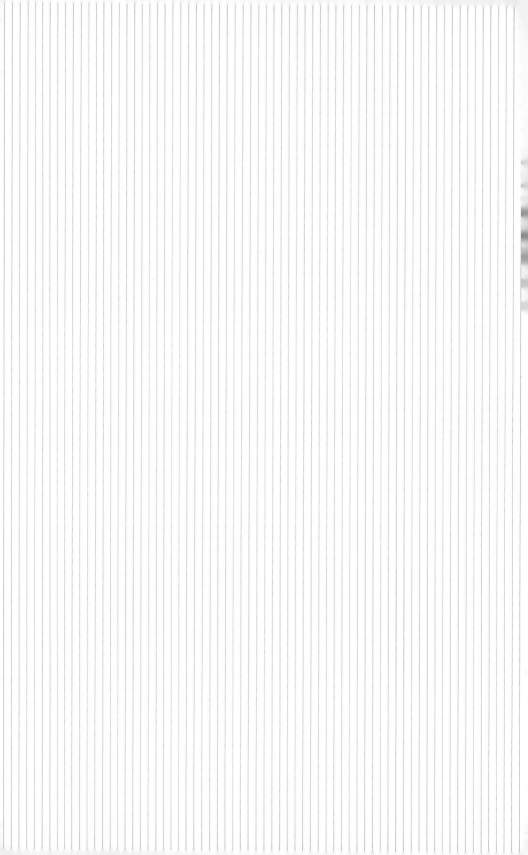

'지방-여성'의 장소

— 김세희의 「현기증」과 이주란의 「넌 쉽게 말했지만」을 중심으로[1]

'지방소멸' 담론과 여성의 통계화

서울 집중 현상은 전쟁과 같은 특수한 역사적 시기를 제외하고 근대 이후 꾸준히 이어졌다. 1960년대부터 본격화된 서울 확장 사업과 산업화는 서울 집중을 가속화하였고, 이에 서울은 1988년엔 인구 천만의 도시, 1992년엔 전체 인구의 25%가 밀집하고 있는 도시가 되었다. 교육·언론·경제 등 사회의 거의 모든 분야가 서울로 집중됨에 따라 지방 자립의 문제가 계속해서 제기되었다. 그런데 2000년대 이후 지방 문제는 '자립'에서 '존폐'로 바뀐다. 인구 감소와 대도시 집중 현상이 초래한 결과를 분석한 통칭 「마스다 보고서(增田リポト)[2]는 '지방소멸'이라는 위기감을 불러일으켰다. 이에 따

---

1   이 글에서 다루는 작품의 서지는 다음과 같다. 이하 쪽수만 표기한다.
     김세희, 「현기증」, 『가만한 나날』, 민음사, 2019.
     이주란, 「넌 쉽게 말했지만」, 『젊은작가상 수상작품집』, 문학동네, 2019.

2   일본창성회의(日本創成会議)가 2014년 5월 발표한 「성장을 이어가는 21세기를 위하여: 저

르면, 젊은이들의 대도시 유입은 단순히 인구의 이동을 의미하는 것이 아니라 출산율 저하를 가속화한다. 대도시는 젊은이들에게 가정을 꾸리기에 녹록치 않은 환경이기 때문에, 말하자면 재생산 인구를 흡수해 버리는 '인구 블랙홀'과 같은 기능을 한다는 것이다.[3]

그런데 '지방소멸' 담론이 반향을 일으켰던 것은 문제의식이 새로워서가 아니라 '사라질 지방 리스트'를 발표하면서 '소멸'이라는 강렬한 이미지를 만들어 내고,[4] 이것이 단지 지방소멸에서 끝나는 것이 아니라 국가의 성장 엔진을 위협한다는 위기의식을 심어줬기 때문이었다. 이러한 위기감은 여성에 대한 정책적 지원을 마련하는 것으로 이어졌다. 당국은 여성 일자리 창출, 근무조건 개선, 출산·육아 휴가 보장 및 보조금 지급, 보육시설 확대 등을 제도화해 가며 결혼·출산을 장려하고, 다른 한편으로는 젊은이들을 지방으로 유인할 수 있는 대책을 강구하고 있다. 이러한 노력이 여성의 현실적 삶을 조금이나마 개선하는 데에 기여할 것이라 생각하지만, 이들 정책이 여성을 어떤 존재로 상정하고 있는지 따져본다면 마냥 반가워할 수만은 없다. 인구 감소에 대한 위기감으로 촉발된 여성 정책들은 대체로 결

◇◇◇◇◇◇◇◇◇◇◇◇◇◇◇◇

　　출산 극복을 위한 지방활성화 전략(成長を続ける21世紀のために：ストップ少子化·地方元氣戰略)」을 말한다. 일본창성회의는 일본생산성본부가 2011년 5월에 발족한 민간회의체다. 이 보고서 같은 해 8월『지방소멸: 도쿄 일극중심이 초래하는 인구급감(地方消滅:東京一極集中が招く人口急減)』이라는 제목으로 출간되어 2015년 신서대상을 수상할 만큼 일본사회에서 큰 관심을 모았다. 마스다 보고서가 발표된 직후인 2014년 9월 3일 저출산 문제를 돌파하기 위한 '지방창생'을 모토로 제2차 아베 내각이 발족했다. '2060년에 1억 인구'라는 목표하의 일련의 정책은 '로컬 아베노믹스'라고 불리기도 한다. (박승현, 「'지방소멸'과 '지방창생'-재후(災後)의 관점으로 본 '마스다 보고서'」, 『일본비평』(16), 서울대학교 일본연구소, 2017, pp.159-160 참조.)

3　　마스다 히로야, 김정환 옮김, 『지방소멸』, 와이즈베리, 2015, pp.19-43 참조.

4　　이정환, 「인구감소와 지속가능한 지방만들기-지방소멸(地方消滅)을 둘러싼 논점」, 『일본공간』21호, 국민대학교 일본학연구소, 2017, p.196.

혼·출산·육아 지원에 머물러 있고, 여기에는 '여성=재생산을 위한 존재'라는 인식이 바탕에 깔려있기 때문이다.

사실 「마스다 보고서」의 '소멸될 지방' 리스트는 '20세-39세 여성'이라는 단일지표를 통해 추정된 것이다.[5] '지표'로서 여성은 가임기/비가임기로 나뉘어 수치로 환원되고, 국가 유지에 도움이 되는 한에서 정책적 지원의 대상이 된다. 2016년 거센 논란을 일으키고 중단된 행정자치부의 '대한민국 출산지도'와 같은 사례가 정확히 여기에 해당한다.[6] 이 사이트의 취지가 '지역별 출산 지원 정책'을 쉽게 확인하도록 도와주는 데 있었으리라 믿고 싶지만, 지역별로 핑크색의 농도가 달라지는 지도는 그 진의를 의심하지 않을 수 없게 한다. 핑크색이 옅은 지역(=가임기 여성이 적은 지역)은 '소멸'될 위기의 지역이니 위기의식을 가져야 한다는 것일까? '통계학(statistics, Staatslehre)'이라는 말이 보여주듯, 삶은 수치화되면서 '인구'가 되고 국가통치의 대상이 된다. '인구 위기=국가 위기' 혹은 '지방소멸=국가 소멸'이라는 인식하에 여성은 재생산 능력에 따라 나뉘고, 가임기 여성의 수와 분포는 국가의 관리 대상이 된다. '출산 지도'와 같은 통계는 국가영토를 '골고루' 유

---

5   "인구가 계속 줄어들어 이윽고 사람이 살지 않게 되면 그 지역은 소멸한다. 그렇다면 지역의 '소멸 가능성'은 어떤 지표로 측정할 수 있을까? 결론부터 말하면 현재 확실한 지표는 없다. (중략) 여기에서는 좀 더 간편한 지표로서 인구의 재생산을 중심적으로 담당하는 '20-39세 여성 인구' 자체를 생각해보도록 하겠다. 출생아의 95퍼센트가 20-39세 여성에게서 태어나기 때문이다. 20-39세라는 '젊은 여성 인구'가 지속적으로 감소하는 한 인구의 재생산력은 계속 저하될 수밖에 없으며 따라서 총인구의 감소라는 거대한 흐름도 멈출 수 없다."(마스다 히로야, 위의 책, pp.20-31.)

6   행정자치부는 2016년 12월 29일 243개 지방자치단체들의 임신·출산 통계와 출산지원 정책정보를 파악할 수 있는 '대한민국출산지도 (birth.korea.go.kr)'를 서비스하였으나, 지자체별 '가임기 여성(15-49세) 인구 수' 분포지도는 여성을 '출산 기계'로 취급하는 당국의 인식을 드러냄으로써 거센 논란을 일으켰다.

지하기 위해 '가임기 여성'의 지역별 분포를 조절하고자 하는 국가의 여성 관리 시스템을 그대로 보여주는 것이다. 이러한 여성 지원 정책에서는 여성의 삶의 질에 대한 고민을 찾아볼 수 없다.

'지방-여성'은 어디에 있는가?

한편, '인구 블랙홀로 빨려 들어간' 여성은 어떻게 살고 있을까? 얼마 전 뉴스에는 혼자 사는 여성의 주거지에 무단으로 침입(시도)하는 범죄가 연이어 보도되었다. 뉴스에 반복적으로 등장한 서울의 특정 지역은 2015년 현재 여성 1인가구 비율이 가장 높은 곳으로, 소위 '고시촌'으로 알려진 연립/다세대 주택, 고시원 밀집지역이다. 통계를 조금 더 살펴보자면, 서울의 여성 1인가구 중 가장 많은 비율을 차지하는 연령대는 20-30대(22.4%)로, 이들은 주로 직장 또는 학교와의 거리(61.5%), 자유·사생활 보장과 같은 개인적 편의(26.4%)를 이유로 1인가구로 유입되었다. 그런데 이들은 대부분 월세에 거주하고(59.5%), 경제적 어려움(26.6%), 위급할 때 대처의 어려움(26.4%), 안전(성폭력, 범죄 등)에 대한 불안(19.6%)을 호소한다. 최근 뉴스에서도 확인되듯 강간·강제추행의 발생 비중이 주거지에서 가장 높다는 점을 상기한다면, 월세살이 여성청년들에게 직장·학교·사생활이 얼마나 많은 위험을 감수하고 나서야 누릴 수 있는 것인지 알 수 있다. 그럼에도 52.1%의 1인가구 여성청년들이 자신의 삶에 '대체로 만족한다'고 대답했는데, 우리 사회에서 '대체로 만족하는 삶'이란 어떤 것일까?[7]

---

7   이상의 통계자료는 장진희·김연재, 「서울 1인가구 여성의 삶 연구 : 2030 생활실태 및 정

감수해야 할 위험과 경제적 부담에도 불구하고 '대체로 만족한다'라는 대답이 높은 것은 그만큼 여성청년의 삶에는 수치로 표현할 수 없는 복잡한 결이 있음을 의미한다. 가령, 지방 여성이 상경하는 주된 계기 중 하나는 대학 진학인데, 이는 '서울 로망'의 성취와 위험의 감수라는 양가적 상황을 만들어낸다. 대한민국의 생존룰인 '능력주의'는 성인이 된(되기도 전에) 청년에게 '인 서울(in Seoul)' 대학 진학을 통해 능력을 입증하라고 요구한다. 그런데 여성청년에겐 이마저도 간단치가 않다. '능력'을 입증하는 것과 별개로 '딸아이는 밖으로 안 내보낸다', '곱게 끼고 있다가 시집보낸다'라는 인식이 아직까지도 강하게 남아있기 때문이다. 여성청년에게 '상경'은 부모로부터 '쟁취'한 욕망의 성취인데, 문제는 바로 그 이유로 모든 위험과 생존의 고난을 '선택한 일'로서 감수해야 하는 곤경에 처한다는 점이다. 또, 여성청년이 품었던 '서울 로망'만큼 사투리나 문화적 차이, 친밀했던 사람들과의 단절, 경제적 어려움 등은 '지방 출신'이라는 위축감을 준다. 사실, '지방 출신'이라는 정체성은 웬만큼 적응한 후에도(혹은 영영) 사라지지 않는데, 그렇다면 '지방-여성'의 장소는 '지방'에만 국한된 게 아니지 않을까?[8]

◇◇◇◇◇◇◇◇◇◇◇◇◇◇

책지원방안」(『서울시 여성가족재단 연구사업보고서』, 서울시 여성가족재단, 2016.)에서 인용했다. 물론 서울의 여성청년 1인가구를 대상으로 하고 있기 때문에, 이들을 모두 '상경'한 사람들로 산정할 수는 없다. 그러나 지방에서 전입해 온 여성들이 여성청년 1인가구에 많은 부분을 차지한다고 추론할 수는 있을 것이다.

8 서영인은 "무성, 혹은 중성으로 지칭되는 '청년'이라는 대표명사가 실질적으로는 '남성'들의 삶을 차이를 초월하는 세대적 보편성으로 일반화해왔다는 것"을 지적하고, "'청년'으로 지칭돼오던 세대적 보편성을 '여성청년'으로 다르게 호명한다는 것은, 누락되거나 배제되어 미처 감각하지 못했던 삶의 다른 국면들에 주목한다는 것"임을 강조한다.(『우리는 불편하게 함께 살고 있지만, 괜찮습니다』, 『문학동네』, 2019년 여름, pp.75-76.) (남성)청년으로부터 '여성청년'의 존재를 분리하여 이들의 생존기를 살피는 일은 인아영의 「여성청년들의 민족지, 혹은 생존기」(『문학과사회』, 2019년 봄호)에서 시도된 바 있다. 한편, 신샛별은 강화길의 『다른 사람』을 '지방-여성'의 귀향서사로 보고, 세대론적 감각으로 독해한다. 특히, 주인공을 "'서

가시내들이 서울로 대학만 보내 놓으면… : 김세희, 「현기증」

　　김세희의 「현기증」의 주인공 원희는 대학에 진학하면서 서울에서 살게 되었다. 원희에게 '인 서울' 대학 진학은 학업의 성취보다 엄마에 대한 승리로 기억된다. 원희는 탁 트인 캠퍼스를 가로지르며 충분히 가치 있는 싸움을 했다 생각하지만, "그녀가 가슴을 떨리게 하는 밤공기를 마시는 대가로, 그녀의 엄마는 매일 새벽 기도를 다녔다."(p.64) 엄마의 걱정은 셀 수도 없이 많았고, 한번 전화라도 받지 않으면 엄마는 온갖 불길한 상상으로 가슴을 졸이고 있었다. 원희는 엄마를 이해하려고도 노력해 봤지만, 엄마의 걱정은 서울로 와서도 벗어버리지 못하는 족쇄처럼 원희를 옭아맸다. 대학 졸업 후 원희는 커다란 은행의 정규직이 되었다. 요즘 같은 시대에 취직이 되었다는 것만으로도 감사해야 했지만, 안도도 잠시일 뿐 원희는 행복하지 않았다. 원희는 직장을 그만두고 뷰티샵을 차리고 싶었으나 엄마는 정규직 직장을 그만두겠다는 딸을 이해하지 못했다. 반면, 애인 상률은 원희를 지지해 주고, 그녀가 원하는 바에 도전할 수 있도록 용기를 북돋아 주었다. 그렇게 원희는 정규직을 그만두며 엄마의 기대를 저버렸고, 상률과 함께 살게 되면서 "그녀의 엄마가 상상할 수 있는 불행의 범위를 뛰어넘는"(p.62) 삶을 살게 되었다.

울의 타자'이자 동시에 '남성의 타자'로 이중의 구속에 붙들려 있는 '지방-여성'으로서의 자기 정체성"을 가진 인물로 해석함으로써 장소와 젠더의 문제를 결부하고 있다.(「지방-여성 서사의 문학사적 반격-강화길론」, 『문학과사회』 하이픈. 2018년 가을. p.114.) 이 글은 지금 여기를 살아가는 '여성청년'의 삶을 확대하고, 나아가 '여성청년'의 다양한 존재 방식을 살피는 기존 비평이 제기한 문제의식에 빚을 지고 있다.

"가시내들이 서울로 대학만 보내 놓으면 다들 남자랑 동거를 하고. 세상에. 가시내들이 겁도 없을까. 세상이 얼마나 무서운 줄 모르고."(p.85)

원희는 어려서부터 '겁 없는 가시내들'에 대해서 들어 왔지만 자신이 그런 삶을 살 거라 생각하지 않았다. 따지고 보면 원희는 이미 성인이고, 엄마와 독립된 생활공간을 꾸리고 있으며, 경제적으로 어떤 지원도 받지 않고 있다. 그녀가 누구와 어떻게 살든 그것은 그녀의 가치관과 선택에 따른 문제다. 그러나 원희의 가치관과 삶의 방식이 어느 날 갑자기 생겨난 것일 리는 없지 않은가. 원희는 그녀를 둘러싼 인간관계와 그들의 잣대에 영향을 받으며 살아왔고, 이 과정에서 그녀의 가치관도 형성되었다. 따라서 성인이 된 원희가 적극적으로 자기 욕망을 성취하는 삶을 지향하고자 한다고 해도 이미 그녀에게 체화된 문화적 관습은 그녀가 자신의 삶을 선택하는 매 순간 그녀를 괴롭힌다. 더군다나 엄마나 가족, 이전에 자신이 살았던 세계로부터 이해받지 못하는 삶을 고수하기란 매우 외로운 일이며, 엄마를 속이고 있다는 죄책감까지 감수해야 한다.

그런데 원희를 더 궁지로 몰아넣는 것은 죄책감과 불안감을 애인 상륜에게서조차 이해받을 수 없다는 고립감이다. 원희가 자신의 사정을 설명해 보려고 했을 때, 상륜은 부모님께 인사를 드리고 이해를 구하자고 했다. 어쩌면 합리적인 판단인 지도 모른다. 그러나 상륜이 자신의 엄마에게 사정을 설명했을 때, 그의 엄마는 뭐라고 했던가? 소설은 날것 그대로의 혐오발화를 전하지는 않지만, 원희에 대한 상륜 엄마의 '평판'이 무엇인지 다음의 대사로 우회적으로 보여준다.

"엄마, 엄마도 딸 가진 부모면서 어떻게 그런 소리를 해."

상률은 굳은 얼굴로 자리에서 일어나 화장실로 갔다. 그러나 그녀는 화장실 문이 닫히기 전에 전화기에서 흘러나오는 높은 톤의 사투리를 듣고 말았다.

"그래, 그래서 나는 내 딸 멀리 안 보냈다. 결혼할 때까지 끼고 있다가 곱게 시집보냈지."(pp.84-85)

상률은 원룸생활을 도저히 못 참겠다며 좀 더 넓은 집으로 이사 가자고 한다. 부족한 돈은 자신의 적금으로 해결하겠다고 한다. 상률과 함께 찾아간 복덕방에는 자애로운 인상을 가진 할머니 중개사가 있었다. 그러나 원희는 그곳의 분위기가 불편했다. "좋은 배경에서 좋은 교육을 받고 자라난 흠잡을 데 없는 사람들 앞에 설 때, 그녀는 곧 어떤 질문이 나오리라는 걸 예감했"기 때문이다. "그런데 두 분은 어떻게……신혼부부이신가요?"(p.75) 원희는 이 질문이 악의적인 것이 아님을 안다. 그저 '좋은 배경에서 좋은 교육을 받은' 사람들은 젊은 남녀가 방을 구하는 이유를 신혼부부 외에는 상상하지 못할 뿐이다. 이는 원희나 상률의 엄마가 공유하고 있는 상식과 그리 다르지 않으며, 원희 스스로도 "한때 자신이 절대 남자와 동거할 일 없다고 생각"(p.92)했던 것과도 멀지 않다. 원희는 상황을 모면하고자 황급히 신혼부부라고 대답했는데, 상률은 이 대화를 대수롭지 않은 것으로 여긴다. 원희를 암담하게 하는 것은 저들의 무지함보다 거짓말에 담긴 원희의 불안을 감지하지 못하는 상률이다.

원희는 혼전 동거라는 '위험한 삶'을 살고 있는데, 함께 살고 있는 사람에게 그것이 별다른 위험으로 느껴지지 않는다면 원희는 누구와 살고 있는 것일까? 그저 불안감과 죄책감과 함께 살고 있는 것일까? 그녀와 같은 입장이 되어줄 사람은 아무도 없다는 뜻일까? 이런 질문 끝에 원희는 다시 헷갈린다. "그는 남이었다. 언제든 헤어질 수 있었고, 헤어지면 그만이었다.

그와 함께 이런 일까지 감수할 수는 없었다. 그래, 엄마 말이 맞을지도 몰라. 돌이킬 수 없을지도 몰라."(p.86) 엄마의 세계는 숨이 막히고 엄마의 걱정은 원희를 꼼짝달싹 못하게 옭아매지만, 그래도 엄마는 딸을 위해서 그랬던 것이 아닐까? 엄마도 그러고 싶지 않지만 '세상이 그러니까.' 원희는 아직 '세상이 얼마나 무서운 줄 모르니까.' 그러니까 돌이킬 수 없는 '그런 여자애'가 되기 전에 엄마의 세계 속에서 안전하게 살아야하는 것일까? 그런데 그것마저 이미 늦은 것일까? 이제 원희에게 가장 현실적인 위안은 그녀를 감춰줄 수 있는 서울이라는 대도시의 익명성이다.

결국 원희는 떠밀리듯 이사를 갔다. 정신을 차려보니 그녀는 상률과 살림을 차리고 있었다. 원룸에서의 동거가 임시적인 삶이었다면, 그래서 원희의 부모님이 방문할 때마다 상률의 "옷가지는 캐리어 두 개에, 신발들은 커다란 종이 상자에 넣어 옥상으로 이어지는 계단 옆 공간에 숨겨"(pp.81-82) 상황을 모면했다면, 이사한 이 집, 상률의 적금을 깨어 살림을 마련한 이 집에선 어떻게 해야 하는 것일까? 새살림이라고 하기엔 너무 초라하고 비참하지만, 당장 여윳돈도 직업도 없는 원희 입장에서 무슨 말을 할 수 있을까? 엄마가 온다고 하면 상률은 전처럼 짐을 싸서 다른 곳으로 피해줄까? 이제 임시적 삶도 아닌데 숨기지 말아야 하는 것일까? 이게 임시적 방편이 아니라면 원희는 준비되지도 않은 채 온갖 낡은 살림살이들과 계속해서 함께 살아야하는 것일까?

원희는 엄마도 상률도 여전히 사랑한다. 그러나 엄마의 세계에선 행복을 찾을 수 없고, 상률의 세계는 원희와 아주 달라 보인다. 언젠가 헤어지게 되더라도 그는 아무렇지 않게 이 사회에서 다시 시작할 수 있을 텐데, 원희 자신만이 되돌릴 수 없는 인생이 되고 만 게 아닌지 불안하다. 집은 넓어졌지만 새댁이라 부르는 집주인 때문에 원희는 이곳이 불편하다. 그렇다고 당장 직업이 없는 원희에게 어떤 방법이 있는 것도 아니다. 원희가 살고 있는 곳은 어딘가? 원희는 서울이라는 익명성의 공간에 살고 있지만, 동시에 엄마의 세계에 묶여 있기도 하다. 그리고 엄마의 세계는 원희의 모든 일상에 존재한다. "같은 딸 가진 엄마"의 혐오 발화 속에도 있고, 집주인의 악의 없는 질문 속에도 있으며, 무엇보다 원희의 불안 깊은 곳에서도 작동하고 있다. 원희가 살아가는 장소는 그녀가 '쟁취'한 서울이기도 하지만 엄마의 세계이기도 하다. 애인과 함께하는 곳이기도 하지만 온전히 혼자 감당하는 세계이기도 하다. 이 분열적인 세계가 그녀가 현재 살고 있는 장소다.

청년의 귀향, 슬로우 라이프 혹은 밀려난 라이프: 이주란, 「넌 쉽게 말했지만」

이주란의 「넌 쉽게 말했지만」은 서울 생활을 정리하고 고향(김포)의 엄마 집으로 돌아온 '나'의 이야기다. 사건이 비어 있는 이주란의 소설답게 '나'가 서울에서 어떤 일을 겪었던 것인지 정확히 알 수는 없다. 다만 일상에서 문득문득 떠오르는 서울의 악몽을 통해 과거 '나'의 삶을 추측할 수 있을 뿐이다. 고향 집까지 따라 온 서울의 기억을 모아보면, 이삿짐을 쌀 무렵 '나'는 잘 울고, 남들 욕이나 하고, 모든 것을 싫어하며, 간단한 음식도 죄다 망쳐버리기 일쑤였다. 그렇다고 '나'는 모든 것을 그만두고 싶지는 않았다. "그냥 두세 달만 쉬고 싶었는데 아예 그만두지 않는 한, 두세 달을 쉴 수 있는 방법은 없었다."(p.224) 일상을 유지하기 위해서는 계속해서 달려야 했고, 그렇지 않으면 모든 것을 그만둬야 했다. 그리하여 '나'는 이삿짐을 싸 엄마에게로 왔다.

이렇게 고향으로 돌아온 '나'가 삶의 모든 일을 새로 익히는 방식은 사소하지만 중요한 장면들이다. 가령, '나'는 자몽청을 만들려다 두 손만 적시고 말았지만, "망쳤다는 생각 같은 건 하지 않았다."(p.195) 또, 정비소 직원의 사소한 친절에도 "굉장히 친절했다"는 감탄을 반복해서 말한다. "최근몇 년간 나는 고마운 것도 잘 모르고 (아무것도 잘 모르고) 지냈"(p.220)지만, 이제는 그렇게 살지 않으려 한다. '나'는 먹지도 못할 미나리를 따겠다는 엄마를 따라 나선다. "너무 쉬운 일들이라고 생각해왔지만 나는 이제 그런 일들을 가장 우선으로 여기고 싶다. 나는 이제 그렇게 살고 싶다."(p.216) 이렇게삶을 다시 익히는 과정을 통해 고향에서 '나'의 삶은 밀려난 시간이 아니라 적극적인 재생의 시간이 된다. 그리고 그 모든 시간은 버려지는 것 없이'나'의 삶의 일부로 감각된다.

이곳에 온 다음날, 나는 올해 첫 매미 울음소리를 들었다. 그렇게 6월이 갔고 7월이 가고 있다. 하루하루가 가고 있다는 것, 시간이 흐르고 있다는 것을 아주 잘 느끼고 있다. 시간이 흐른다는 것을 의식하면서 숨을 쉬는 일은 재미있고 행복하다. 서울에 살 때 나는 시간이 가는 것이 두려웠고 이런 말을 꽤 자주 했었다.

미안해, 시간이 없어.(p.196)

'나'를 추스리는 일은 엄마의 삶을 돌아보는 것으로 옮겨간다. 엄마는여섯시에 출근하여 온몸이 땀에 절도록 일을 하다 온다. 엄마의 본래 출근시간은 아홉시지만, 그때 출근해서는 제 시간에 일을 마칠 수가 없다고 한다. 여사님은 부담스러워는 하지만 월급을 올려주지는 않을 듯하다. 그리하여 '나'는 "남의 밥을 만들다 온 엄마에게 밥을 차려준다."(p.215) 썩 요리를 잘 하는 편은 아니지만 엄마는 곧잘 "합격점"을 주고, '나'는 기쁨을 느낀다. '나 자신과 살기'에서 '나와 엄마와 살기'로 옮겨간 일상은 이제 주변의 소소한 사람들에게까지 반경을 넓힌다. 엄마는 "그냥 길 가다가" 채소를 얻어오기도 하고 엘리베이터에서 정체 모를 동물 뼈를 받아오기도 하는데, '나'는 무신경하면서도 주위 사람들과 관계를 맺고 살아가는 엄마를 보며 "자꾸만 끊기는 나의 관계들"(p.214)에 대해 고민한다. 그리고 마침내 이웃 만들기에 성공하는데, 그들은 동네 꼬마들이다. '나'는 아이들을 위해 일부러 초콜릿을 준비한다.

그러나 고향에서의 '나'의 삶이 언제까지고 이렇게 충만한 일상으로 계속될 것 같지는 않다. 불안감과 조바심이 겉으로 드러나진 않지만, '나'는 이 삶이 임시적이고 불안정하다는 것을 알고 있다. 처음 '나'가 엄마의 집으로 옮겨 오고 싶다고 했을 때, "엄마는 아무런 대답도 하지 않았고 나는 예상치 못한 엄마의 반응에 상처를 받은 뒤 새벽 세시에 택시를 타고 서울로 돌아와 오래 울었다." '나'는 엄마를 원망하지 않지만 그 일을 "잊을 수도 없"다.(p.204) '나'는 엄마와 함께 살고 있지만, "가끔 실수할 때를 제외하곤 우리집이라고 말하지 않고 엄마 집이라고 말한다."(p.201) "나는 엄마가 나를 불안해할 거라고 생각한다."(p.207) '나'와 엄마는 과거나 미래에 대해서 말하지 않지만, '나'의 귀향이 '서울살이의 실패', '서울로부터 밀려난 것'임을 알고 있다. 이곳에서 '나'는 꽤 괜찮게 살고 있지만, '우리 집'이 아닌 '엄마 집'에 계속해서 머물러도 되는 것인지는 알 수 없다.

그런데 이러한 귀향은 '나'의 일만도 아니다. 동네에는 다시 고향으로 돌아온 친구들이 있다. C는 타지역에서 일을 하다가 적어진 급여를 감수하고 몇 년 전 이곳으로 돌아왔고, W는 노량진에서 오래 공부하다 경찰이 되어 돌아왔다. 한편, K는 고등학교를 졸업한 뒤 가족 모두 이사를 갔다가 작년에 엄마와 함께 돌아왔다. K의 조부모가 모두 병원에 계시게 되어 누군가는 돌봐드려야 했기 때문이다. K의 엄마는 일을 하며 양쪽 병원을 모두 오갔고, K는 그런 엄마를 보는 일상에 조금 지친 기색이다. 한편, 석기는 미쳐서 정신병원에 입원했다는 소문이 있었는데, 얼마 전 고향 동네에서 '나'와 마주쳤다. 석기는 '나'에게 막무가내로 연락을 해댄다. 이들이 어떤 삶을 살다가 돌아왔는지, 현재의 삶이 어떤지 소설은 정확히 보여주지 않는다. '나'의 일상을 공유하는 순간만 잠시 등장할 뿐이다.

이들에게 귀향의 의미는 모두 다르겠지만, 그것이 적어도 '금의환향'은 아닌 듯하다. '나'만 하더라도 잠시 멈추고 싶었던 것이지 그만두고 싶었던 것은 아니었다. 멈추는 것도 두려워서 버텼는데, 결국은 모든 것을 그만두고 떠나와 버린 게 되었다. 그런데 '나'의 귀향 소식이 전해졌을 때, W는 "넌 참 하고 싶은 대로 하고 사네"(p.197)라고 했다. 남의 속도 모르고 함부로 내뱉는 말이지만, 다시 생각하면 이 말은 '하고 싶은 대로 못 하고 사는' W의 자조로 들리기도 한다. 노량진에 살던 시절 W가 "미래에 대한 불안감을, 마치 죄를 지은 사람처럼 몹시 주눅든 모습으로 말하다가 끝내 눈물을 터뜨"(p.198)리던 모습이 떠올라서이기도 하지만, 하고 싶은 대로 사는 사람들은 남들 사는 모습에 별반 불평이 없으니까 말이다. 노량진에서 경찰공무원 시험을 준비하며 힘들어 했던 W는 왜 고향으로 돌아오는 삶을 선택했을까? W에게 비친 '나'의 삶이 실제와 다르듯 그의 '고향-서울-고향…'으로 이동하는 삶에도 부침과 상처가 있을 것이다. 안타까운 것은 내몰리는 듯한 조바심에 휩싸여 어쩌면 비슷한 상처를 안고 있을지도 모르는 친구의 삶을 들여다 볼 여유가 없다는 것이다.

'나'는 고향에 오기 전 오래 알고 지낸 후배에게 "누나, 그렇게 살지 마세요"(p.206)라는 말을 들었다. 서울 생활을 정리할 무렵엔 이 말을 계속해서 복기했다. '나'가 모든 것을 그만두고 고향으로 내려온 것이 이 말 때문은 아니었지만, '그렇게 사는 것'에 대해서는 자꾸만 고민하게 되었다. 지금 '나'는 고향에 내려와 사는 법을 새로 배우고 있다. 그런데 고향에서 만난 석기는 또다시 '나'에게 말한다. "씨발, 너 진짜 인생 그렇게 살지 마라."(p.225) 아무도 사는 법에 대해서는 말해주지 않는데, 다들 '그렇게 살지 말라'고는 쉽게도 말한다. 그럼 '나'는 어떻게 살아야 할까? 아직도 서울을 지날 때면 숨이 막히지만 고향도 안정된 삶의 공간이 되긴 어렵다. M을 만나려면 광역버스를 타고 서울로 가야하고, 그곳에는 아직까지 '밀려나지 않은' 사람들이 바쁘게 산다. '나'는 어디로 가야 할까? 심호흡을 하고 다시 한 번 버텨봐야 할까? 청년들에게 고향은 삶의 방식을 새롭게 익히는 '슬로우 라이프'의 충만한 장소일까, 아니면 밀려난 인생들이 모이는 장소일까?

남은 이야기들

　김세희의 「현기증」과 이주란의 「넌 쉽게 말했지만」 모두 소설이 끝나도록 미래는 보이지 않는다. 「현기증」의 원희는 구체적인 대책을 세우는 대신 '먼 훗날' 오늘을 어떻게 기억할지 상상해 본다. 오늘이 제어되지 않고 내일이 계획되지 않는 상황에서 그녀는 시간을 비약하여 미래의 시점에서의 오늘을 바라보는 것이다. 원희에게는 불안한 현재와 '이 또한 지나가리라'라는 막연한 믿음이 주는 '먼 훗날'이 있을 뿐, 내일은 없다. 한편, 「넌 쉽게 말했지만」은 '슬로우 라이프'가 누릴 수 있는 충만한 일상을 보여주긴 하지만, 미래를 계획하진 않는다. 내일도 반복되는 일상이 펼쳐질 것 같지만, 바로 그렇기 때문에 계획이 없는 내일은 언제고 박탈될 수 있다. 서울과 지방, 어디에서도 여성청년의 삶의 내일은 기약되지 않는 것이다.

대신 소설은 아직 이야기되어야 할 많은 삶들을 남겨 두었다. 「현기증」에는 지방 소도시 광주에서 취업준비를 하다가 종교에 빠진 여성청년의 이야기가 지나가듯 등장한다. 그녀의 불안은 원희와 어떻게 같고 달랐을까? 작은 마을에서 지방 소도시로의 이동은 얼마만큼의 희망과 패배감을 주었나? 「넌 쉽게 말했지만」에도 발견되어야할 이야기가 있다. 소설의 마지막에서 '나'는 친구 C의 출산 소식을 듣는다. C는 적은 연봉을 감수하고 고향으로 돌아왔는데, 지방에서 아이를 낳은 C는 '출산·육아 지원 정책'에 힘입어 잘 살 수 있을까? 고향에서 가정을 꾸려나가는 C의 귀향은 '나'와 어떻게 같고 다른가?

이들의 이야기를 계속해 나가는 것은 미래에 대한 어떤 희망도 주지 않지만, 적어도 거짓된 낙관 없이 오늘을 들여다보는 일임에는 틀림없다. 또 이 이야기들은 우리의 삶을 국가 통계의 수치로 휘발시키지 않을 것임에도 틀림없다. 다만, 이들의 삶을 발견하기 위해서는 '여성이 있는 지방'과 같은 통치술이 만들어낸 문제틀을 걷어치우고, 다양한 삶을 발견할 수 있는 질문을 고안해야 한다. '지방-여성'을 중심으로 질문의 초점을 옮겨와 이들의 이동과 그것이 가지는 의미를 파악할 때, 온갖 고투에도 '서울 로망' 혹은 서울의 익명성을 포기할 수 없는 복잡한 내면을 포착할 수 있었던 것처럼, 또 서울살이를 버티지 못하고 돌아온 귀향 청년이 느끼는 양가적 감정-삶의 충만함과 미래에 대한 불안감-을 파악할 수 있었던 것처럼, 더 많은 삶을 발견하고 남은 이야기를 계속할 수 있는 질문들은 여전히 필요하다.

제21회 '젊은평론가상' 심사경위 및 심사평

한국문학평론가협회는 제21회 '젊은평론가상'을 선정하기 위해 2019년 한 해 동안 각종 문예지에 발표되었던 평론 작품들 중에서 동시대의 문학 작품들과 호흡을 같이 하면서 우리 비평작업의 현장성과 생명력을 보여주는 작품들을 선별하고자 했다. 그 구체적인 심사 과정은 다음과 같다.

2019년 12월 30일, 본 협회는 심사위원인 회장단 모임을 갖고 먼저 다음 10편의 수상 후보 작품들을 추천 및 선정하였다.

1. 강동호, 「희망의 이름—김애란론」, 문학과사회 하이픈, 2019년 겨울호
2. 강지희, 「분노의 정동, 복수의 정치학-세월호와 미투 운동 이후의 문학은 어떻게 만나는가」, 현대비평, 2019년 여름호
3. 김건형, 「지금, 인간에 대해 말할 때 일어나는 일 : 혐오의 정치적 자원(化)에 대하여」, 문학동네, 2019년 가을호
4. 김요섭, 「나는 그 자리에 남았다 : 편혜영 소설 속 '병원-제도'의 불안」, 문학동네, 2019년 여름호
5. 김주선, 「이토록 따뜻할 수 있는 세상, 따뜻해야 할 세상 : 2010년대 감정 교육 방식의 한 경향」, 문학들, 2019 봄호

6. 박상수, 「미래를 열심히 씹어 먹고 있습니다만 : 스타벅스 시대, 신체적 공현존의 시 쓰기」, 문학동네, 2019년 가을호

7. 박인성, 「기지(旣知)와의 조우 : 모두가 알고 있는 SF를 위한 첨언」, 자음과모음, 2019년 가을호

8. 백지은, 「삶의 질문들이 '문학'을 끌어당긴다」, 자음과모음, 2019년 봄호

9. 이은지, 「비동일적 페미니즘을 위하여」, 현대비평, 2019년 여름호

10. 이지은, 「지방-여성의 장소 : 김세희의 〈현기증〉과 이주란의 〈넌 쉽게 말했지만〉을 중심으로」, 실천문학, 2019년 가을호

이날 회장단은 수상 후보 작품들에 대한 추천의견을 교환한 후, 작품들을 숙독한 뒤에 다시 한 번 모임을 갖기로 하고 일차 모임을 마쳤다.

2020년 1월 17일, 수상작을 결정하기로 하고 2차 모임을 가졌다. 수상 후보 작품들이 가진 다양한 문제의식과 성과만큼 치열한 의견이 오고갔다.

오랜 논의 끝에 강동호 평론가를 이번 제21회 젊은평론가상 수상자로 결정하였다.

강동호 평론가는 2009년 〈조선일보〉 신춘문예 문학평론 부문에 「실패의 존재론-김현의 문학론을 읽는 방법」이 당선되어 문학계에 등단한 이래 계간 『문학과사회』의 편집위원을 맡아 문학의 현장과 소통하는 다양한 활동을 수행해 왔으며, 치열한 글쓰기를 통해 한국 문학의 활력을 높여 왔다. 현재 그는 『문학과사회』의 편집동인이자 인하대학교 국어국문학과 교수로 활동하고 있다.

강동호 평론가는 철학적 사유와 현장의 문학을 겹쳐 읽어내는 데 남다

른 능력을 보유한 인물이다. 관습적 읽기와 쓰기에서 벗어나 있는, 그야말로 '창조적 오독'을 수행하라던 김현의 문학적 요구를 현장에서 실천하는 인물이 바로 강동호 평론가이다. 그는 문화적 환경의 변화가 점차 빨라지고 있는 현실에서 그것에 현혹되기보다 특유의 성실한 걸음과 긴 호흡을 통해 우리 문학의 진정한 방향성에 대한 끊임없는 고민을 보여주고 있다. 따라서 그의 비평은 시대의 변화 가운데 벌어지는 기존 문학적 규범들의 일탈을 하나하나 지켜보면서도 끝내 그것이 문학적 상상력의 강화로 이어지는 과정을 지켜낸다.

특히 이번에 수상작으로 결정된 작품인 「희망의 이름-김애란론」은 평소 그가 보여주던, 세계에 대한 깊이 있는 인식과 결합된 진지한 문학적 인식이 정신적 세계로까지 고양되고 확대되고 있는 노정의 결과물이라는 점에서 높은 평가를 받았다. 그는 2000년대를 대표하는 김애란의 작품들이 현실의 변화와 소통하면서 자신의 글쓰기를 실험하고, 이를 통해 각자의 세기를 반영하고 극복하는 모습을 「희망의 이름-김애란론」 통해 면밀하게 짚어냈다.

오랜 논의 끝에 좋은 작품을 선정하게 되어 기쁜 마음과 함께 강동호 평론가에게 축하를 드린다. 이제껏 그가 보여주고 있는 비평 작업이 이번 수상을 계기로 더욱 아름다운 결실을 맺기 바란다.

심사위원
오형엽, 곽효환, 김동식, 심진경, 이재복, 최현식, 홍용희

작품 출전

강동호, 「희망의 이름―김애란론」
___ 문학과사회 하이픈, 2019년 겨울호

강지희, 「분노의 정동, 복수의 정치학-세월호와 미투 운동 이후의 문학은 어떻게 만나는가」
___ 현대비평, 2019년 여름호(창간호)

김건형, 「지금, 인간에 대해 말할 때 일어나는 일 : 혐오의 정치적 자원(火)에 대하여」
___ 문학동네, 2019년 가을호(100호)

김요섭, 「나는 그 자리에 남았다 : 편혜영 소설 속 '병원-제도'의 불안」
___ 문학동네, 2019년 여름호(99호)

김주선, 「이토록 따뜻할 수 있는 세상, 따뜻해야 할 세상 : 2010년대 감정 교육 방식의 한 경향」
___ 문학들, 2019 봄호(55호)

박상수, 「미래를 열심히 씹어 먹고 있습니다만 : 스타벅스 시대, 신체적 공현존의 시 쓰기」
___ 문학동네, 2019년 가을호(100호)

박인성, 「기지(旣知)와의 조우 : 모두가 알고 있는 SF를 위한 첨언」
___ 자음과모음, 2019년 가을호(42호)

백지은, 「삶의 질문들이 '문학'을 끌어당긴다」
___ 자음과모음, 2019년 봄호(40호)

이은지, 「비동일적 페미니즘을 위하여」
___ 현대비평, 2019년 여름호(창간호)

이지은, 「지방-여성의 장소 : 김세희의 〈현기증〉과 이주란의 〈넌 쉽게 말했지만〉을 중심으로」
___ 실천문학, 2019년 가을호(133호)

2020년 제21회 젊은평론가상 수상작품집

초판1쇄 인쇄 2020년 7월 6일
초판1쇄 발행 2020년 7월 15일

지은이	강동호·강지희·김건형·김요섭·김주선·박상수·박인성·백지은·이은지·이지은
기획	한국문학평론가협회(회장 오형엽)
펴낸이	이대현
책임편집	이태곤
책임디자인	최선주
편집	권분옥 문선희 임애정 백초혜
디자인	안혜진 김주화
마케팅	박태훈 안현진

펴낸곳	도서출판 역락
출판등록	1999년 4월 19일 제303-2002-000014호
주소	서울시 서초구 동광로 46길 6-6 문창빌딩 2층 (우06589)
전화	02-3409-2079(편집부), 2058(영업부)
팩스	02-3409-2059
홈페이지	www.youkrackbooks.com
이메일	youkrack@hanmail.net

ISBN 979-11-6244-541-9 03810

이 도서의 국립중앙도서관 출판예정도서목록(CIP)은 서지정보유통지원시스템 홈페이지(http://seoji.nl.go.kr)와 국가자료종합목록 구축시스템(http://kolis-net.nl.go.kr)에서 이용하실 수 있습니다. (CIP제어번호 : CIP2020027129)